AF516117

अंधकार बेला

अंधकार बेला

सुचित्रा भट्टाचार्य

अनुवाद

सुशील गुप्ता

ग्रंथ अकादमी, नई दिल्ली

प्रकाशक : ग्रंथ अकादमी, १६५९ पुराना दरियागंज, नई दिल्ली–११०००२
सर्वाधिकार : सुरक्षित / संस्करण : प्रथम, २०११ / मूल्य : दो सौ पचास रुपए
मुद्रक : भानु प्रिंटर्स, दिल्ली ISBN 978-93-81063-09-5

ANDHKAR BELA *novel by* Suchitra Bhattacharya Rs. 250.00
Published by Granth Akademi, 1659 Old Darya Ganj, New Delhi-110002

१

बाजार से लाए हुए सौदा-सुलुफ का थैला रसोई के दरवाजे पर रखकर हाँफते हुए प्रभास ने थोड़ा दम लिया। अड़तालीस धाप सीढ़ियाँ चढ़कर चौथी मंजिल तक आना क्या आसान है! खासकर साठ की दहलीज तक पहुँचती उम्र में। जाने किस अशुभ क्षण में प्रभास इतनी ऊँचाई पर फ्लैट खरीदने को राजी हुए थे।

वैसे बाईस वर्ष पहले आज का खयाल उनके दिमाग में आया ही नहीं था। खैर, उस उम्र में कितने इनसान इतने दूरदर्शी होते हैं! उस उम्र में तो सिर्फ पुलक, सिर्फ उच्छ्वास! श्यामपुकुर के एक-मंजिला, दरबेनुमा किराए के घर से एक ही छलाँग में बेलियाघाटा के सद्यः निर्मित चार मंजिले फ्लैट में उत्तरण हुआ था। यह खयाल ही काफी सुखद था। घर-द्वार के अंदर अगाध उजाला उमड़ता हुआ, फर्र-फर्र हवा बहती हुई! पृथ्वी मानो टुप् से पाँवों तले से काफी नीचे उतर गई! जया की आँखों में खुशी की चमक! बबुआ तक-धिनाधिन नाचता हुआ! बस, प्रभास को और क्या चाहिए था? प्रभास को अब भी याद है कि शुरू के दो-तीन वर्ष वे उछल-उछलकर सीढ़ियाँ चढ़ जाते थे, मानो वे लगभग बबुआ बन गए थे। खैर, उन दिनों यही तो स्वाभाविक था। किस्मत में एकदम से अचानक सरकारी एम.आई.जी. फ्लैट जुट गया। तनख्वाह से महीने-महीने अगर कटता रहा तो बीस वर्ष में कीमत की भरपाई हो जाएगी। मासिक किस्त की रकम भी किराया गिनने जितना था। इतनी सारी सुविधा के खयाल से घुटनों और छाती का जोर न बढ़ता, क्या यह संभव था?

काश, प्रभास को एक बार भी यह अंदाजा होता कि शरीर कभी-न-कभी तो गड़बड़ करेगा ही।

प्रभास शिथिल चाल में अपने कमरे में चले आए। आधी बाँह का कुरता

उतारकर वे स्टैंड पर रखने ही जा रहे थे कि जाने क्या सोचकर उन्होंने कुरते को सूँघा। उफ! कैसी बीभत्स तीखी-कड़वी बदबू! बदबू आएगी नहीं? भयंकर गरमी की वजह से धार-धार पसीना बहता रहा। इधर कुछ दिनों से बेतरह उमस है। सुबह से ही पसीने-पसीने हालत। जेठ का महीना अब समाप्त होने वाला है। किताबों में दर्ज अनुमान के मुताबिक बहुत पहले ही मौसमी बयार बहनी चाहिए थी। लेकिन अभी तक बारिश के दर्शन नहीं हुए। बरसात हो जाती तो थोड़ा चैन मिलता। भीषण गरमी से थोड़ी तो रिहाई मिलती। लेकिन इस वक्त वे पसीने से गंधाते इस कुरते का क्या करें? वाशिंग मशीन में डाल दें! अपनी शादी में बबुआ को दहेज के तौर पर यह खास तोहफा मिला है। इसे देखते ही इसमें कपड़े-लत्तों का ढेर भर देने का मन होता है। इसमें साबुन डालो, नॉब घुमाओ, स्विच दबा दो—बस, सारे कपड़े साफ-सुथरे होकर निकल आएँगे। इस मशीन की वजह से कुल छह महीने में ही, अपने छुटपुट कपड़े खुद धो लेने की आदत लगभग खत्म हो चुकी है।

जया हलके-फुलके मज़ाक के लहजे में कहती थी, 'ब्राह्मण के घर घोड़ा आया, ब्राह्मण का तन-बदन गया।'

जया का खयाल आते ही जया की पुकार कानों से आ टकराई, 'ए जी, सुनते हो, कहाँ हो तुम?'

महीन कुरता अपनी मुट्ठी में दबाकर प्रभास कमरे से बाहर निकल आए, 'यहीं तो हूँ।'

'यह तुम्हारी कैसी अक्ल है जी, आज फिर रुई मछली?'

'क्यों? रुई मछली क्या बुरी है? कहते हैं, मछली की रानी-रुई!'

'तुम्हारा बेटा क्या कहता है, नहीं जानते हो!'

प्रभास हँस पड़े। कोई मुहावरा या कहावत दोहराते ही बबुआ बेतरह भड़क जाता है।

वह झल्ला उठता है, 'रानी नहीं, बाई है, मछलियों की चाकरानी है।'

जया ने रुखाई से कहा, 'तुम्हें पता है, इस मछली में उसे गंध आती है, फिर भी तुम वही लाते हो। आँखी भी पोना मच्छी मन से नहीं खाती।'

'अरे भई, यह आंध्र का चालानी माल नहीं है, देसी है। लोकल भेड़ी की मछली है।'

'रखो, देसी का अलाप अपने पास रखो। छुट्टी का दिन है, थोड़ा सा गोश्त लाते तो क्या बिगड़ जाता?'

'बाप रेऽऽ! वहाँ जो लाइन लगती है, दस बजे से पहले बाजार से लौट ही

नहीं पाता।'

'वह तो बकरे के गोश्त की दुकान में! मुरगी ही ले आते, तब तो कोई तकलीफ नहीं होती।'

'धत्! धत्! ब्रॉयलर की मुरगी भी कोई खाने की चीज है भला! कैसी तो घास-घास लगती है।'

'तुम्हें लगती होगी, बबुआ और बाकी लोगों को तो बेहद पसंद है।'

प्रभास बहस में नहीं गए। आजकल के बेटे-बेटियों की रुचि ही बिलकुल अलग तरह की है। देसी मुरगी छोड़कर ये लोग ब्रॉयलर के भक्त हैं। ये लोग बेस्वाद, उबले-उबले अलोना चाउमिन गो-ग्रास की तरह निगलते हैं। गरमी में भुने आम का पन्ना पीने के बजाय कोल्ड ड्रिंक्स में इन्हें ज्यादा मजा आता है। चाय की लिकर में दूध मिलाते ही हाहाकार कर उठते हैं। कोई मेल नहीं है। प्रभास के साथ कहीं कोई मेल नहीं है।

जया फिर झल्ला उठी, 'सच्ची, तुममें कोई सेंस नहीं है। बुद्धि बिलकुल नहीं लगाते। खैर, लाए तो लाए, एकदम से इतने सारे टुकड़े! फिर पूँछ समेत! इतना सारा खाएगा कौन?'

'ज्यादा कहाँ है? आज और कल, बस दो दिन चल जाएगा। याद है, कल 'जमाई-षष्ठी' है, दामादों का त्योहार! बबुआ का कल दोनों बेला उस घर में निमंत्रण है।'

इस बार प्रभास सच ही सकुचा गए। जमाई-षष्ठी की वजह से बाजार कुछ ज्यादा ही गरम था, चीजों के दाम खासे चढ़े हुए थे। लेकिन जमाई-षष्ठी कल ही है, यह बात उन्हें कैसे याद नहीं रही? अभी परसों ही तो आँखी के पापा ढेर-ढेर फल-मिठाई, कपड़े-सूट वगैरह दे गए थे। उस वक्त कितनी गपशप हुई। तीर्थंकर बाबू ने बार-बार कहा कि बेटी-दामाद सुबह-सुबह ही उनके यहाँ पहुँच जाएँ। प्रभास ने जमाई-षष्ठी को लेकर काफी हँसी-मजाक भी किया। इसके बावजूद, उस दिन को बेबाक भूल गए! इस किस्म का विस्मरण क्या सिर्फ अन्यमनस्कता है? सिर्फ बेखयाली? या यह बुढ़ापे का लक्षण है? तब तो यह बिलकुल सही है कि वे बिलकुल सही समय में रिटायर होने जा रहे हैं।

सिर खुजलाते हुए प्रभास ने कहा, 'एक काम करो, आज ही एक महाभोज लगा दो। ग्रैंड फीस्ट! कई एक पीस दही-मच्छी, मछली का माथा डालकर दाल पका लो और तली हुई मछली में उबले आलू मिलाकर तुम जो 'वेंडालू' कटलेट तैयार करती हो, वह भी।' आँखी रसोई से बाहर निकल आई।

उसने भी जरा लाड़ भरे लहजे में जुमला जोड़ा, 'हाँ, माँ वह आइटम कमाल का बनाती हैं। मैं भी उनके पीछे खड़ी-खड़ी सीख लूँगी।'

उसकी बात सुनकर प्रभास को अच्छा लगा। वाकई उन्हें काफी सुघड़ पुत्रवधू मिली है। घर और बाहर दोनों तरफ खासी दिलचस्पी है। सुबह नींद टूटते ही किसी स्कूल में पढ़ाने दौड़ जाती है। कमोबेश किसी नामी-गिरामी नाट्य-मंडली में नियमित अभिनय करती है। इधर घर के कामकाज में कभी पीछे नहीं रहती। सबसे बड़ी बात यह है कि घर-गृहस्थी की छोटी-से-छोटी बात जानने-सीखने को भी उत्साहित रहती है। जानने-सीखने की इच्छा भी है उसमें। उसमें सभ्यता-भव्यता का भी यथेष्ट ज्ञान मौजूद है। यह जो छुट्टी के दिन सुबह-सुबह नाइटी बदलकर उसने सलवार-कमीज पहन लिया, यह भी तो एक किस्म का सोहबत-बोध है। सास-ससुर और माँ-बाप एक जैसे नहीं होते। सास-ससुर के सामने हमेशा नाइटी पहनकर घूमना-फिरना अशोभनीय लगता है, इतना तो वह समझती है। आजकल के जमाने में प्रभास-जया को और क्या चाहिए था? बबुआ की पसंद बुरी नहीं निकली।

प्रभास ने मंद-मंद मुसकराते हुए कहा, 'भई, मैं तो देख रहा हूँ कि तुम्हारी माँ ने तुम्हें सुबह-सुबह ही रसोई में जोत दिया है।'

'एइ, फिजूल की बातें मत करो।' जया हलके-फुलके लहजे में तमक उठी, 'उसने खुद ही कहा कि आप सादी-सी सब्जी बना लें। पूरियाँ मैं उतारूँगी। वह मेरा डिपार्टमेंट है।'

'वाह-वाह, पूरी बन रही है!'

'जी जनाब, फूली-फूली, गोल-गोल पूरी, जो खाने के लिए तुम हर इतवार बेसब्र हो जाते हो।' जया ने टुप् से एक ताना उछाल दिया और रसोई की ओर चली गई। आँखी फिक्-फिक् हँसती रही।

प्रभास ने आँखें नचाते हुए पूछा, 'बबुआ कहाँ है? अभी भी बिस्तर तोड़ रहा है?'

आँखी ने सिर हिलाकर कहा, 'कल काफी देर से सोए थे, पढ़ाई करते रहे।'

'उसके कॉलेज में क्या अभी भी क्लास चल रही है? गरमी की छुट्टियाँ नहीं हैं?'

'उन्होंने रिसर्च का काम शुरू किया है, बाबूजी। गाइड ने विषय तय कर दिया है। अब वे किताबें वगैरह खँगालकर सारांश तैयार कर रहे हैं। अगले महीने के शुरू में ही शायद जमा करना है।'

प्रभास को यह प्रक्रिया ठीक-ठीक समझ में नहीं आई, फिर भी उन्होंने जानकार

की मुद्रा में सिर हिलाया, 'ओऽ!'

'आपके लिए पूरियाँ उतार लाऊँ, बाबूजी?'

'ले आओ।'

प्रसन्न मुद्रा में प्रभास अपना कुरता वाशिंग मशीन में घुसा आए। वह मशीन लिविंग-रूम के एक छोर पर, बाथरूम के दरवाजे की बगल में एक खाली-सी जगह पर शोभित थी। इस फ्लैट के लिए जरा ज्यादा ही विशाल, जरा बेमेल भी थी। किन्हीं दिनों उन्हें अपना दो कमरों का फ्लैट खासा बड़ा लगता था, लेकिन असल में वह फ्लैट उतना बड़ा था नहीं। कमरों, रसोई, बाथरूम के बीच काफी कम-सी तो खाली जगह है। उसी को काफी कोशिश-तदबीर से लिविंग-हॉल बनाकर एक तरफ बैठने की व्यवस्था और दूसरी तरफ खाने की व्यवस्था कर ली गई थी। सोफा-सेट, टी.वी. कैबिनेट, दीवार पर झूलता हुआ शो-केस, क्रॉकरी-केस, फ्रिज, चार लोगों के लिए डाइनिंग टेबल— इतना सारा सामान रखने के बावजूद वह छोटी सी जगह जबरजंग और जरूरत से ज्यादा भरी-भरी नहीं लगती थी, वह महज जया की सजावट की खूबियों की वजह से।

आजकल आँखी ने भी गृह-सज्जा में हाथ लगाया था। विवाह में मिला हुआ शो-पीस उसने दीवार पर लटका दिया था और दो अदद पेंटिंग भी! साइड टेबल पर फूलदान और खूबसूरत चिरागदान भी रख दिया था। कुल मिलाकर कमरे का रूप और अधिक खिल आया था।

सोफे पर पड़ा अखबार उठाकर प्रभास डाइनिंग टेबल के सामने आ बैठे। रात को टी.वी. में दिखाया जा चुका था कि गुवाहाटी में उग्रवादियों ने तीन-तीन बाजारों में विस्फोट किया था। वही खबर आज अखबार की हेडलाइन थी। पहले पन्ने पर बड़ी सी तसवीर भी छपी थी। करीब-करीब घुमड़ी-मुचड़ी हुई तीन-चार गाड़ियाँ, इधर-उधर बिखरी हुईं चप्पलें, टिफिन बॉक्स, साइकिल के टुकड़े! ऐसा दृश्य देखते ही तन-बदन में खौफ की झुरझुरी फैल जाती है। अब तक मरनेवालों की संख्या १६ तक पहुँची है, जिसमें २ बच्चे भी शामिल हैं। बहुत से जख्मी अस्पताल में मौत से जूझ रहे हैं। देश की यह क्या हालत बन गई है? मासूम-निरपराध लोगों पर यह अकारण हमला क्यों? हिंसा का सहारा लेकर क्या वाकई किसी लक्ष्य तक पहुँचा जा सकता है?

अपनी सोच में डूबे हुए प्रभास के सामने अचानक जया हाजिर हो गई। उसके दोनों हाथों में दो लोगों के लिए नाश्ता!

दोनों प्लेट मेज पर रखते हुए जया ने पूछा, 'क्या सब आलतू-फालतू खबरें

पढ़ रहे हो? रोज-रोज खून-जख्म, मार-पीट अच्छा लगता है भला!'

प्रभास ने संक्षिप्त-सी उसाँस छोड़ते हुए कहा, 'देखे बिना भी तो उपाय नहीं है। अखबार खोलते ही तो नजर पड़ जाती है।'

'तो फिर अखबार मोड़कर रख दो।'

'इससे भी क्या फायदा? जो कुछ घट रहा है, उनसे क्या मुँह फेरा जा सकता है?'

प्रभास ने जुबान से यह कहा जरूर, मगर अखबार मोड़कर एक ओर रख दिया और कुछ अनमनी मुद्रा में पूरी की प्लेट की तरफ हाथ बढ़ाया। पूरी का टुकड़ा तोड़कर, उसमें आलू की सब्जी भरकर उन्होंने मुँह में डाला।

खाते-खाते ही जया ने पूछा, 'क्यों, सब्जी कैसी बनी है?'

'ठीक ही है; लेकिन नमक जरा और पड़ना चाहिए था।'

'मेरी पकाई हुई किसी भी चीज से तुम्हारा मन खुश नहीं होता। पुरानी जो हो गई हूँ।'

प्रभास हँस पड़े। उन्होंने कोमल लहजे में कहा, 'मैं वैसा मानस नहीं हूँ, मैडम! मेरे लिए पुरानी ही सबकुछ है, मेरी सर्वस्व! पुरानी के ही खयालों में मेरे दिन गुजरते हैं।'

एक बार तिरछी निगाहों से रसोई की ओर देख लेने के बाद जया ने दबी-दबी आवाज में कहा, 'हुँह, फालतू की नाटकबाजी।'

'बिलकुल भी नहीं! सवा सौ पैसे सच कह रहा हूँ, मैडम। तुम्हारे बारे में कितना-कितना सोचता हूँ मैं, जानती भी हो?'

'चलो, चलो, जानने का मुझे कोई शौक नहीं।'

'अरे, सुनो तो सही, तुम्हें याद है, पुरी जाकर तुमने किस कदर अफसोस किया था? कहीं भी तुम दिल खोलकर, खुश-खुश घूम-फिर नहीं सकतीं! हर पल गृहस्थी की फिक्र में डूबे रहना पड़ता है—बबुआ क्या कर रहा होगा? क्या खाया होगा उसने? ऊपर से मेरी छुट्टी भी खत्म हो गई···! चलो, अब सारा दुःख, सारा अफसोस मिटा दूँगा।'

'सो कैसे?'

'बस, सात महीने बाद मेरा रिटायरमेंट है। जिस दिन यह जंजीर टूटेगी, उसके हफ्ते भर के अंदर-अंदर हम दोनों आउट! सारा कुछ बिलकुल फाइनल कर डाला है। दो-पाँच दिनों के लिए नहीं, कम-से-कम दो-तीन महीनों के लिए! ऑल इंडिया टूर! जहाँ-जहाँ तुम जाना चाहो, वहाँ-वहाँ चलेंगे। समझ लो, यहाँ से निकलकर सीधे

आगरा, वहाँ से जयपुर होते हुए राजस्थान की सैर करेंगे। समूचा राजस्थान देखकर दिल्ली। वहाँ से शिमला-कुल्लू-मनाली होते हुए देहरादून-मसूरी! वहाँ से लखनऊ-नैनीताल, रानीखेत··· । जहाँ चाहो, जितने दिन भी चाहो, रह लेना।'

'जाओ बाबा, यह तो सिर्फ उत्तर भारत की सैर कर आए, दक्षिण भारत छोड़ दिया!'

'दक्षिण में क्या धरा है ? खाली तो ढेर-ढेर मंदिर··· !'

'अजब मानस हो तुम! खुद को पहाड़ पसंद है, इसलिए पहाड़-पहाड़ ही घूमोगे। समुद्र तक नहीं चलोगे। विशाखापत्तनम् या कोवलम् या गोवा! कन्याकुमारी जाने की, मेरी कितने दिनों की साध है ?'

'यह साध अगली बार मिटा लेना। समूचा इंडिया क्या सच में ही एक बार में देखना संभव है ? मध्य प्रदेश के वन-जंगल, अजंता-एलोरा सभी कुछ तो बाकी रह जाएगा। सबकुछ किस्त-किस्त में! बबुआ की बहुरिया आ गई है। अब हमारा कोई पीछ-टान भी नहीं रहा। मन जहाँ चाहे, चल पड़ेंगे। चल रे मुसाफिर, बाँध गठरिया!'

'ठीक है, तो फिर पहाड़ अगली बार होगा। पहले समुद्र घूम लूँ।'

'अच्छा, जो मैं चाहूँगा, उसका उलटा करना होगा, क्यों ? यही न!'

'वाह रे, वाह, दुहाई दोगे मेरी साध-चाव का, और घूमोगे-फिरोगे अपनी मरजी मुताबिक! यह कैसी बात ? ऐसे सैर-सपाटे की मुझे जरूरत नहीं है। मैं जैसी घर-बंदी हूँ, वैसी ही रह लूँगी।'

'अरे, अरे, तुम तो गुस्सा हो गईं! उफ, तुमसे तो जीतना मुश्किल है। दिनो-दिन जैसी तुम होती जा रही हो न···'

'अपने को देखो, अपने को! हमेशा···हमेशा सिर्फ स्वार्थी जैसी सोच।'

'मैं स्वार्थी हूँ ?'

'और नहीं तो क्या! अपने अलावा और कुछ सोचते हो ?'

बस, खाते-खाते ही खिटपिट-पर्व शुरू हो गया। अब प्रभास पलटकर कोई ताना देंगे, जया भी और एक खोंचा मारेगी और इसी तरह चलता रहेगा, चलता ही रहेगा, जब तक कि उन दोनों में से एक प्राणी मुँह फुलाकर जुबान पर ताला नहीं जड़ लेगा। तुच्छ-तुच्छ कारणों से आपस में टकराव होना अब रिवाज बन चुका है। कम-से-कम एक बार व्यंग्य-बाण न चला तो दोनों को ही पूरा दिन खाली-खाली लगता है।

बहरहाल, इस वक्त यह ठक-ठुक ज्यादा दूर आगे नहीं बढ़ी।

आँखी चाय लेकर आ पहुँची।

सास-ससुर का आपसी वाक्-युद्ध शायद उसके भी कानों तक पहुँच चुका

था। उसने ईषत् हँसकर पूछा, 'अरे, यह क्या? आप लोगों की पूरियाँ अभी खत्म नहीं हुईं?'

किंचित् सकपकाकर प्रभास ने कहा, 'खा तो रहा हूँ!'

'और दो पूरियाँ लाऊँ?'

'लाओगी तो जरूर चट कर जाएँगे।' जया ने संक्षिप्त सा मंतव्य उछाल दिया।

'ना।' प्रभास ने मुँह फुलाए-फुलाए जवाब दिया, 'मेरा पेट भर गया।'

आँखी ने दुबारा दोनों प्राणियों पर एक नजर डाली। उसने शायद परिस्थिति की गंभीरता का अंदाजा लगाने की कोशिश की।

अगले ही पल उसने मृदु लहजे में पूछा, 'बाबूजी को आपने काम की बात बताई, माँ?'

जया कुछ सकपका गई, 'कौन सी बात, बताओ तो?'

'वही बात, जिसके लिए काकाजी ने फोन किया था।'

'अरे हाँ! बिलकुल भूल गई थी।' जया जरा संयत हुई, 'जाने क्या तो जरूरी बात है!'

'किस मामले में?'

'शायद गाँव के घर-जमीन के बारे में कुछ कहना चाहते थे। तुम खुद ही पूछ देखो न!'

प्रभास जरा चकरा गए। गाँव के घर-जमीन के बारे में विभु बात करना चाहता है? यह तो भूत के मुँह से राम-राम जैसा है। रुद्रपुर वाले घर में वह साल में शायद ही एकाध बार कदम रखता हो। उसे गाँव के घर-जमीन के प्रति कोई खिंचाव नहीं है। प्रभास जाने कब से रट रहे थे कि वहाँ के घर की दीवारों की हालत ठीक नहीं है। मिस्त्री लगाकर थोड़ी-बहुत मरम्मत करानी चाहिए। लेकिन उस बंदे ने उनकी बातों पर कभी ध्यान नहीं दिया। उनकी बातें मानो उसके कानों तक नहीं पहुँचीं।

जब भी उससे कुछ कहने की कोशिश की, बाबू साहब ने साफ सुना दिया, 'जो पैसा-कौड़ी लगेगा, बता दो, मैं दे देता हूँ। लेकिन मुझे मत फँसाओ।'

बेटे-बेटियों के कैरियर और अपने दफ्तर को लेकर ही बाबू साहब हमेशा, हर पल कुंद हुए रहते हैं।

गाँव की जमीन पर नियमित खेती-बारी होती थी। प्रभास तीन भाई-बहन थे। तीनों को ही धान, आलू, सब्जियों में हिस्सा मिलता था। लेकिन, यह सब बेचने की जिम्मेदारी प्रभास की ही थी। बड़ा भाई उसके हिस्से के तौर पर जो रकम थमा देता था, भाई उसी में खुश था। वह भूलकर भी कोई सवाल नहीं करता था। उसे हिसाब-

किताब समझाने जाओ तो भी वह ध्यान नहीं देता था। हाँ, गौरी और गौरी का दूल्हा दोनों मियाँ-बीवी उनका विवरण काफी गौर से सुनते थे। इस वर्ष के आलुओं को अगर कोल्ड-स्टोरेज में रख दिया जाता तो ज्यादा मुनाफा होता या नहीं, मिहिर इसका भी हिसाब लगाता था। लेकिन, अचानक विभास रुद्रपुर के बारे में दिलचस्पी ले रहा है! आखिर क्यों?

चाय पीकर प्रभास सोफे पर आकर बैठ गए। साइड टेबल पर रखे टेलीफोन का रिसीवर उठाकर उन्होंने नंबर मिलाया।

उधर से इमली की रुनझुन आवाज सुनाई दी, 'हलो!'

'क्या री, क्या खबर है तुम लोगों की?'

'ओऽऽ, जेठूमणि? बस, किसी तरह मरते-पिटते गुजर रहा है। बस, खून नहीं बह रहा है।'

प्रभास ने जोर का ठहाका लगाया। छुटपन में इस किस्म की बोली-आवाजें कसना उसे उन्होंने ही सिखाया था। अब, मौका मिलते ही वह पाजी लड़की वही जुमला उसे वापस दे डालती है।

प्रभास ने हँसते-हँसते कहा, 'लगता है, काफी फुरती में है! गरमी की छुट्टियाँ इंज्वाय कर रही है?'

'खाक! एम.एस-सी. पार्ट वन तो नजदीक आ गया।'

'हाय-हाय रे! क्या तकदीर है तेरी! परीक्षा देते-देते ही जिंदगी गुजर गई। बे-चा-री! अरे हाँ, तेरे पापा कहाँ हैं, री?'

'बुला दूँ! रुको एक सेकंड!'

करीब मिनट भर बाद उस छोर से विभास की आवाज आई, 'हाँ दद्दा, खबर सुनी?'

'क्या खबर रे?'

'तुमने अखबार में देखा होगा, हमारे गाँव की तरफ एक मेगा-प्रोजेक्ट आ रहा है। गाड़ी बनाने का कारखाना।'

यह समाचार इन दिनों कौन नहीं जानता! सरकार ने अभी कुछ दिनों पहले ही घोषणा की है कि कोई नामी-गिरामी जापानी कंपनी है, जिसके इसी बीच भारत में तीन-तीन कारखाने मौजूद हैं। वही लोग अब इस राज्य में भी कदम रखने वाले हैं। भारत की माटी पर यही उन लोगों का बृहत्तम प्रकल्प होगा।

प्रभास ने सहज आवाज में कहा, 'हाँ-हाँ, जानता हूँ! हमारे यहाँ इंडस्ट्री का जो हाल है, यह तो ग्रैंड न्यूज है।'

'एक और भी खुशखबरी है। वह कारखाना कहाँ बन रहा है, मालूम?'

'अखबार पढ़कर जो अंदाजा लगा, हमारे धनेरवाले ब्लॉक का ही खासा बड़ा हिस्सा लेकर...'

'सुनो, खास बात सुन लो। रुद्रपुर का भी काफी बड़ा हिस्सा अभी प्रोजेक्ट में पड़ेगा। हमारी जमीन...आई मीन, खेती की जमीन भी उसी में शामिल है। सुना है कि सरकार बहुत जल्द ही जमीनें टेकओवर करेगी।'

'अधिग्रहण करेगी? तुझसे किसने कहा?'

'घोड़े के मुँह से मिली खबर है, दद्‌दा! घोड़ा है रुद्रपुर का लालू! श्रीमान सुकांत बाग।'

'वह तुझे कहाँ मिल गया?'

'कल अचानक पार्क स्ट्रीट में टकरा गया, हमारे ऑफिस के सामने। किसी मरीज को लाकर अपने नर्सिंग होम में भरती किया है। खून के लिए दौड़-धूप कर रहा था, तभी... । लालू ने बताया कि उनके दफ्तर में कार्यस्थल का प्लान, लिस्ट, सब आ गया है। इसी महीने सरकार की तरफ से नोटिफिकेशन भी जारी हो जाएगा।'

प्रभास कुछ सोच में पड़ गए। लालू काफी सीरियस लड़का है, फिजूल की कभी नहीं हाँकता। प्राइमरी स्कूल में पढ़ाता जरूर है, मगर वह रुद्रपुर का गण्यमान्य व्यक्ति है। इन दिनों वह शायद पार्टी की क्षेत्रीय कमेटी का मेंबर है। अगर यह खबर उसने दी है तो झूठ नहीं हो सकती।

दुबारा विभास की आवाज, 'मामला कुछ समझ में आ रहा है, दद्‌दा? जमीन के बदले मुआवजे के तौर पर मोटी रकम मिलेगी। हमारी कुल जमीन कितनी है, दद्‌दा?'

'यही कोई लगभग तीन सौ डेसिमल!'

'ओफ ओ! बीघा-कट्‌ठे में बताओ न!'

'करीब नौ बीघा! कमोबेश तीन एकड़।'

'आँय? तब तो काफी बड़ी जमीन है!' विभास उत्तेजना से बौखला उठा, 'लालू ने जो हिसाब समझाया, उससे तो यह लग रहा है कि प्रति बीघा तीन से चार लाख रुपए मिलेंगे, यानी कुल मिलाकर तीस लाख!'

अब प्रभास भी अचकचा गए, 'यही तो लगता है, रे!'

'यानी पुरखों की जमीन आखिरकार काम आ गई! क्यों? तुम्हारी क्या राय है, दद्‌दा?'

'हाँ, यही तो लग रहा है।'

प्रभास की आवाज में खुशी उमड़ पड़ी, लेकिन अगले ही पल उनके मन में शायद कहीं संशय भी जाग उठा, मानो सड़क पर पड़े हुए चौदह आने पर भरोसा करने में मन डाँवाँडोल हो उठा हो।

उन्होंने गले में अटका थूक निगलते हुए आगाह किया, 'अभी से इतनी उछल-कूद मत मचा। सरकार का मामला है न, जब तक खुद ऐलान न करे, विश्वास मत कर!'

भाई की दुविधा को विभास ने अहमियत ही नहीं दी। उसने उसी उत्साह से कहा, 'तुम निश्चिंत हो लो, दद्दा! प्रोजेक्ट होकर ही रहेगा। यह सरकार की इज्जत का सवाल है। हम सबके लिए गर्व की बात है। अब तो तुम यह सोचो कि रुपयों का तुम क्या करोगे, कहाँ खर्च करोगे?'

'तू क्या करेगा?'

'कुल मिलाकर हाथ में कितने आएँगे, यह बताओ? दिदिया जरूर अपना हिस्सा नहीं छोड़नेवाली। मतलब मार-पीटकर दस लाख! इतनी सी रकम तो लग ही जाएगी। ईमन ज्वाएंट एग्जाम में बैठने वाला है। अगर इंजीनियरिंग में चांस मिल गया तो उसके लिए कुछ रकम हटा रखनी होगी। घर की दूसरी मंजिल के बारे में अभी तक टाल-मटोल कर रहा था, बनवा लूँगा। हाँ, इमली अगर एम.एस.सी. के बाद जी. आर.ई. करके स्टेट्स जाने का चांस-वांस पा जाए तो पूरे रुपए शायद उसी के पीछे उड़ेल देने होंगे।'

'तूने तो पूरा नक्शा तैयार कर लिया है रे!'

'जिंदगी में थोड़ा-बहुत प्लान करके ही चलना पड़ता है, दद्दा! हिसाब-किताब किए बिना चले तो क्या हालत होती है, यह बात बप्पा-काका को देखकर भी नहीं समझे! संचय तो दूर की बात है, बाप-दादों की जायदाद तक बढ़ा नहीं पाए। मैं जिंदगी में कभी इस राह पर नहीं चला। उस ढंग से चलना मेरी आदत में शामिल नहीं है।'

प्रभास का वह भाई हमेशा से ही वास्तववादी रहा है। कभी-कभी प्रभास को लगता है कि वह कुछ ज्यादा ही स्वार्थी है। अपनी नौकरी, अपने बीवी-बच्चों के बाहर उसने कभी नजर ही नहीं डाली। उसने आराम से सॉल्ट लेक में एक प्लॉट मैनेज करके अपना घर खड़ा कर लिया। प्रभास को साथ लेकर, अपना-अपना फ्लैट बेच-बाचकर दोनों भाई एक साथ रह सकते थे; लेकिन बड़े भाई का खयाल विभास के दिमाग में आया ही नहीं। मुमकिन है, उसने यह समझ लिया कि दो कमरों के दरबेनुमा फ्लैट में उसका दद्दा बड़े आराम से विराज रहा है। विभास ने तो गाड़ी

वगैरह भी खरीद ली। इन दिनों वह बदस्तूर रईस आदमी है।

वैसे इन सब बातों को लेकर प्रभास के मन में कोई क्षोभ नहीं है। जो जिस तरह खुश हो, खुश रहे। लेकिन बप्पा-काका की मिसाल से उनके मन को कहीं चोट लगी।

खामोश रहने की लाख कोशिशों के बावजूद उनकी जुबान से आखिर निकल ही गया, 'यह तू बात-बात में मरे हुए लोगों को क्यों खींच लाता है? काका तो हमेशा से ही घुमंतू थे। जिस शख्स ने अपनी गृहस्थी नहीं बसाई, वह जमीन-जायदाद क्यों बढ़ाएगा? किस दु:ख से? और बप्पा पर कितनी सारी जिम्मेदारियाँ थीं, जरा यह भी सोच! हम तीन भाई-बहनों को पाल-पोसकर इनसान बनाना, गौरी की शादी, माँ की लगातार बीमारी···उस मामूली सी नौकरी के सहारे चारों तरफ सँभालना क्या आसान बात थी! इतना सब सँभालते हुए बप्पा रुपए कहाँ से जमा करते?'

'छोड़ो! छोड़ो! कोशिश करते तो जरूर जमा कर सकते थे। सच तो यह है कि उनका मेंटल फ्रेम···मानसिकता ही इस किस्म की नहीं थी।' विभास ने अपने बड़े भाई को फूँक में उड़ाते हुए अभिभावक के लहजे में कहा, 'खैर, छोड़ो। मेरी एक सलाह मानोगे?'

'क्या?'

'शेयर बाजार इन दिनों हहराकर आसमान छू रहा है। यह जो छप्पर फाड़कर रुपए पाओगे, वह रकम बाजार में लगा दो। मेरी जान-पहचान का एक ब्रोकर है, बेहद विश्वासी। खरीद-फरोख्त वही हैंडल करेगा। एक-दो वर्ष में ही तुम्हारा वही दस लाख दुगुना होकर तुम्हारे पास लौट आएगा। अगर उस किस्म का जोखिम न उठाना चाहो तो म्यूचुअल फंड में भी जा सकते हो। इसमें भी कम मुनाफा नहीं होगा।'

हामी भरने के बजाय प्रभास खामोशी से छोटे भाई की सलाह सुनते रहे। शेयर बाजार वगैरह की उन्हें समझ नहीं थी, समझने में दिलचस्पी भी नहीं थी। उनके मन में एक और ही चाह जाग उठी। यह फ्लैट बेचकर किसी बड़ी जगह चले जाएँ तो कैसा रहे? उनकी गृहस्थी बढ़ती जा रही है और ज्यादा बढ़ेगी, तब तो यहाँ सबके सब समा भी नहीं पाएँगे। किसी लिफ्टवाले मकान में आराम से हाथ-पाँव फैलाकर जीवन के बचे-खुचे दिन गुजार दिए जाएँ तो···

इस सोच ने प्रभास के तन-मन में रोमांचक सिहरन भर दी। साथ ही उन्होंने चोर-खुशी भी महसूस की।

□

२

नींद अभी हलकी ही थी।

अधूरी तंद्रा में ही आवाज सुनाई दी, 'एइ झूम, और कितनी लोट-पोट लगाएगी? अब उठ जा!'

आँखों ने अपनी अलस निगाह खोली। सामने माँ हाथ में चाय लिये खड़ी थी।

हलकी सी अँगड़ाई लेते हुए आँखी ने पूछा, 'कितने बजे हैं?'

'बहुत ज्यादा! समूची शाम ही तो बिस्तर पर गुजार दी तूने।'

'हूँऽऽ,' आँखें रगड़ती हुई वह उठ बैठी।

उसने तिरछी निगाहों से देखा, माँ एक प्लेट में बिस्कुट भी लाई थी। विवाह के बाद इस घर में उसकी खातिरदारी बढ़ गई है। खासकर माँ तो बिलकुल हद ही करने लगी है। आँखी को यह बिलकुल नहीं सुहाता। अपने ही घर में वह अपने को कैसा मेहमान-मेहमान महसूस करती है! आँखी ने इनकार में हाथ हिलाकर कहा, 'यह सब हटा लो।'

'कम-से-कम एक बिस्कुट तो खा…'

'हमेशा ही तो मैं सिर्फ चाय ही पीती रही हूँ, माँ!' आँखी ने दोनों बिस्कुट माँ के हाथों में सौंप दिया।

चाय की चुस्की लेकर उसने पूछा, 'अयन ने चाय पी?'

'उसका तो अब तक दो-दो दौर हो गया। पहले दौर में ही चाय लिये-लिये तुझे कितनी आवाज दी मैंने, मगर तू हिली-डुली भी नहीं।' ब्रतती ने अचानक आवाज धीमी करते हुए पूछा, 'हाँ री, अयन को इस वक्त खाने को क्या दूँ? फिश फ्राई कर दूँ?'

'तुम अयन से ही पूछ लो न!'

'पूछा था। उसने तो मना कर दिया।'

'तो फिर मत दो! भूख लगी हो तो अयन को आग्रह-अनुरोध करने की जरूरत नहीं पड़ती। वह ऐसा जीव ही नहीं है।' इतना कहकर आँखी मंद-मंद मुसकरा उठी, 'वैसे भूख लगेगी भी कहाँ से? दोपहर को फाँसीयाफ़्ता कैदी की तरह तुमने जैसे ठूँस-ठूँसकर खिलाया।'

'ज्यादा कुछ तो बनाया नहीं! दामाद पहली बार आया है, इतना सब तो करना ही पड़ता है।'

'अच्छा! उसकी थाली के इर्द-गिर्द कटोरियों की कतार देखकर मेरी ही धड़कन बढ़ गई थी। वह निहायत पेटू है। इसीलिए चुपचाप वह सारा कुछ सपोड़ गया। उसकी जगह अगर कोई और होता तो…'

'एइ, टोका-टाकी मत कर तो! लड़का अगर खाऊ न हो तो दफ्तर से डूब मारकर खाना-वाना पकाने में मजा आता है भला!'

'ज्यादा मजा लेने की जरूरत नहीं है। अब उसे और कुछ भी मत देना, रात को सीधे डिनर!'

'ठीक है, जैसा तू कहे!'

ब्रतती कुछ हताश मुद्रा में वापस लौट गई।

उतनी देर में नई पार्ट-टाइम नौकरानी आ पहुँची। अब, वह उससे उलझ पड़ी। अयन की शान में आज काँच का कीमती डिनर-सेट निकाला गया था। वह नौकरानी को वे सब बरतन होशियारी से धोने-माँजने की हिदायत दे रही थी। चाय की चुस्कियाँ लेते-लेते उसकी बक-बक आँखी के कानों तक भी पहुँच रही थी। माँ भी न…हद् बकबका सकती हैं। इसीलिए तो शादी से पहले जब इस घर में आता था तो माँ से आमना-सामना होते ही वह भाग लेने का मौका खोजने लगता था। बैंक में भी जिस काउंटर पर माँ बैठी होती होंगी, ग्राहकों का जरूर बुरा हाल होता होगा।

चाय पीकर आँखी ने खाली प्याली साइड-मेज पर रख दी। उसका दुबारा लेट जाने का मन हो आया। इस घर में आते ही उसे जाने क्या हो जाता है! ससुराल में वह जितनी चुस्त-दुरुस्त रहती है, यहाँ आते ही उतना ही आलस्य में घिर जाती है। बिलकुल ही नकारा हो जाती है। यह थकान नहीं, कुछ और ही होता है। उसके सास-ससुर चाहे कितने ही भले हों, मगर वहाँ एक किस्म का संकोच तो होता ही है। इसकी तुलना में गड़िया में एक और ही तरह की मुक्ति का स्वाद तो था ही। क्या इसीलिए यहाँ देह जवाब दे जाती है?

ना, अब और आलस्य नहीं।

आँखी ने जबरन अपने को झटक दिया और बिस्तर से उतर पड़ी। अपनी दुबली-छरहरी देह को उसने धनुष की तरह टेढ़ा किया। अपने लंबे खुले-खुले बालों में उँगलियाँ फेरते-फेरते खिड़की के करीब आ खड़ी हुई। गड़िया का यह हिस्सा अभी भी खासा खुला-खुला था। उसके इस घर की दूसरी मंजिल से सुदूर रेल लाइन तक नजर आती थी। आँखी के माता-पिता जब इस नए मकान में आए, उन दिनों यह जगह बदस्तूर निर्जन थी। अब तो फिर भी कुछेक घर-मकान बन गए हैं। इसके बावजूद कहीं-कहीं टुकड़ा-टुकड़ा जलाशय, पेड़ों-झाड़ियों की हरियाली मौजूद है। काफी कुछ जस-का-तस! सूरज ढलने के बाद शाम जब गोधूलि से मिलती थी, उस वक्त खिड़की पर खड़े-खड़े सामने नजर आती हुई दुनिया को निहारते हुए उसे किस कदर भला-भला लगता था। बेलियाघाटा नामक जगह काफी जन-संकुल, गंदी-शंदी है। काश, शादी के बाद भी इसी तरह के परिवेश में वह रह पाती।

मोबाइल बज उठा। क्षणस्थायी तन्मयता झनझनाकर टुकड़े-टुकड़े हो गई। प्रकृति की तरफ से ध्यान हटाकर उसने तकिए की बगल में रखा मोबाइल उठा लिया।

छोटे से मॉनीटर पर नजर डालकर उसने फोन कान से लगाया—'हाँ उत्पल, बोल।'

'खूब जमाई-षष्ठी मना रही है!'

'हाँ, सुबह-सुबह ही गड़िया आ गई थी।'

'जरूर जोड़े से! जोरदार भोज-पकवान चल रहा है! हाँ-हाँ, साँटे जा! साँटे जा! हम सबकी तो तकदीर ही फूटी है,भई। कोई साला किराए पर भी नहीं बुलाता।'

'खूब आहें भर रहा है। किसी को जुटा ले और झूल जा उसके गले।'

'अरे जनाब, तकदीर में कोई जुटती कहाँ है? नाटक करता हूँ, यह सुनते ही सब सिर पर पाँव रखकर भाग खड़ी होती हैं।' उत्पल ने जोर का ठहाका लगाया।

हँसी रोककर उसने कहा, 'खैर, छोड़, काम की बात सुन। कल हमारा रिहर्सल हो रहा है।'

'क्यों?'

'श्याम दा को जाने क्या प्रॉब्लम है। रिहर्सल परसों होगा। उसी समय! घड़ी के काँटो-काँटो छह बजे! श्याम दा ने ग्रुप के सभी लोगों को सूचित कर देने को कहा है।'

'नए नाटक का ही अभ्यास होगा न?'

'बे-शक! दिसंबर में पहले शो का टारगेट है। अब तो सिर्फ उसी ड्रामे को

नियमित रूप से रगड़ा जाएगा।'

'क्यों रे, वह नाटक जम तो जाएगा? बहुत ज्यादा कचकच है न उसमें?'

'मुझे ऐसा नहीं लगता। अगर उतना सा भी न हो तो नाटक उतारना ही फिजूल है। बिलकुल निरर्थक! दिनोदिन चारों तरफ का माहौल जैसा होता जा रहा है, कोई प्रतिवादी…विरोधी स्वर की बेहद जरूरत है। इसके अलावा, नाटक अगर जरा हटकर नहीं हुआ तो ग्रुप का नाम 'विकल्प' क्यों रखा गया है?'

'सो तो सच है। श्याम दा जो कहना चाहते हैं, वह बेशक समकालीन है। मुझे तो बस यह फिक्र है कि दर्शकों को यह नीरस न लगे।'

'नहीं री आँखी, दर्शकों को कभी 'अंडरएस्टीमेट' मत करना! कभी नासमझ मत समझना। दर्शक भी अब साफ-साफ बातें सुनना चाहते हैं। श्याम दा तो इस नाटक के बारे में काफी आशावादी हैं।'

'हूँऽऽ, ठीक है, परसों ठीक समय पर पहुँच जाऊँगी।'

बंद करने के बाद भी आँखी ने मोबाइल नहीं रखा। मोबाइल लिये-लिये ही वह कमरे से बाहर निकल आई। वह सीधे स्टडी-रूम में चली आई और देखा, कंप्यूटर यथारीति खुला हुआ है। झूमू की उँगली यथारीति की-बोर्ड पर और अयन उसकी बगल की कुरसी पर आसीन था। दो जोड़ी आँखें कंप्यूटर की स्क्रीन पर चिपकी हुईं।

भौंहें नचाकर आँखी ने पूछा, 'इतने बेसुध होकर दोनों क्या देख रहे हो?'

'चुप! एकदम चुप!' अयन ने होंठों पर उँगली रखकर कहा, 'अभी मैं झूमू के ब्वायफ्रैंड से चैट कर रहा हूँ।'

'तुम?'

'यस! मैं सवाल कर रहा हूँ, वह जवाब भेज रहा है। जब वह कोई सवाल करता है तो झूमू मेरी तरफ से जवाब लिख रही है।'

'वा-ह! पगलिया के ताल में ताल मिलाकर तुमने भी पागलपन शुरू कर दिया!'

टाइप करते-करते ही गरदन घुमाकर झूमू ने अपनी दीदी की तरफ आँखें तरेरकर देखा। जीजा के सामने अपने लिए 'पगलिया' विशेषण से उसे शायद कहीं चोट लगी।

आँखी ने बमुश्किल अपनी हँसी रोकी। उसकी बहिनिया वाकई पागल है। वह न बाहर निकलती है, न घर का कोई कामकाज करती है; नहाने, खाने, सोने के अलावा सारे समय वह कंप्यूटर के सामने बैठी रहती है। बी.कॉम. में उसने कितना

बढ़िया रिजल्ट किया था। पापा ने चार्टर्ड करने के लिए कितना-कितना कहा, लेकिन उस लाइन की तरफ वह गई ही नहीं। मल्टी-मीडिया का काम सीखकर अब कंप्यूटर पर ही स्वाधीन बिजनेस कर रही है। नेट पर ही वह ऑर्डर लेती है; नेट पर ही काम पूरा कर देती है; नेट के जरिए ही पेमेंट भी आ जाता है। हैरत की बात यह है कि रोजगार भी कम नहीं होता। कामकाज से फुरसत के दौरान वह वेबसाइट पर भी घूम लेती है। उसे इसका नशा है। दुनिया भर में उसने अपने दोस्त बना लिये हैं। अफ्रीकी, ब्रिटिश, अमेरिकी, चीनी, जापानी कौन उसका मित्र नहीं है! इन्हीं लोगों में से अचानक किस-किसके साथ उसकी अंतरंगता बढ़ जाती है। तब सुबह-दोपहर-शाम-रात, हर वक्त कंप्यूटर पर वार्त्ताओं के आदान-प्रदान की धूम मच जाती है। ऐसा लगता है कि झूमू शायद उसकी मुहब्बत में ऊब-डूब हो रही है। दो-तीन महीनों बाद दुम से उसकी कुट्टी! संबंध-विच्छेद! वजह? फलाँ बहुत ज्यादा 'रेसिस्ट' जातिवादी है, फलाँ निरा एम.सी.पी. है, फलाँ हद गँवार है, फलाँ बेहद अश्लील है। आजकल श्रीलंका के किसी छोकरे के साथ उसकी दोस्ती जम गई है—अशांत रणसिंहे। उस लड़के ने अपनी फोटो भेजी थी। आँखी ने भी वह फोटो देखी है। साक्षात् जामवंत जैसी सूरत-शक्ल! वह फोटो देखने के बाद भी झूमू जाने क्यों और कैसे तो उस पर फिदा है!

करीब जाकर आँखी ने अयन को कुछ खोंचा मारा, 'झूमू का अशांत तुमसे क्या बतिया रहा है?'

'उन लोगों का सामाजिक रीति-रिवाज कैसा है, यह पता कर रहा हूँ। विचित्र लड़का है। पता है, श्रीलंकाई होते हुए भी वह क्रिकेट की खबर नहीं रखता।'

'इसीलिए तो मैं उसे पसंद करती हूँ।' झूमू बीच में ही टपक पड़ी, 'आई ऑल्सो हेट क्रिकेट! क्रिकेट से मुझे भी अरुचि है।'

'अपने 'लाइक' और 'हेट' की एक लिस्ट मुझे देना तो! मिला-मिलाकर मैं तेरे लिए एक दूल्हे का ऑर्डर दूँगी।'

'मैंने क्या तुझे दूल्हा खोजने को कहा है?'

'लेकिन तेरी शादी करना अब बेहद जरूरी हो गया है री, वरना नेट के ये तमाम भूत-प्रेत तेरे सिर से नहीं उतरेंगे।'

इस बार झूमू की आँखों से गुस्सा नहीं, आग बरसने लगी, 'मैंने तो बता ही दिया है कि शादी-वादी मैं नहीं करूँगी।'

'समूची जिंदगी इसी तरह गुजार देगी, कंप्यूटर के सामने बैठे-बैठे? यूँ ही बैठे-बैठे तेरे बाल पक जाएँगे, दाँत झड़ जाएँगे, जोड़-जोड़ फूल जाएगा। तू गठिया

की शिकार हो जाएगी। आँखों में मोतियाबिंद उतर आएगा, कमर झुककर कमान हो जाएगी।...'

'इससे तुझे क्या? मेरी फिक्र करने को तुझे किसने कहा है? तू भाग तो यहाँ से! जा, फूट!'

'हाँ-हाँ, तुम अपना रास्ता नापो।' अयन ने भी कहा, 'झूमू का अशांत कितना अशांत है, मुझे समझ लेने दो।'

हँसते-हँसते ही आँखी वहाँ से खिसक ली। लेकिन अंदर-ही-अंदर कहीं कुछ चुभता भी रहा। झूमू का यह नेट पागलपन क्या दिनोदिन बढ़ता नहीं जा रहा है? किसी से हेलमेल बढ़ाना तो दूर की बात है, वह तो स्वस्थ-स्वाभाविक जीवन से भी कतराने लगी है। यह कोई शुभ लक्षण नहीं है। अब तो शायद किसी मनोचिकित्सक से सलाह-मशविरा करने का वक्त आ पहुँचा है। ठीक तरह अगर काउंसलिंग हो गई तो मुमकिन है कि यह जीवन-विमुखता अभी भी कट जाए। लेकिन आँखी को इसमें टाँग अड़ाने का हक नहीं है। अगर कहीं झूमू को पता चल गया तो वह और भड़क जाएगी, उलटी राह पर और ज्यादा कदम बढ़ा देगी। माँ से कहकर भी कुछ नहीं होने वाला। एकमात्र पापा ही अगर समझा-बुझाकर राजी करा सकें तो! आँखी क्या आज ही पापा के सामने जिक्र छेड़े?

लेकिन उसे मौका नहीं मिला।

पापा तीर्थंकर बैंक से तो जल्दी ही लौट आए, मगर आते ही दामाद से चिपक गए। आज काम पर न जाने के फैसले के बावजूद उन्हें क्यों जाना पड़ा; ब्रतती की ब्रांच की तुलना में उनकी शाखा में कामकाज का दबाव कितना अधिक है; चूँकि उन्हें गृह-ऋण विभाग का दायित्व सौंपा गया है, उन्हें कितनी तरह के झंझट-झमेले झेलने पड़ते हैं—अयन को वे सविस्तार समझाते रहे।

बातचीत के दौरान एक राउंड चाय।

पति के हाथ में चाय की प्याली थमाते हुए ब्रतती ने कहा, 'सुनो, तुम्हारी रामायण कथा तो खत्म हुई, अब जरा औरों की बातें भी सुनो। अयन लोगों की रुद्रपुर की जमीन तो हाथ से निकली जा रही है।'

'मतलब?'

'सरकार ले लेगी।'

'क्यों?'

'ओफ ओ! उस तरफ कोई एक विदेशी प्रोजेक्ट आ रहा है न।'

'किसकी फैक्टरी आ रही है? सकूरा लोगों की? अयन की जमीन भी क्या

उसमें पड़ गई है?'

'सुन तो यही रहा हूँ।' अयन ने सिर हिलाकर कहा, 'हमारे खेत की जमीन! उन लोगों को आठ सौ एकड़ जमीन की जरूरत है। इसलिए धनेरवाली ब्लॉक की काफी सारी जमीनें उसमें घुस जाएँगी।'

'अच्छा! तुम लोगों की जमीन पर खूब अच्छी खेती होती है?'

'उस तरफ की प्राय: सारी जमीन काफी उपजाऊ है। सिंचाई का अच्छा इंतजाम जो है। साल भर में कभी भी जमीनें खाली नहीं पड़ी रहतीं। बारहों महीने कोई-न-कोई फसल लहलहाती है।'

'फिर? ऐसी उपजाऊ जमीन सरकार सकूरा लोगों के हवाले कर देगी?'

'अब उपाय क्या है? सुना है कि सकूरा लोगों को वहीं की जमीन पसंद है। उनके टॉप ऑफीसर आकर उस जमीन का चुनाव कर गए हैं।'

'फिर भी···वही जमीन क्यों, भई? और कहीं क्या कोई जमीन नहीं है?'

'कलकत्ता के आसपास ही अगर फैक्टरी बन रही हो तो खेती की थोड़ी-बहुत जमीन तो लेनी ही होगी।' ब्रतती ने मंतव्य दिया, 'एक झटके में पूरे आठ सौ एकड़ अनाबाद जमीन तुम्हें आसपास मिलेगी कहाँ! सकूरा लोग अब सुंदर वन जाकर तो कारखाना गढ़ेंगे नहीं।'

'यह तो सच है।' अयन ने भी सहमति जताई, 'हमारे उस तरफ कितनी सुविधाएँ हैं, जरा सोचिए! बेहद खूबसूरत रास्ता-घाट! कलकत्ता के साथ वेल-कनेक्टेड, चाहो तो खट् से एयरपोर्ट तक पहुँचा जा सकता है। यह एक ऐसा एरिया है, जिसे कोई भी लूट ले।'

इसके बावजूद तीर्थंकर कुछ मानने को तैयार नहीं थे। उन्होंने होंठ बिगाड़कर कहा, 'उन लोगों की पसंद-नापसंद ही बड़ी हो गई। वे लोग जो चाहेंगे, उनको सौंप दिया जाएगा?'

'इस ग्लोबलाइजेशन···आई मीन भूमंडलीकरण के युग में उद्योगपतियों की इच्छा ही चरम होती है, पापा! इसके अलावा यहाँ की इंडस्ट्री का हाल तो देख ही रहे हैं, ऐसे में अपनी तरफ से मोल-भाव करना क्या संभव है? सकूरा कंपनी ने हमारे यहाँ आने की इच्छा जताई है। यही हमारे लिए बहुत ज्यादा है। अगर यह फैक्टरी बन गई तो यहाँ के उद्योग-मानचित्र का नक्शा ही बदल जाएगा। चारों तरफ नया जोश जाग उठेगा। शायद इसीलिए सरकार भी···'

'हो सकता है। हो ही सकता है!' तीर्थंकर ने सिर हिलाते हुए कहा, 'मुझे यह सोच-सोचकर बुरा लग रहा है कि···कारखाना बनने का मतलब है, तीन-चार फसली

जमीन हमेशा-हमेशा के लिए बरबाद! यह भी तो एक किस्म की राष्ट्रीय क्षति है। क्यों, यह सच है या नहीं?'

'आप जितना परेशान हो रहे हैं, बात उतनी परेशानी की नहीं है। खेती-बारी करके आजकल देश को कितने पैसों की आय होती है? इसके बजाय अगर कोई इंडस्ट्री बन जाए तो चारों ओर जरूर आसपास और भी डाल-पत्ते उगेंगे, आई मीन, सहायक कल-कारखाने बन जाएँगे। तब कितनी अथाह दौलत जेनरेट होगी, बताएँ तो? धान-आलू-परवल-बैंगन के मुकाबले कम-से-कम सौ गुना अधिक मुनाफा! और इससे अंत में देश को ही मुनाफा होगा। साथ ही नौकरी-चाकरी के मौके भी बढ़ेंगे और यह राष्ट्रीय लाभ होगा।'

तीर्थंकर आगे किसी बहस में नहीं गए। उन्होंने खामोशी से अपनी चाय खत्म की। आँखी को जाने क्यों तो लगा कि उसके पापा अयन से सहमत नहीं हैं। वैसे, अयन ने कोई गलत तर्क तो नहीं दिए। दूसरी तरफ पापा की बातें भी फेंकने लायक नहीं है। अतिशय उपजाऊ जमीनें कम होती जाएँ, देश के लिए क्या यह शुभ हो सकता है?

अयन को भी तीर्थंकर के मनोभाव का शायद थोड़ा-बहुत आभास हो गया।

उसने चेहरे पर हलकी-सी हँसी खींचकर कहा, 'अब मैं एक प्रैक्टिकल बात करूँ? अपना व्यक्तिगत नजरिया बताऊँ? वहाँ फसल चाहे जैसी भी होती हो, रुद्रपुर की जमीन से हमें क्या मिलता है? जो लोग हमारी जमीन पर खेती करते हैं, पूरी-की-पूरी सुविधा वही लोग उपभोग करते हैं। वे लोग हमारे हाथों में जितना-सा टिकाते हैं, उससे तो पूरे साल भर में मार-काटकर करीब तीस हजार रुपए ही मिलते होंगे। उस रकम के तीन हिस्से होते हैं—बापी, काका और बुआ! इसलिए उस जमीन के होने, न होने से हमें कोई फायदा है? वहाँ जमीन की जो कीमत है, अगर बेचने जाएँ तो कुल मिलाकर शायद आठ-दस लाख रुपए मिल सकते हैं। लेकिन सरकार इसकी जो कीमत देगी, सुना है, हमें वह रकम हम तीनों के लिए उससे बहुत ज्यादा होगी। आप तो बैंक में हैं, हर वक्त हिसाब-किताब में ही डील करते हैं। अब आप ही बताएँ, हमारे लिए कौन सा सौदा ज्यादा मुनाफे का है?'

तीर्थंकर हँस पड़े, 'हाँऽ, यह तुमने कमाल की बात कही। इसके ऊपर कोई बहस नहीं हो सकती।'

'अब मैं एक काम की बात कहूँ?' ब्रतती सँभलकर बैठ गईं, 'दस लाख या बारह लाख जो भी मिले, रुपए फेंककर मत रखना। बाईपास के किनारे-किनारे ढेरों अपार्टमेंट, ढेरों फ्लैट बन रहे हैं। देख-सुनकर कोई फ्लैट बुक कर डालो।'

'हाँ, ऐसा ही कुछ सोचना होगा। बेलियाघाटा वाला फ्लैट अब नहीं चलता। एक तो चौथी मंजिल पर है, उस पर से जगह कम है। वैसे भी इस अंचल में आ जाएँ तो सुविधा-ही-सुविधा है। आँखी का स्कूल करीब होगा, मुझे भी कॉलेज आने-जाने में कोई प्रॉब्लम नहीं होगी और खुले-खुले परिवेश में माँ-बापी को भी जरूर अच्छा लगेगा। लेकिन…'

'लेकिन क्या?'

'साउथ में आने में बापी को ही जरा हिचक है। बापी की नजर में खुली-खुली जगह का मतलब है—लेक टाउन, बाँगड़, हद-से-हद पाइकपाड़ा।'

'नहीं, नहीं, नहीं! उस तरफ हरगिज मत जाना। झूम पर काफी स्ट्रेन पड़ जाएगा।'

'जानता हूँ। लेकिन लगता नहीं कि कोई समस्या होगी। आँखी ने बापी को जैसे जीत लिया है, वे हरगिज नहीं चाहेंगे कि आँखी मुश्किल में पड़े।'

'लगता है, झूम तुम्हारे बापी की काफी सेवा-जतन करती है?'

'सिर्फ बापी को ही नहीं! माँ-बापी दोनों को लगातार, बार-बार तेल मारती रहती है। एक को बार-बार चाय सप्लाई करती रहती है, दूसरे को रसोई से हटाकर खुद जुटी रहती है। अभी उसी दिन, जैसे ही इसने सुना कि बुआ आ रही है, झट से साड़ी-वाड़ी पहनकर सुघड़ बहू सज गई। आप लोगों की बेटी का माथा बहुत साफ है। वह ठीक समझती है कि उसका कौन सा एक्शन कितना नंबर दिलाएगा!'

अयन के कहने की भंगिमा पर तीर्थंकर ने जोर का ठहाका लगाया। बेटी की खूबियों का बयान सुनकर ब्रतती भी गद्गद हो आई। लेकिन आँखी खास खुश नजर नहीं आई। अयन के साथ उसका रिश्ता चाहे कितना भी गहरा हो या पुराना हो, उसके परिवार के लिए तो वह नई-नई है। उसका वहाँ अपने को मनवाने, घरवालों के दिल में जगह बनाने के प्रयास को अयन यूँ टेढ़ी निगाहों से क्यों देखता है? आँखी को यह भला नहीं लगता, बिलकुल भी भला नहीं लगता!

रात को खा-पीकर वापसी की राह में टैक्सी में उसने कुछ भरी आवाज में पूछा, 'मेरे एक सवाल का जवाब दोगे? नाटक छोड़कर?'

परितृप्त आहार के बाद अयन ने सीट पर अपने को ढीला छोड़ दिया था। उसने आँखें मूँदे-मूँदे ही पूछा, 'क्या? सच में ही तुम्हारी क्या यही राय है कि तुम्हारे यहाँ मैं हर पल नाम खरीदने की कोशिश में लगी रहती हूँ?'

'जा ब्बाबा, देख रहा हूँ, तुम तो झूमू से भी दो-चार कदम बढ़कर हो। अभी तक वे हँसी-मजाक मन में पाले बैठी हो।'

'तुम जानते हो, मुझे इस किस्म की बातें पसंद नहीं हैं।'

'ओफ ओ, मैंने क्या किन्हीं बाहरी लोगों के सामने कुछ कहा? तुम्हारे ही माँ-पापा के सामने...'

'किसी के भी सामने, तुम ऐसी बातें करते ही क्यों हो?' आँखी की निगाहें टेढ़ी हो आईं, 'तुम समझते हो कि तुम्हारे घर में जो-जो करती हूँ, जिस ढंग से रहती हूँ, सबकुछ के पीछे कोई-न-कोई उद्देश्य है, कोई मतलब है, तो क्या मैं भी यह सोच सकती हूँ कि तुम्हारी वह डायलॉगबाजी भी अकारण नहीं है?'

'मतलब?'

'मतलब बिलकुल आसान है। बेटी की तारीफ कर-करके तुम मेरे माँ-बाप की नजरों में अपनी एक छवि तैयार करने की कोशिश तो नहीं कर रहे हो?'

इतनी देर बाद अयन शायद अचकचा गया।

वह तनकर बैठ गया। 'अब इसकी कोई जरूरत है क्या? तुम्हारे घरवालों की नजर में मेरी भावमूर्ति क्या पहले से ही काफी उजली-धुली नहीं है?'

कोई जवाब न देकर आँखी ने अपनी नजरें बाहर की तरफ गड़ा दीं। अब, मन-ही-मन उसे ईषत् हँसी आने लगी। वैसे उस हँसी में कोई मजा नहीं था, विद्रूप भी नहीं था, शायद थोड़ी-बहुत तकलीफ ही घुली-मिली थी। अयन को कॉलेज में मास्टरी की नौकरी मिल गई है, इसलिए आँखी के माँ-बाप की नजर में उसका मोल जरा बढ़ गया है। आँखी के माँ-बाप पहले अयन को किस नजर से देखते थे। क्या वह जानता है? नहीं, वह नहीं जानता। आँखी ने भी उसे कभी नहीं बताया। जिसे वह प्यार करती है, उसके अहं-बोध को भला वह चोट पहुँचा सकती है! आँखी के माँ-बाप को तो यह भरोसा ही नहीं होता था कि अयन जैसा शुरू से लेकर अंत तक मध्यम किस्म की मेधावाला लड़का कभी किसी दिन जीवन में अपने पैरों पर खड़ा भी हो सकेगा। यही सोचकर तो तीर्थंकर ने अमेरिका-प्रवासी सॉफ्टवेयर इंजीनियर लड़के के साथ बेटी का रिश्ता तय किया था।

पति-पत्नी ने कोरस में कहा, 'कॉलेज-जीवन का वह टुटपुँजिया प्रेम अब भूल जाओ। डीसेंट लिविंग और ऐशो-आराम की जिंदगी के लिए किसी 'ब्राइट' लड़के से शादी कर लो!' यानी आँखी के माँ-बाप की नजरों में अयन उन दिनों भी नितांत अयोग्य और तेजहीन था। वह तो आँखी ने ही जिद पकड़ ली, इसलिए अंत में...। वैसे अयन ने बेशक उसका मान रखा था।

किसी दैवी मंत्र-बल से वह दूसरी दफा में कॉलेज सर्विस कमीशन की दहलीज पार कर गया। वैसे पैनल में उसका नाम शीर्ष की सूची में नहीं था। लेकिन काफी

सोर्स-वोर्स लगाने की वजह से पोस्टिंग भी कलकत्ता के उपकंठ में मिल गई। राजनीति से वह हमेशा से ही कमोबेश संपर्क रखता आया था। वही उसने इस्तेमाल किया, और क्या? हालाँकि उसने जुबान से कुछ नहीं कहा, मगर आँखी को अंदाजा हो गया था। असल में, वह वक्त को पहचानती है। अयन को भी! बहरहाल, उस नौकरी की बदौलत ही थोड़े-थोड़े राजी, बाद में नीमराजी का दायरा पार करके तीर्थंकर-ब्रतती इस विवाह के लिए सहमत हो गए। आजकल तो वे दोनों 'दामाद-दामाद' कहकर गद्‌गद हैं। लेकिन क्या सच में ही, उसके प्रति कोई ऊँची धारणा वे दोनों बना सके हैं? विवाह के छह महीने के बाद भी अभी भी आँखी का संशय नहीं मिटा।

अयन ने आँखी के कंधे पर हाथ रखकर बेहद धीमी आवाज में पूछा, 'क्यों, क्या सोच रही हो?'

'कुछ नहीं!'

'आजकल तुम छोटी-मोटी बातों में सीरियस हो उठती हो।'

आँखी ने कोई जवाब नहीं दिया। उसकी निगाहें अँधेरे-उजाले में लिपटी सड़क पर गड़ी रहीं। वह बाईपास के किनारे-किनारे कतार-दर-कतार मकानों को देखती रही।

अयन ने कहा, 'कल एक काम करना होगा, समझीं?'

'कौन सा काम?'

'एक बेहद खूबसूरत-सा गिफ़्ट खरीद लाना! छह-सात सौ रुपयों के अंदर! क्रिस्टल का फ्रूट बॉल या फूलदान या कोई शो-पीस।'

'कहीं निमंत्रण है?'

'अरे वाह, भूल गईं! परसों शुभाशीष दा की छोटी बेटी की शादी है न!'

शुभाशीष राय चौधरी प्रोफेसर समिति के नेता थे। अयन से काफी स्नेह करते थे। प्रीतिभोज के दिन अयन ने आँखी से उनका परिचय कराया था। शुभाशीष बाबू की बेटी के विवाह की बात आँखी ने पिछले हफ्ते ही सुनी थी। लेकिन उसके दिमाग से यह बात बिलकुल निकल गई थी।

आँखी बेतरह सकुचा गई, 'हाय माँ, सच में ही तो! लेकिन मैं तो नहीं जा सकूँगी।'

'क्यों? बुधवार को तो तुम्हारा रिहर्सल होता नहीं?'

'इस हफ्ते रिहर्सल उसी दिन में पड़ गया है। शाम को उत्पल का फोन आया था।'

'कोई मतलब होता है? शुभाशीष दा से पूरे भरोसे के साथ वादा किया कि

बुधवार को तुम घर पर ही रहती हो, हम दोनों जरूर आएँगे। अब, अगर मैं बताऊँगा कि रिहर्सल की वजह से तुम नहीं आईं तो कैसा लगेगा?'

'सॉरी! बहुत-बहुत सॉरी!'

'नहीं, सॉरी से नहीं चलेगा। यह एक दिन तुम 'स्किप' करो।'

'बिलकुल निरुपाय हूँ जी! विश्वास करो। रुटीन रिहर्सल होता तो मैनेज किया जा सकता था, लेकिन यह नए नाटक की रिहर्सल का पहला दिन है। बाप रे, किसी हालत में भी डूब नहीं मारा जा सकता।'

'कमाल करती हो जी! अब मैं शुभाशीष दा को क्या जवाब दूँगा?'

'जरा समझाकर कहना, प्लीज! मैं किसी और दिन शुभाशीष बाबू के यहाँ हो लूँगी।'

अयन कुछेक पल को गुम हो गया।

दो-तीन मिनट के बाद उसके गले से दुबारा आवाज फूटी, 'यानी सच ही तुम लोग नया नाटक उतार रहे हो?'

'हाँ, इस बार किसी कहानी या उपन्यास का एडप्टेशन नहीं है। मौलिक नाटक है। श्याम दा ने खुद ही लिखा है। पिछले शनिवार को उन्होंने हमें पढ़कर सुनाया था।'

'मुझे तो नहीं बताया?'

'शनिवार को घर लौटने के बाद हमारी बात कहाँ हुई? उस दिन तुम तो किताबें-विताबें बिखेरे महा-व्यस्त थे। लिखते रहे, लिखते रहे। रात को सोने के लिए बुलाया, उसका भी तुमने कोई जवाब नहीं दिया। उसके बाद मुझे भी याद नहीं रहा।'

'नाटक का विषय क्या है?'

'बिलकुल आम लोगों के बीच से उठकर आए हुए एक राजा की कहानी है। क्षमता का मुकुट सिर पर धारण करते ही राजा की मतिभ्रष्ट हो जाती है। अब, राजा को यह भी याद नहीं रहता कि वह राजा क्यों बना था? किन लोगों ने उसे राजा बनाया था? पुराने संगी-साथी उसके करीब नहीं आ सकते, नए-नए चापलूसों से हर वक्त घिरा रहता है। राजा जो भी करता था, चापलूस तालियाँ बजाकर उसकी जय-जयकार करते थे। इस राजा को लेकर ही कई-कई घटनाएँ, उनकी प्रतिक्रिया, काउंटर-प्रतिक्रिया। आखिरकार अपना ही मुकुट उसके माथे पर बिलकुल जड़ जाता है और राजा का दु:खद अंत होता है। क्यों, कैसी लगी कहानी?'

अयन ने नाक सिकोड़कर पूछा, 'श्याम दा के दिमाग पर इस किस्म की अजीबोगरीब कहानी का भूत कैसे सवार हो गया?'

'अरे वाह! जरा हटकर नाटक करने की इच्छा नहीं होती?'

'बेसिर-पैर की इच्छा है। श्याम दा जैसे वामपंथी शख्स को इस किस्म की इच्छा शोभा नहीं देती।'

'क्यों? चूँकि वे वामपंथी हैं, इसलिए उन्हें स्वाधीन चिंतन का कोई हक नहीं होना चाहिए?'

अयन ने कोई जवाब नहीं दिया। उसने सिर्फ आँखों के कोरों से आँखी की तरफ देखा। वह किसी सोच में पड़ गया।

□

३

विद्यार्थियों के दाखिले के लिए सुभाष आवेदन-पत्रों का पुलिंदा मेज पर रख गया था। स्टाफ-रूम की कोनेवाली कुरसी पर बैठे-बैठे अयन ने वह पुलिंदा खोल डाला। कम-से-कम दो सौ आवेदन-पत्र तो जरूर होंगे। हर आवेदन-पत्र पर एक बार नजर दौड़ानी होगी। कैसा उबाऊ काम है!

इस बार जून के आखिरी हफ्ते में उच्च माध्यमिक के परिणाम घोषित हुए। उसके बाद से ही कॉलेज में चुनने-छाँटने का हंगामा। दफ्तर में छात्रों ने ढेर-ढेर फॉर्म जमा किए थे। अब चुनने-छाँटने का सिलसिला चल रहा था। जनरल कोर्स में भरती को लेकर अयन और उसके सहकर्मियों को माथापच्ची नहीं करनी पड़ती। वह काम कमोबेश दफ्तर ही सँभाल लेता है। लेकिन सम्मानित विभागों का दायित्व काफी हद तक अयन जैसे लोगों पर था। नंबर-वंबर के मुताबिक कार्यालय जो सजा देता है, उसका अक्षर-अक्षर मिलान करना पड़ता है। इसके बाद नामों की सूची टाँग दी जाएगी। सिर्फ अयन के इतिहास के विषय में ही नहीं, बँगला, अंग्रेजी, राष्ट्र-विज्ञान, दर्शन, अर्थनीति—सभी विभागों में भी यही प्रक्रिया चल रही थी। स्टाफ-रूम की सारी मेजों पर बदस्तूर कर्म-व्यस्तता का आलम था।

अयन ने झटपट कई फॉर्मों पर निगाह दौड़ाई। उसे थोड़ी-थोड़ी प्यास लग आई। वह अपनी जगह से उठा और पानी का जग ले आया और गट्-गट् पानी पीने लगा।

'कहो जी, कितनी दूर पहुँचे?'

सामने प्रशांत, विभागीय प्रधान खड़ा था।

अपनी भीगी हथेलियाँ पोंछते-पोंछते अयन ने जवाब दिया, 'ज्यादा नहीं।

अभी तो कुल बीस फॉर्म पार किया है।'

'कुल बीस!'

'अभी-अभी तो शुरू किया है।'

करीब पचास साला, दुबला-पतला, लंबा प्रशांत राम बगल की कुरसी खींचकर बैठ गया।

उसने सिगरेट-माचिस निकालकर मेज पर रखते हुए पूछा, 'आज शुभ्रा नहीं आई?'

'अभी तक तो नजर नहीं आई।'

'यानी डूब मार गई।'

प्रशांत मंद-मंद मुसकरा उठे, 'यह फॉर्म-चुनाव के दिन शुभ्रा जरूर सी. एल. ले लेती है।'

शुभ्रा घोष का कायदा अब तो अयन भी समझ गया है। उसे नौकरी में आए पूरे छब्बीस महीने हो गए। पिछले वर्ष भी छात्र-चुनाव के दिन यही नजारा था। उसके पहले के वर्ष में भी यही आलम! उसके इतिहास विभाग में प्रोफेसरों की संख्या कुल चार थी। कामाख्या बाबू के रिटायर होने के डेढ़ वर्ष बाद भी चौथे पद पर अभी तक कोई नहीं आया। क्यों नहीं आया, यह तर्क का विषय है। प्रिंसिपल के मुताबिक पैनल खत्म हो गया है। इसलिए यह पद पूर्ण नहीं हो पा रहा है। प्रशांत जैसे लोगों का कहना है कि यह महज सरकारी रुपए बचाने का कौशल है। बहरहाल, वजह चाहे जो भी हो, नवीनतम प्रोफेसर के तौर पर ये फॉर्म देखने-चुनने की जिम्मेदारी अयन को ही वहन करनी पड़ती है।

काम करते-करते ही अयन ने कहा, 'आज दो-एक गेस्ट लेक्चरर को बुला लेना क्या संभव नहीं था? छाँटने का काम आसान हो जाता।'

'वे लोग भला क्यों आएँ?' तत्काल ही प्रशांत ने तीखा-सा बाण चलाया, 'सेकंड और थर्ड-ईयर के इम्तहान अभी-अभी खत्म हुए हैं। अब, नो क्लास! फर्स्ट ईयर की क्लासें जुलाई के आखिर में शुरू होंगी। सिर्फ फॉर्म उलटने-पलटने के लिए बुलाया जाए तो कॉलेज क्या उन्हें पैसे देगा?'

'फिर भी···आप प्रिंसिपल से एक बार कह सकते थे। वे किसी और खाते में यह खर्च दिखाकर···'

'फिर कोई गैर-कानूनी काम करें, यही न? सॉरी! मैं इसमें शामिल नहीं हूँ। यूँ भी, जिस एक आदमी को गेस्ट लेक्चरर नियुक्त किया गया है, यू.जी.सी. के नियम-कानून मानने की कोई अला-बला नहीं। सिर्फ रूप-रंग देखकर नौकरी दे डाली।'

'आप ऐसा क्यों कह रहे हैं, प्रशांत दा?' जयंती, नवारुण तो बहुत अच्छा पढ़ाते हैं। कम-से-कम विद्यार्थियों की तरफ से कोई शिकायत नहीं आई।'

'देखो, नानी को ननिहाल मत दिखाओ तो! छात्र तुम लोगों की क्लासों का थोड़े ही परवाह करते हैं। वह तो सिर्फ कानून से बचने के लिए कॉलेज में नाम लिखाया जाता है। पढ़ाई-लिखाई तो चटाई पर होती है।'

'इसमें तो आपका ही फायदा है। क्लास में किसी तरह एक लेक्चर झाड़ आओ, काम खत्म!' यह कहना चाहकर भी अयन ने वह जुमला निगल लिया। प्रशांत जैसा मुँहफट इनसान है, क्या का क्या बक देगा!

चेहरे पर हलकी-सी हँसी खींचकर अयन ने कहा, 'सच्ची, यह प्राइवेट पढ़ाने के धंधे के खिलाफ अगर जरा सी भी कड़ाई बरती जाती…'

'कुछ नहीं होगा। जड़ काटकर डाल सींचने से क्या फायदा? पूरे सिस्टम में ही घुन लग गया है।'

प्रशांत ने झट से सिगरेट सुलगा ली, हालाँकि स्टाफ-रूम में धूम्रपान की हलकी-फुलकी मनाही जारी थी।

इसके बावजूद उसने धुआँ उड़ाते हुए कहा, 'लाओ दो! लाओ, थोड़े से फॉर्म मुझे पकड़ाओ। हम दोनों मिलकर झटाझट चेक कर डालें।'

नीचे से फॉर्म का एक पुलिंदा निकालकर अयन ने प्रशांत की ओर बढ़ा दिया।

उसने कुछ उत्साहित लहजे में कहा, 'इस बार नंबर बहुत अच्छे आए हैं। कितने ही सीधे फर्स्ट डिवीजन हैं।'

'आजकल नंबर तो मुरमुरों की तरह बाँटे जाते हैं। लड़के-लड़कियाँ भी खुश, माँ-बाप भी मारे खुशी के डगमग! दुनिया भर के लोग धन्य-धन्य करते हुए। इधर उम्मीदवार से अगर सवाल करो—हुमायूँ जहाँगीर का कौन था, तो तुम देखोगे, वह बंदा भौंचक्का-सा तुम्हारी ओर फटी-फटी आँखों से देख रहा है। यह तो हालत है।'

उफ! ये प्रशांत जैसे लोग क्या कभी भी, कहीं कोई भली बात नहीं खोज पाते! हर वक्त निंदा, सिर्फ निंदा! अयन मन-ही-मन बेतरह खीज उठा। सिर्फ दूसरों में गलतियाँ निकालते रहने से भला क्या होगा! अगर इतने ही ज्ञान-विशारद हो तो सृजनात्मक कुछ कर दिखाओ। अभी पिछली फरवरी में अयन ने छात्रों को साथ लेकर कल्याणकारी रक्तदान शिविर का आयोजन किया था। इसमें कहीं राजनीतिक गंध है—यह वास्ता देकर प्रशांत उस कार्यक्रम में आया ही नहीं। इकोनॉमिक्स डिपार्टमेंट में 'भूमंडलीकरण के दुष्परिणाम' विषय पर एक सेमिनार हुआ। वहाँ भी अपने नामी-गिरामी वक्ताओं से उलटे-पुलटे सवाल करके उन लोगों की नाक में दम कर दिया।

इस किस्म का छिद्रान्वेषी, छुआछूत माननेवाले, शक्की इनसान दुनिया के किसी काम नहीं आता।

बातें आगे न बढ़ाकर अपने काम में जुट गया। प्रशांत भक्-भक् धुआँ उगलता रहा। एकदम से दम घुटने लगा, लेकिन कुछ कहने का साहस नहीं था। कुछ कहते ही वाग्बाण से धज्जी-धज्जी कर देता—'समूचा समाज ही तो प्रदूषित हो गया है, बिरादर! सिर्फ स्टाफ-रूम को विशुद्ध रखकर क्या होगा?'

टॉयलेट की तरफ जाता हुआ दर्शन का प्रोफेसर परिमल अयन की मेज तक आकर पल भर को ठिठक गया। अपना चश्मा सँभालते-सँभालते उसने एक बार प्रशांत और एक बार अयन पर नजर डाली।

उसने घरघराती आवाज में पूछा, 'आज का अखबार पढ़ा, प्रशांत बाबू?'

'अखबार मैं अक्षर-अक्षर पढ़ता हूँ।' प्रशांत ने आँखें बिना उठाए ही पूछा, 'क्यों, क्या हुआ?'

'देख रहे हैं न, धनेरवाली में टाँग अड़ाना शुरू हो गया। एक किसान दल तो पहले से ही अपनी जमीन न देने का शोर मचाने लगे हैं।'

'भई, यह गणतांत्रिक देश है, परिमल बाबू! किसी-किसी को इसमें आपत्ति हो ही सकती है।'

सहसा अयन की नसें तन गईं। कारखाने के लिए जमीन अधिग्रहण की विज्ञप्ति करीब पाँच दिन पहले जारी हो चुकी थी। कल या परसों वह चुँचुड़ा गया था। डी.एम. ऑफिस में वह बातचीत भी कर आया था। सितंबर के शुरू में क्षतिपूरण का चेक दिया जाएगा। वैसे आज अखबारों में छपा है कि धनेरवाली के बी.डी.ओ. दफ्तर में कल हल्ला-गुल्ला हुआ है। यह कोई खास बड़ी घटना नहीं थी। लेकिन मीडिया तो हर विषय में रस और मजा ढूँढ़ती फिरती है। इस खबर को काफी महत्त्व देकर छापा गया है। उस इलाके में अयन परिवार की भी जमीन मौजूद है। कॉलेज में किसी को भी इसकी जानकारी नहीं थी। वैसे भी, बुला-बुलाकर बताने की जरूरत भी क्या है? उसके सहकर्मियों का जो राग-रंग है, उसके इस आयायित सौभाग्य से बहुतों की छाती पर साँप लोटने लगा।

फार्म उलटते हुए परिमल का एक और आक्षेप उसके कानों में पड़ा।

परिमल ने खासे उत्तेजित लहजे में कहा, 'यह तो हुआ बेवजह की बाधा डालना। देश के हित के लिए, देश की जरूरत पर सरकार जमीन ले ही सकती है। इसके अलावा वहाँ एक बड़ा प्रोजेक्ट आया तो तुम्हीं लोगों को तो फायदा है। तुम लोगों को नौकरी-चाकरी मिलेगी, हाथ में नकद रुपए आएँगे''तकदीर खुल जाएगी।'

इतनी देर बाद प्रशांत ने सिर उठाया।

'यह तो हम-आप सोचते हैं, परिमल बाबू!' उसने कहा, 'हम-आप जो दूर रहते हैं, दूर से देखते हैं। जिन लोगों की सच में जमीन है वहाँ, उन लोगों में से कोई-कोई को यह मामला शायद ज्यादा सुविधाजनक न लगे।'

'छोड़िए तो! उन लोगों को क्या लगेगा, क्या नहीं लगेगा, इसकी भला क्या अहमियत है! उन लोगों की समझ कितनी-सी है? जरूर पीछे से कोई कल-काठी हिला रहा होगा।'

'यह बहुत ज्यादा आसान व्याख्या हो गई। कुछ लोगों को सच ही जेनुइन शिकायत भी हो सकती है। मैं तो कहूँगा, हमें उनका भी वक्तव्य ध्यान से सुनना चाहिए।'

'हुँह, जन-जन की राय लेने लगे तो बन चुका कारखाना! यहाँ जो कभी कुछ नहीं हो पाता, वह क्या यूँ ही?'

यह कहते-कहते परिमल वहाँ से चला गया। अयन ने प्रशांत पर एक चोर निगाह डाली। प्रशांत जमकर बहसबाजी नहीं कर पाया, इस बात से उसे मजा नहीं आया। किसी भी काम में व्याघात आ पड़े तो इनसान इतना खुश क्यों हो जाता है? यह नेगेटिव नजरिया है, बेहद नेगेटिव!

कैंटीन का गदाइ हाथ में चाय की केतली लिये स्टाफ-रूम में दाखिल हुआ। घूम-घूमकर चाय देने लगा। अयन ने हाथ हिलाकर उस लड़के को बुलाया।

उसने धीमी आवाज में प्रशांत से पूछा, 'क्यों? चाय चलेगी न?'

प्रशांत हँस दिया, 'चाय के मामले में मैंने कभी 'ना' कहा है?'

'साथ में कुछ खा भी लिया जाए। भूख भी लगी है।'

अयन ने गदाइ से पूछा, 'क्यों रे, आज तुम लोगों का मेनू क्या है? चाय फ्राई या पूरी-कचौरी?'

सोलह-सत्रह साला गदाइ ने जोर-जोर से सिर हिलाया।

वयःसंधि की फटी-फटी आवाज में उसने जवाब दिया, 'आज वह सब कुछ भी नहीं बना है, सर!'

'क्यों?'

'कौन खाएगा, सर? कॉलेज तो खाली है।'

'तो तेरा कहना है, आज कुछ भी नसीब नहीं होगा?'

'टोस्ट खा सकते हैं, सर या फिर टिफिन केक···'

'चल, दो पीस टोस्ट ही दे जा। लेकिन पहले चाय दे जा।'

हलका नाश्ता निपटाकर अयन बाथरूम भी हो आया; लेकिन अपनी कुरसी पर लौटने के बजाय वह बाहर के लंबे बरामदे में आ खड़ा हुआ। एक बार आँखी को फोन कर ले। दोपहर के वक्त वह रोज ही उसका फोन खटखटाता है।

मोबाइल में रवींद्र संगीत का सुर बहाकर आँखी ने जवाब दिया, 'हाँ, कहो!'

'सो रही थीं क्या?'

'बिलकुल भी नहीं! अभी-अभी तो खाकर उठी हूँ।'

'इतनी देर?'

'हाँ, देर हो गई। घर ही लौटी करीब एक बजे। स्कूल में आज गार्जियन-मीट था।'

'खूब हो-हल्ला मचा?'

'वह तो रोजमर्रा का रुटीन है। उनके बच्चे क्लास में शरारत करते हैं, यह सुनते ही किसी-किसी माँ-बाप के बदन पर छाले पड़ जाते हैं। आज ही मेरी क्लास टू का एक बच्चा, अनिकेत बसुराय, मामूली-मामूली कारणों से दूसरे-दूसरे बच्चों पर दुम-दाम हाथ चला देता है, यह बात बताते ही उसकी माँ एकदम से भड़क गई। उसका कहना था—'मेरा बेटा सात थप्पड़ खाकर भी जुबान से एक शब्द नहीं निकालता। आप लोग गलत-सलत इलजाम लगा रहे हैं। जरूर उसके साथियों ने छेड़ा होगा। आप लोगों को पता नहीं होगा।'

'तुम लोग भी धन्य हो! अरे, बच्चे हैं, थोड़ी-बहुत मार-पीट नहीं करेंगे?'

'जुबान चलाना बेहद आसान है। सर, एक साथ चौंतीस बच्चे सँभालने पड़ते तो पता चलता! अनिकेत तो अभी परसों ही एक लड़की की आँख में पेंसिल घुसाने जा रहा था। अगर सच ही वह दुर्घटना हो जाती तो क्या होता, जरा सोचो? मोनाली के गार्जियन तो हमें चीर डालते। रेक्टर मैडम तो मुझे ही धर दबोचती न?'

'हूँऽऽ! समस्या है, गंभीर समस्या!'

'खूब मजा आ रहा है न! बच्चे सँभालते-सँभालते मेरा तो हाड़-मांस काला पड़ गया।'

'इसके प्लस पॉइंट भी जरा सोचो! जो सारे तजुरबे हासिल कर रही हो, सब काम आएँगे।'

'मतलब?'

'भई, हमारे भी तो बछड़ा-बछिया होंगे न! बच्चे कैसी-कैसी शरारतें करते हैं, इसकी जानकारी तुमने अर्जित कर ली है। पक्की टीचर की तरह, तुम उन बच्चे-बच्चियों को मैनेज कर सकोगी।'

'सच्ची, कुल साल भर की नौकरी में ही कितना कुछ देख लिया!'

'अपनी बारी आएगी तो फिर देखोगी। नए सिरे से रोमांचित होगी।'

'फालतू का हँसी-मजाक छोड़ो। बच्चा होने का खयाल आते ही मेरे तो हाथ-पैर, तन-बदन ठंडे होने लगते हैं।'

'लेकिन बच्चे तो होने ही हैं। माँ तो बनोगी ही। अनंतकाल तक तो मुक्त विहंगी बनकर रह नहीं सकतीं।' अयन शरारत से हँसा, 'मैं तो सोच रहा हूँ कि अब एकाध को दुनिया में लाने का प्लान बना ही डालूँ।'

'ए-इ! एकदम नहीं! अभी मैं इन सबके पक्ष में नहीं हूँ।' आँखी की आवाज में दुलार भरा उपालंभ छलक उठा, 'तुम्हारा क्या कामकाज खत्म? फोन पर आलतू-फालतू बकवास कर रहे हो!'

'काम में तो गले-गले डूबा हूँ। मैडम! काम में फूँका जा रहा हूँ, जनाब! यह जरा सी बातचीत भर ही तो राहत के पल हैं।'

'समझी! लौट कब रहे हो?'

'घर जाकर क्या करूँगा? तुम्हारा तो रिहर्सल है।'

'बीवी मौजूद न हो तो घर नहीं लौटा जाता?'

'लौटने में मजा नहीं आता, डार्लिंग! दुनिया सूनी-सूनी लगती है।'

'हाय, मैं मर जावाँ! बेहतर हो, सीधे-सीधे कहो न कि कहीं अड्डेबाजी करके लौटोगे।'

'क्यों, एतराज है?'

'जरा भी नहीं! हमारे बीच तो तय हो चुका है कि कोई किसी पर अपनी इच्छा नहीं लादेगा।'

'हाँ, इस किस्म का कोई समझौता हुआ तो जरूर था। विवाह से बहुत पहले ही।'

उन दिनों आँखी ने कहा था, 'हमारा रिश्ता बराबरी का होगा। कोई ऊँचा नहीं होगा, कोई नीचा नहीं; कोई किसी के अधीन नहीं होगा।'

शायद उसी वजह से अयन के कॉलेज जॉइन करते ही, वह तत्काल उछलकर ब्याह के पाटे पर नहीं बैठी। जब उसे भी कमोबेश एक पक्की नौकरी मिल गई, उसके बाद...। अयन ने आँखी के इस नजरिए की तारीफ ही की। लेकिन, कभी-कभी उसे अपनी यह बहुरिया जिद्दी भी लगती है। आँखी अयन की टुकड़े-टुकड़े इच्छाओं को ऐसी बेदिली से खारिज कर देती है। वैसे अयन ने भी अपनी कामना-वासनाओं के संदर्भ में उस पर कभी कोई जबरदस्ती नहीं की। जोर-जबरदस्ती वह कर भी नहीं

सकता। कभी-कभी उसे बुरा भी लगता है, फिर भी नहीं।

आँखी क्या अयन से डरती है? या आँखी के प्रति अतिशय प्यार ही उसे कमजोर किए रखता है?

मोबाइल जेब के हवाले करके अयन अनमनी मुद्रा में आसपास निहारता रहा। आसमान में भारी-भारी मेघ तैर रहे थे। परसों से बारिश तो नहीं हुई, लेकिन कभी भी उतर सकती थी। शहर के इस कॉलेज का परिवेश खासा हरा-भरा था। कंपाउंड में काफी सारे लंबे-लंबे पेड़ खड़े थे। बरसात के पानी में पत्ते धुलकर चमक उठे थे। सामने छोटे से मैदान में बिछी घास बेहद जीवंत हो उठी थी। सिर्फ इस परिवेश की वजह से ही इस कॉलेज में वक्त गुजारना बेहद भला-भला लगता है।

स्टाफ-रूम में अचानक तू-तू, मैं-मैं की आवाजें! प्रशांत दा की आवाज है न! अब दुबारा किससे बहस हो गई?

स्टाफ-रूम में वापस लौटकर अयन ने देखा, शिक्षक-शिक्षिकाओं में नहीं, बहस छिड़ी है छात्र-संसद् के दो लड़कों में! प्रशांत तर्जनी दिखाकर जाने क्या कह रहा था! कमरे में बाकी सभी लोग खामोश दर्शक थे।

अयन ने उन दोनों लड़कों से दरयाफ्त किया, 'क्या हुआ है?'

बौने कद के हट्टे-कट्टे तन्मय ने जवाब दिया, 'कुछेक फॉर्म लाए थे। सर लेने से इनकार कर रहे हैं।'

'मजाक समझ रखा है?' प्रशांत हुँकार उठा, 'फॉर्म जमा करने की आखिरी तारीख कल थी और वह तारीख गुजर चुकी है। क्या तुम नहीं जानते कि अब फॉर्म लेना गैर-कानूनी है?'

'इन छात्रों पर मुसीबत टूट पड़ेगी, सर!'

'तो मैं क्या करूँ? इस तरह मैंने आवेदन जमाकर लिया है, यह खबर अगर फैल गई तो अन्य गार्जियन कितने ही किस्म की गड़बड़ी मचाएँगे, कोई अंदाजा है? एकाध केस ठोंक दिया तो सारे एडमिशन कैंसिल हो जाएँगे। तब छात्रों का नुकसान नहीं होगा?'

'कुछ नहीं होगा, सर! हम हैं न! सब सँभाल लेंगे।'

'छोड़ो, छोड़ो! मैं तुम लोगों के भरोसे डिपार्टमेंट नहीं चलाता। दाखिले के नियम-कानून तोड़ना मेरे लिए असंभव है।'

'लेकिन प्रिंसिपल सर ने वादा किया था।...'

'तो फिर प्रिंसिपल सर के पास ही जाओ न!'

'ठीक है, ये रहे फॉर्म! आपका मन हो तो ले लीजिएगा, न मन हो तो मत लीजिएगा।'

इतना कहकर वे दोनों मूर्तियाँ हनहनाती हुई बाहर निकल गईं।

उनके नजरों से ओझल होते ही प्रशांत गुस्से से फट पड़ा, 'इन लोगों के पास आज फॉर्म आए कहाँ से? यह कैसी दो नंबरी है?'

अयन ने छूटते ही कहा, 'मुमकिन है, फॉर्म समय से ही लिया हो, जमा करने में देर हो गई।'

'ठेंगा! प्रिंसिपल कल खुद यूनियन रूम में गए थे। तभी यह खेल शुरू हुआ होगा।'

'यह बात आप इतना जोर देकर नहीं कह सकते, प्रशांत दा।'

'बेशक कह सकता हूँ। प्रिंसिपल चोरी-चोरी यूनियन को फॉर्म सप्लाई करते हैं। तुम क्या सोचते हो, यह बात कोई नहीं जानता?' चश्मा उतारकर अपनी पलकें रगड़ने के बाद प्रशांत ने वह चश्मा दुबारा पहन लिया, 'वेल, तो फिर तुम ऐसा करो, सीधे-सीधे प्रिंसिपल से बात करो। हो सके तो आज ही इन फॉर्म पर प्रिंसिपल के दस्तखत ले लो।'

हूँऽऽ, जितनी सब जलेबी-मार्का बुद्धि! प्रिंसिपल को फँसाए रखने की कोशिश! कौन से कॉलेज में भरती के फॉर्म को लेकर नियम में हेर-फेर नहीं होता? छात्र यूनियन के छात्र पूरे साल भर तक कॉलेज में शांति-शृंखला कायम रखते हैं। उसके बदले में वे लोग थोड़ी सी अतिरिक्त सुविधा का दावा नहीं कर सकते? इन फॉर्मों से यूनियन के छात्रों को अगर दो पैसों की आय हो जाती है तो प्रशांत राय जैसे लोगों का जी क्यों जलता है? एक ही पार्टी की छात्र यूनियन काफी लंबे अरसे से कॉलेज सँभाल रही है। इलेक्शन-विलेक्शन का झंझट नहीं रखा। मार-दंगे का तो सवाल ही नहीं उठता। ऐसी शांतिपूर्ण आबोहवा जाने क्यों सबको सहन नहीं होती? हर वक्त चीखते रहते हैं कि इससे गणतंत्र का सर्वनाश हो गया। अरे भइए, गणतंत्र को धो-धोकर क्या तू पानी पीएगा? सुंदर-स्वस्थ ढंग से सबकुछ चल रहा है या नहीं, यह तो देख!

अयन सच ही प्रिंसिपल के कमरे में जाने की बात सोच रहा था। दरवाजे तक पहुँचने से पहले ही मोबाइल की घंटी घनघना उठी। स्वयं प्रिंसिपल का फोन!

'क्या बात है, अयन? सुना कि तुम लोग फॉर्म लेने से इनकार कर रहे हो?'

मोबाइल कान पर दबाए-दबाए अयन लपककर बरामदे में निकल आया।

उसने आवाज धीमी करके कहा, 'क्या करूँ सर, प्रशांत दा का कहना है कि अगर कहीं कोई केस-वेस हो जाए तो…'

'अरे भई, खबर फैले नहीं बस, यही न! एक काम करो। प्रशांत बाबू को

इसमें मत रखो। दफ्तर को वापस देने से पहले फॉर्मों को नंबरों के आधार पर अंदर-ही-अंदर सजा देना।'

असमंज चाकी खी-खी हँस पड़ा, 'वैसे तुम भी जानते हो, मैं भी जानता हूँ कि उनमें से अधिकांश को ऑनर्स नहीं मिलेगा! बस, एक तसल्ली तो हो जाएगी। इसके बाद अगर कोई सीट खाली हुई, उन लोगों को घुसाया जा सकता है।'

'हूँऽऽ, देखता हूँ, सर!'

'और एक बात! तुम क्या एक बार समिति ऑफिस तक जा सकोगे?'

'क्यों, सर?'

'पेंशन संबंधी एक सरकारी सर्कुलर अभी तक कॉलेज में नहीं आया। वहाँ तुम्हें वह सर्कुलर जरूर मिल जाएगा। उसकी एक कॉपी जेरॉक्स करके लेते आना।'

वापसी में जादवपुर उतरकर अयन का एक बार रातुल के ठिकाने पर जाने का इरादा था। काफी अरसे से रातुल से भेंट-मुलाकात नहीं हुई। कल फोन पर वह काफी बोली-आवाजें मार रहा था। कह रहा था—'अयन बेतरह जोरू का गुलाम बन गया है। बीवी के बिना हिलता तक नहीं।' अयन ने वादा किया था कि फुरसत मिलते ही वह उससे मिलेगा। लेकिन छोड़ो, आज असमंज का ही काम पूरा कर लिया जाए। ऊपरवालों के साथ असमंज का काफी दहरम-महरम है। वैसे उसमें कोई खास रौब-दाब नहीं है। वह लोकल कमेटी, जोनल कमेटी के सदस्यों की जी-हजूरी करता रहता है। लेकिन उसकी जान-पहचान का दायरा काफी विशाल है। कॉलेज फोन पर ही वह हर वक्त अपने संपर्क पुख्ता करता रहता है। सुनने में आया है कि रिटायरमेंट का समय आते ही उसे कॉलेज सर्विस कमीशन कमेटी में बिठा दिया जाएगा। अयन मन-ही-मन कलकत्ते के ही किसी कॉलेज में आने के सपने देखता था। असमंज चाकी की नजर में रहा तो उसका ट्रांसफर खास मुश्किल नहीं होगा। इसके अलावा, जल्दी ही समिति की कॉलेज-शाखा की साधारण कमेटी का चुनाव होने वाला है। असमंज अगर चाहे तो उसे वहाँ भी जगह मिल सकती है। अगर ऐसा हो जाए तो कॉलेज में उसका प्रताप थोड़ा-बहुत बढ़ जाएगा। वैसे किस तरह बढ़ेगा, कितना बढ़ेगा, यह अयन नहीं जानता। लेकिन यूँ प्रताप-विस्तार का खयाल ही मानो उसकी अपनी नजर में उसकी अहमियत बढ़ा देता था।

अयन ने असमंज को आश्वस्त किया, 'आप फिक्र न करें सर, सब हो जाएगा।'

'गुड, वेरी गुड! प्रशांत बाबू के जाते ही वे सारे फॉर्म चटपट क्लियर कर दो।'

अपनी मेज तक लौटकर अयन तूफानी गति से हाथ चलाने लगा; लेकिन काम पूरा होते-होते साढ़े चार बज गए। प्रशांत राय बहुत ही भाषणबाजी करके खिसक

गया था। इसलिए गैर-कानूनी फॉर्मों को लेकर हेर-फेर करने में भी कोई समस्या नहीं थी। आवेदन-पत्रों का पुलिंदा दफ्तर में पहुँचाकर अयन ने एक बार लाइब्रेरी में भी झाँक लिया। पी-एच.डी. का संक्षिप्त सारांश लिखने का काम रुक गया है। बँगला के नव-जागरण पर और दो-एक किताबें चाहिए-ही-चाहिए। उसने लाइब्रेरी में उन किताबों की खोज की, किताबें नहीं मिलीं। अब वह कहाँ जाए?

किताबों के रैक से ही उसने ऊँची आवाज में पूछा, 'दीपक बाबू, सुमित सरकार की 'बंगाल रेनेसाँ' पर जो किताब है, वह क्या इशू है?'

'वह जो शुभ्रा मैडम ने ली है, गरमी की छुट्टियों से पहले।'

'अच्छा, नए लॉट में उसी विषय पर क्या कोई नई किताब आई है?'

'यहाँ···इस अलमारी में है। आप देख लें न, प्लीज!'

अयन ने लाइब्रेरियन की बगल में खड़ी अलमारी की किताबों पर नजर दौड़ाई। ना, यहाँ उस विषय पर कोई किताब नहीं थी। लाइब्रेरियन दीपक सरकार और उसके दो अस्थायी कर्मी बड़े ध्यान से किसी काम में जुटे थे। उस तरफ झाँकते हुए अयन हँस पड़ा। जल्दी ही इस इलाके में कॉरपोरेशन-चुनाव होने वाला है, इसलिए वह त्रिमूर्ति वोटर लिस्ट में उलझी हुई थी। वे तीनों एक-एक नाम मिलाकर देख रहे थे कि कौन-कौन पार्टी के संभावित वोटर हैं; कौन-कौन से लोग टें बोल गए। मगर अब भी उनका नाम वोटर लिस्ट में शामिल है; कौन-कौन लोग कभी भी वोट देने नहीं गए। वे तीनों ही काम के बंदे थे। इन लोगों को नौकरी देना सार्थक है। ऐसे हुनरमंद एकनिष्ठ कर्मी मौजूद हैं, तभी तो पार्टी का संगठन अभी तक इतना मजबूत है। यही लोग तो यह तय कर देंगे कि विजय के लिए किस बूथ में कितने वोटरों का आयात-निर्यात किया जाएगा। साल-दर-साल सत्ता थामे रखने के लिए ऐसी सब सूक्ष्म पच्चीकारी अतिशय जरूरी है।

अयन ने दीपंकर को और परेशान नहीं किया। लाइब्रेरी से निकलकर रिक्शा पकड़कर सीधे स्टेशन! सियालदह उतरकर पैदल-पैदल ही वह समिति दफ्तर पहुँचा। उसने देखा, वहाँ तो जमघट लगा हुआ है। शुभाशीष चौधरी तो था ही, सचिव, सभापति समेत अनेक नक्षत्र वहाँ अपनी-अपनी ज्योति विकीर्ण कर रहे थे। उन नक्षत्रों की भीड़ में अयन भी जम गया। इधर-उधर की गपशप, लनतरानी जारी रही। कोई अतीत के आंदोलनों की जुगाली कर रहा था, कोई कॉलेज की समस्या के बारे में मुखर था, कोई नितांत व्यक्तिगत बातचीत में विभोर था। अयन जब उस महफिल से उठा, आषाढ़ की संध्या बदस्तूर गहरा आई थी।

घर में कदम रखते ही अयन कुछ चकरा गया। समूचे फ्लैट में कैसा सन्नाटा छाया हुआ!

कमरे में बैग रखकर अपनी घड़ी उतारते-उतारते अयन ने पूछा, 'बात क्या है, माँ? आज कर्ता-गिन्नी सीरियल नहीं देख रहे, चक्कर क्या है?'

'तुम्हारे बापी का मूड खराब है। चित्त और दुलाल आए थे। उन दोनों ने तुम्हारे बापी के कान में जाने कौन सा फुस-मंतर मारा, तभी से जनाब का मुँह लटका हुआ है। मैंने टी.वी. चलाया तो साहब एकदम से झुँझला उठे।'

'ये चित्त और दुलाल कौन हैं?'

'अरे, हमारे रुद्रपुर के लोग हैं, जो लोग हमारी जमीन पर खेती करते हैं।'

अयन का विस्मय और बढ़ गया, 'क्या कहा उन लोगों ने? कहीं वे दोनों डरा-धमका तो नहीं गए?'

अयन सीधे प्रभास के कमरे में चला आया। कमरे की बत्ती बुझी हुई थी। अयन ने बत्ती जलाई।

उसने भौंहें सिकोड़कर पूछा, 'क्या बात है? क्या हुआ है, बापी?'

प्रभास आँखों पर बाँहें रखे लेटे हुए थे।

उन्होंने बुझी-बुझी आवाज में कहा, 'फिक्र लग गई है रे!'

'क्यों? चित्त-टित्त कोई धमकी दे गया है क्या?'

'ना, ना! वे लोग तो बेतरह हताश हो गए हैं। यहाँ आकर काफी अनुनय-विनय कर रहे थे। कह रहे थे, अगर जमीन चली गई तो उन लोगों को भूखा रहना पड़ेगा। समूचा परिवार बेमौत मर जाएगा।'

अयन सकपका गया, 'लेकिन जमीन चली जाने के मामले में हम लोग क्या कर सकते हैं? यह कोई हमारे हाथ में तो है नहीं।'

'यह बात तो वे लोग भी जानते हैं। लेकिन वे दोनों बता रहे थे कि बहुतेरे लोग अपनी जमीन छोड़ने को राजी नहीं हैं। हम भी अगर उनका साथ दें, सब मिलकर एतराज उठाएँ तो सरकार शायद अपने कदम पीछे हटा ले। इस तरह उन लोगों की भी रक्षा हो जाए।'

'धत्! ऐसा कहीं होता है क्या? गवर्नमेंट कितना प्लान-प्रोग्राम करके आगे बढ़ रही है। ऐसी बचपना वाली फरमाइश सरकार भला सुनेगी! और सुनना भी नहीं चाहिए। बहुत बड़ा काम होने जा रहा है।' अयन बिस्तर पर बैठ गया, 'इसके अलावा, तुम्हारे चित्त और दुलाल को तो जमीन के मामले में कोई बात करने का हक ही नहीं है।'

'क्यों?'

'वे लोग जो साझा खेती करते हैं, इसका कोई कागज-पत्तर है? इसलिए जमीन हमारी है, हम इसे बेच रहे हैं या किसी ने खरीद लिया, इन सबके किसी भी मामले में उनका कोई वक्तव्य नहीं हो सकता।'

'नहीं, रे बबुआ! कागज-पत्तर ही क्या सबकुछ होता है? वे लोग क्या आज से हमारी जमीन पर खेती कर रहे हैं? हमारे दादा-परदादों के जमाने से वे लोग हमसे जुड़े हुए हैं। पहले तो जमीन और अधिक थी। मेरे दादा ने बहुत सारा हिस्सा बेच दिया। अब तो सिर्फ नौ बीघा जमीन ही बच रही है।' प्रभास कुछेक पल खामोश रहे या अनमने हो गए।

अचानक एक लंबी उसाँस छोड़ते हुए वे फिर शुरू हो गए, 'चित्त के पिता को तूने नहीं देखा। कैसी मजेदार-मजेदार बातें करता था! धीरेन काका झटपट दोहे-छड़े बना सकता था। मेरी माँ से वह सरल मन से कहता था—कठौती भर चिड़वा दिए जाय रहे हैं। भउजी, हमारे हिस्से का 'मोवा' मिठाई, हमका मिले चाही।''' और नव दा, दुलाल का बप्पा! वह तो कक्का की पूँछ था। लोग मजाक करते थे—वो देखो, स्वरूप चक्रवर्ती की छाया जा रही है।''' जहाँ काका, वहाँ नव दा! उन्हीं लोगों के रिश्ते से ही तो चित्त और दुलाल को मैं अपने घर का बंदा समझता आया हूँ। कागज-पत्तर है या नहीं, यह बात कभी मेरे दिमाग में नहीं आई।

'तुमने जो कहा, चलो, सब सच है। चलो, मैंने मान भी लिया। लेकिन तुम्हारे वे सब 'घर के बंदे' भी क्या तुम लोगों को उस नजर से देखते रहे?' अयन की आवाज में विद्रूप झलक उठा, 'नियम के मुताबिक फसल के तीन हिस्सों में एक हिस्सा हमारा प्राप्य है। क्या वे लोग देते हैं?'

'कहाँ से देंगे? उन लोगों का अपना ही पेट नहीं भरता! उन लोगों का ही गुजारा नहीं होता। भगवान् माफ करें, हम सब तो तब भी कमोबेश मजे में हैं; कर-धरकर खा-पी रहे हैं; आराम से गुजारा हो जाता है। दो-दस बोरे धान, आलू ज्यादा लेकर हमें कौन सा मोक्ष-लाभ होगा, बता?'

'इसलिए क्या हम सदा नुकसान के खाते में ही नाम लिखाते रहेंगे?'

'नहीं, ऐसा नहीं है। फिर भी...'

'वैसे तुम्हें परेशान होने या फिक्र करने का कोई हक नहीं है, बापी। पहली बात, जमीन तुम्हारी अकेले की नहीं है। काका और बुआ की इच्छा का मोल तुम्हें देना ही होगा। दूसरी बात 'लैंड' के नजरिए से, हमारे लिए उस जमीन की कोई 'वैल्यू' नहीं है, और अंतिम बात, तुम जो चाहे फैसला करो, सरकार वह जमीन लेकर

ही रहेगी। सकूरा लोगों का कारखाना वहाँ बनेगा–ही–बनेगा। ऐसा होना भी चाहिए।' दो–चार पल खामोश रहकर अयन दुबारा शुरू हो गया, 'लेकिन यह भी सच है कि शब्दकोश में 'ह्यूमैनिटी' यानी इनसानियत नामक एक शब्द भी है, उस पर से हमारे खानदान के साथ उन लोगों का भावनात्मक लगाव, भावनात्मक बंधन भी है। मेरा सुझाव है कि तुम सभी भाई–बहन मिलकर उन लोगों को बीस–पचास हजार रुपए दे दो।'

'मैंने तो कहा था, लेकिन चित्त रो पड़ा।'

'तो?' अयन अब बेसब्र हो आया, 'तुम क्या करना चाहते हो, बताओ तो? वैसे तुम्हारे हाथ में अब कुछ भी नहीं रहा।'

'हूँऽऽ! यही तो मैं भी सोच रहा हूँ।' प्रभास ने आँखें पिटपिटाईं, 'एक बार रुद्रपुर का चक्कर लगा आऊँ।'

'वहाँ जाकर क्या होगा?'

'कुछ नहीं! एक बार खुद अपनी आँखों से वहाँ की हालत देख आऊँ।'

अयन की जुबान से कोई शब्द नहीं फूटा। ऐसी हास्यास्पद बात उसने जिंदगी में नहीं सुनी थी।

□

४

सुबह से बरसात हो रही थी। सावन की मूसलाधार बरसात नहीं, झिर-झिर बूँद-बूँद बरसात! लेकिन बारिश थमी नहीं, लगातार झर रही थी। कल दिन भर सूरज देवता के दर्शन नहीं हुए। आज भी लगता है, वे मुँह छिपाए रहेंगे। इस बार आषाढ़ के महीने में भी वर्षा काफी अनियमित रही। इतने दिनों बाद वर्षा मानो पैर जमाकर ठहर गई है।

बस से उतरकर प्रभास ने छतरी खोल ली। कंधे पर छोटा किटबैग सँभालते हुए उन्होंने एक बार चारों तरफ नजर दौड़ाकर देख लिया। रुद्रपुर का बस-स्टॉप और उसके आसपास की जगह दिनोदिन कैसी बदलती जा रही है! हर बार थोड़ा-बहुत बदलाव नजर आता है। जगन्नाथ मोदी की गंदी-शंदी दुकान अब उठ गई थी। उसकी जगह किसी गैर-बंगाली ने स्टेशनरी की शानदार दुकान खोल ली थी। दुकान के बाहर किस्म-किस्म के खिलौने झूलते हुए। विजय का होमियो-हॉल कभी का बंद हो चुका था। उसकी जगह अब मन्ना मेडिकल स्टोर्स खुल गया था। रतन के साइकिल-मरम्मत के ठेके पर अब मोटरबाइक की मरम्मत का इंतजाम हुआ था। मोबाइल की दुकान की रौनक दिनोदिन बढ़ती जा रही थी। दुकान में अब काँच के दरवाजे लगाए गए थे। भारी-भरकम साइन बोर्ड लटका दिया गया था। उस पर सी.डी.-कैसेट की दुकान नई-नई है न! पूजा के बाद जब वे आए थे, तब क्या यह दुकान मौजूद थी? उन्हें याद नहीं आया। हाँ, सिर्फ नारायण का बाल काटने का सैलून और राखोहरि का टी-स्टॉल अपनी महिमा समेत विराजमान था। ऐसी बदली-बरसात के दिन भी, दस बजे के वक्त भी, करीब चार-पाँच राहगीर स्टॉल के अंदर बेंच पर बैठे-बैठे चाय की चुस्कियाँ ले रहे थे। बस, उतनी सी ही जानी-पहचानी जगह आज भी टिकी हुई है।

प्रभास ने एक छोटी सी उसाँस भरकर सड़क पार किया। रुद्रपुर में कदम रखते ही मन जाने कैसा तो उदास हो आता है। साल में दो-तीन बार से अधिक यहाँ आना नहीं हो पाता; लेकिन हर बार ही उन्हें यही अहसास घेर लेता है। नॉस्टेलजिया? वे आज भी पुराने रुद्रपुर को खोजते हैं, जिसके साथ किसी जमाने में उनका नाड़ी का नाता था। बचपन में उनका काफी सारा समय इसी रुद्रपुर में बीता था। यहीं महामाया पाठशाला में उनकी पढ़ाई-लिखाई की शुरुआत हुई थी। वैसे चौथी क्लास में जाने के बाद से वे अपने पिता के साथ बाहर-बाहर ही रहे। वे क्या करते! पिता की पोस्ट-ऑफिस की नौकरी! रह-रहकर अपनी जगह से हिलते-डुलते रहना ही नियम था। स्कूल जीवन में घाटाल, कूचबिहार, काकद्वीप, जंगीपुर—जाने कितनी-कितनी जगहों में वे चरखी की तरह घूमते रहे। अंत में कॉलेज में दाखिले के बाद वे दुबारा रुद्रपुर लौटे। नौकरी जॉइन करने के पहले तक वे दद्दू-दादी और काका के साथ रहे। इतने सबके बाद भी इस जगह से अगर कोई बंधन न जुड़े तो…।

बस-स्टॉप के पिछवाड़े ही बाजार! चावल-दाल, चिड़वा-मुरमुरे, बताशे के साथ-साथ तेल कारखाना, बीज-खाद-कीटनाशक, जूते-कपड़े-पोशाक के बाजार भी मौजूद थे। वहीं पार्टी-ऑफिस भी स्थित था और आटा-पिसाई की घरघराहट भी! डेकोरेटर और इलेक्ट्रिक की दुकानें भी। बरसात-कीचड़-कादों में भी दो-तीन सब्जीवाले सिर पर छतरी ताने बैठे रहते हैं।

उस वक्त मछुआरिन की टोकरी की सारी मछलियाँ बिक चुकी थीं। वह अपने बटखरे वगैरह समेटकर जाने की तोड़-जोड़ में लगी हुई थी। सेम्हल के बड़े से पेड़ तले एक नौजवान तिरपाल तानकर मुरगियों का हाट सजाए बैठा हुआ था।

चारों तरफ सरसरी निगाह दौड़ाते हुए प्रभास वह अहाता पार कर रहे थे। बेहद चौकन्ने होकर कीचड़-कादों से बचते-बचाते वे आगे बढ़ते गए।

उसी वक्त किसी ने पीछे से आवाज दी, 'क्या रे, भोंबोल, आज घर लौटा है?'

परिचित आवाज! ढाकू था। कड़ाहे में जलेबी छोड़ते-छोड़ते भी प्रभास पर नजर पड़ गई।

पुराने-धुराने चेहरेवाली मिठाई की दुकान के सामने प्रभास जा खड़े हुए। मंद-मंद-सी मुसकान बिखेरते हुए प्रभास ने ही पूछा, 'क्यों, कैसा है? क्या हाल-चाल है?'

'हम सालों का हाल-चाल? रहना-न-रहना, सब एक जैसा! तुम लोग ठहरे शहरी मानस! सामने से गुजर जाते हो, मुड़कर भी नहीं देखते!'

'नहीं रे, बारिश हो रही है न। जल्द-से-जल्द घर पहुँच जाना चाहता हूँ। शीतल को भी बताया नहीं है। जाकर खाना-वाना बनाने को कहना होगा।'

'ओऽऽ! चल, दो मिनट ही सही, अपने पुराने संगी के साथ भी तो बैठ सकता है।'

प्रभास हँस पड़े। बात तो सच थी। महामाया पाठशाला में ढाकू उनका सहपाठी था। साथ-साथ गिल्ली-डंडा खेलते रहे, फुटबॉल पीटते रहे, आम के पेड़ों पर कंकड़-पत्थर का निशाना लगाते रहे। ढाकू का गुलेल का निशाना कितना अचूक था! बोल-बोलकर चिड़ियों को मारता था। एक बार तो चिड़ियों के झुंड ने उस पर हमला ही बोल दिया था और दूर-दूर तक खदेड़ा था। वही मरगिल्ला ढाकू अब विशालकाय, लंबोदर, पूरी तरह गंजा, खाली बदन, पसीने से नहाया हुआ, काला-कलूटा, तारक हलवाई क्या एक ही शख्स है? चूँकि हर बार ही भेंट होती है, वरना प्रभास तो उसे पहचान ही नहीं सकते थे।

छतरी समेटकर प्रभास लंबी-सी बेंच पर बैठ गए। जोर से साँस लेकर उन्होंने सूँघते हुए कहा, 'बड़ी अच्छी खुशबू आ रही है!'

'खाएगा?' उनके जवाब की अपेक्षा किए बिना ही ढाकू ने हाँक लगाकर निर्देश दिया, 'एइ काली! रस में से कुछेक पीस जलेबी निकालकर बाबू को खिला तो। देखना, कुरमुरे हों और हाँ, स्टील की प्लेट में। प्लेट पहले धो लेना।'

किसी गण्यमान्य की तरह अपनी खातिर-तवज्जो होते देखकर प्रभास को खासा मजा आ रहा था। कलकत्ते में उन्हें भला कौन पूछता है! राइटर्स बिल्डिंग के निहायत मामूली से विभाग के बड़े बाबू थे। वे तो निरी उपेक्षा के पात्र थे। अड़ोसी-पड़ोसी की नजर में, नाते-रिश्तेदारों के बीच निरे मध्यवित्त-नगण्य इनसान! इस रुद्रपुर में आते ही उनका वजन अचानक ही बढ़ जाता है।

करीब बारह वर्ष का हष्ट-पुष्ट, सलोना-सा छोकरा कालीचरण रसदार जलेबी उनके सामने रख गया। प्रभास मुँह-अँधेरे टोस्ट-ऑमलेट खाकर निकले थे, स्टेशन और ट्रेन में कई बार सिर्फ चाय पी थी। इस वक्त प्लेट सामने आते ही पेट में भूख भयंकर शोर मचाने लगी। गरम-गरम जलेबी पर तत्काल दाँत बिठाते हुए प्रभास ने पूछा, 'तेरे इस तरफ की क्या खबर है?'

लकड़ी की पतली-सी डंडी से पीठ खुजलाते हुए ढाकू ने पूछा, 'कौन सी खबर जानना चाहता है?'

'यह जो जमीन-वमीन सरकार ले रही है···सकूरा का गाड़ी कारखाना बनेगा।'

ढाकू का हाथ रुक गया। दो-चार पल वह मानो प्रभास का चेहरा पढ़ता रहा।

अगले ही पल दिल खोलकर हँस पड़ा।

'अच्छा? तो इसीलिए बाबू साहब का असमय आगमन हुआ है! जमीन तो तुम लोगों की भी चली गई है न?'

'हाँ, यही तो देख रहा हूँ और किस-किसकी जमीन गई?'

'बहुत से लोगों की! कैमेल की धार बराबर सारी-की-सारी जमीन जाने वाली है। दोनों ओर की जमीन! हरेन विश्वास, रघु मिरधा···और मन्ना परिवार, हमारे बांडुज्ये बाबू, रथबाड़ी के भट्टाचार्यजी, बारिक बाबू—सभी की जमीन हाथ से निकल गई। सिर्फ पश्चिम तरफ की थोड़ी सी जमीन को रिहाई मिली है।'

प्रभास ने मन-ही-मन पूरा नक्शा सोच लिया।

उन्होंने भौंहें कुछ टेढ़ी करके सवाल किया, 'पश्चिम तरफ तो सेन परिवार की ढेरों जमीन है न?'

'वह छोड़ दी गई।' ढाकू ने आँख दबाई।

अगले ही पल उसने आवाज धीमी करके कहा, 'जतीन सेन का मंझला बेटा तो इन दिनों अंचल पंचायत का सिरमौर है न! इसीलिए तो··· ! भइया, चमचम किस्मत लेकर पैदा हुए थे स्साले! कारखाना बन गया तो उनकी जमीन के दाम कैसे तड़तड़ाकर चढ़ जाएँगे, जरा सोचो! बीच से जितेन दलुई ने थोड़ी सी खीर हड़प ली। सेन परिवार के आसपास के जितने लोग हैं, सभी इन दिनों बगलें बजा रहे हैं।'

सेन परिवार की खबर प्रभास के कानों में खट् से बज उठी। लेकिन वे ज्यादा विस्मित नहीं हुए। पार्टी के धाकड़-धाकड़ लोग अलग से कुछ सुयोग-सुविधा लाभ करेंगे, यह कौन सी नई बात है!

प्लेट रखकर प्रभास ने हाथ धोया।

दो घूँट पानी पीकर उन्होंने पूछा, 'सिर्फ रुद्रपुर ही तो नहीं, और भी तीन-तीन मउजा भी तो चले जाएँगे। वहाँ भी क्या इस तरह की छूट वगैरह दी गई है?'

अब ढेकू खी-खी करके हँस पड़ा, 'भोम्बोल, तू भोम्बोल ही रह गया! अरे भइए, जो लोग इतने दिनों से छड़ी घुमा रहे हैं, वे लोग अपना-अपना ये···कुछ पहले ही नहीं समझ लेंगे? जमीन अधिग्रहण की माप देखी है? हू-ब-हू अंग्रेजी के 'एम' जैसी। इस अंग्रेजी शब्द की फाँक-फोकर में बहुत सारे सिपाही-संतरी घुस पड़े हैं। कारखाने के आसपास खेती-बारी तो होगी ही नहीं। सभी लोग उन दिनों अपनी-अपनी जमीन बेचकर लालेलाल हो जाएँगे।'

'देख रहा हूँ, तू 'लाल' रंग से बेतरह नाराज है।'

'छिः-छिः, मैं भी तो 'लाल' ही हूँ रे! महीने-महीने हफ्ता देता हूँ, व्यवसायी

समिति की मीटिंग में जाकर हाथ उठाता हूँ, को-ऑपरेटिव के चुनाव में ठीक-ठीक जगह छाप मार आता हूँ।' ढाकू ने फिर आँख मारी।

उसने आवाज और धीमी करके कहा, 'यह सब न किया तो मेरा कारोबार भला टिका रहेगा! छाल-चमड़ा नहीं छील लेंगे?'

ये बातें क्या सुननी चाहिए? प्रभास को समझ में नहीं आया। यथासंभव वे राजनीति की छाया के आस-पास भी नहीं जाते। कौन किस ढंग से गद्दी पर टिका हुआ है? क्यों टिका हुआ है? कहीं कोई प्रतिवाद क्यों नहीं है? दुर्नीति और कुशासन क्यों निर्विवाद जारी है—यह सब सोचकर प्रभास का कोई फायदा होगा भला! इसके बजाय जिस राह से सुख-शांति कायम रहे, वही राह अपनाना श्रेय है। वे दफ्तर के क्षमताशील यूनियन को कभी नाराज नहीं करते । नैवेद्य की तरह वे रुपए-पैसे नियम माफिक उत्सर्ग करते हैं। पुकार पड़ने पर वे गेट-मीटिंग में भी हाजिर रहते हैं। वे मुहल्ले में भी किसी झूठ-झमेले में नहीं रहते। शीतला पूजा, मनसा पूजा, पार्टी पूजा, रक्षाकाली पूजा—हर पूजा में वे हँसते-मुसकराते चंदा देते हैं। ऐसे निर्विरोधी इनसान होते हुए भी वे अचानक रुद्रपुर क्यों चले आए? यह सवाल भी क्या वे पूरी-पूरी तरह समझ पाए हैं? कौन जाने!

ढाकू ने काली को चाय लाने भेजा था।

विशाल कड़ाही से पेंचदार जलेबी निकालकर रस छानते-छानते ही ढाकू ने कहा, 'लेकिन···इस बार थोड़ी-बहुत प्रॉब्लम हो भी सकती है। समझा? लगता है, कोई बहुत बड़ी हुज्जत होने वाली है।'

प्रभास शायद थोड़े अनमने हो आए थे।

उन्होंने पूछा, 'कैसी समस्या?'

'वे-हीऽऽ··· जमीन अधिग्रहण को लेकर गड़बड़ी तो अंदर-ही-अंदर उबल रही है। तूने टी.वी. में नहीं देखा? सकूरा कंपनी के लोग उस दिन कारखाने की माप-जोख के लिए आए थे। पारसमणि और चड़कडाँगा की बहू-बेटियाँ झुंड बाँधकर पहुँची थीं और उन लोगों को झाड़ू दिखा आईं।'

'देखा है! अखबार में भी पढ़ा।' प्रभास सँभलकर बैठ गए, 'असली मामला क्या है, यही देखने तो आया हूँ।'

'रुद्रपुर में तुझे कुछ भी अंदाजा नहीं मिलेगा। यहाँ सब देनेवाली पार्टी है। रुद्रपुर में इन दिनों ऐसे कितने परिवार हैं, जो सिर्फ खेती के भरोसे अपना पेट चलाते हैं? यहाँ तो सिर्फ चंद वर्गादार ही थोड़ा-बहुत एतराज जता रहे हैं, बस्स!'

ढाकू ने कपड़े की पोटली में मैदे का घोल भरकर कड़ाहे में फिर एक दौर

जलेबी छोड़ी।

उसने हाथ घुमाते-घुमाते कहा, 'परसमणि, चड़कडाँगा, जामतला के लोग तो भड़के हुए हैं। अनगिनत किसान भी अंदर-ही-अंदर फुँफकार रहे हैं। जाने कौन-कौन से संगठन भी बन गए हैं! कहीं इकट्ठा होकर मार-दंगा न शुरू कर दें!'

'यह तू क्या कह रहा है रे? तो क्या कारखाना नहीं बनेगा?'

'उतनी दूर तक मामला नहीं जाएगा। हाँ, समस्या आएगी, सुलझा भी ली जाएगी। अगर सरकार जमीन लेने को आमादा हो तो क्या उसे ठुकराया जा सकता है?' पोटली खाली करके ढाकू ने वह लत्ता काठ के पटरे पर रख दिया।

हाथ पोंछते हुए उसने दुबारा कहा, 'वैसे कारखाना अगर बन गया तो जम जाएगा, समझा! इस जगह का नाम तब बदलकर शायद 'सकूरा सिटी' हो जाएगा। तब मैं भी मिठाई थोड़े ही बेचूँगा।'

'तो क्या करेगा? तेरे पास तो जमीन-जमा भी नहीं है, जिसे बेचकर तू बैठे-बैठे खाएगा!'

'यहीं एक होटल खोल लूँगा। मोगलाइ···चाइनीज! बाद में जापानी लोग भी आएँगे। उन लोगों के लिए जापानी खाना! तुम लोग भी जब यहाँ घूमने आओगे तो तुम लोगों के लिए घर पर खाना भेज दिया करूँगा।' इतना कहते-कहते ही ढाकू की आँखें सिकुड़ आईं, 'हाँ रे भोम्बोल, सुना है कि तूने बड़ी धूमधाम से अपने बेटे का ब्याह किया? लेकिन बहूरानी को तो एक बार भी रुद्रपुर नहीं लाया?'

भारी प्रसंग बदल गया।

प्रभास ने कुछ राहत महसूस की।

उन्होंने हँसकर जवाब दिया, 'बहूरानी नौकरी-चाकरी करती है न, वक्त नहीं मिलता। देखूँ, पूजा के बाद···। तेरा पोता कितना बड़ा हुआ?'

'साढ़े तीन! महा-सयाना हुआ है कमबख्त! बात-बात में मुझे लात दिखाता है।'

छुटपुट गपशप निपटाकर, चाय पीकर प्रभास उठ खड़े हुए। उन्हें छतरी भी नहीं खोलनी पड़ी, क्योंकि बारिश थम चुकी थी। घिसी-घिसी पिच सड़क पर चलते-चलते प्रभास घर की ओर रवाना हो गए। घर ज्यादा दूर भी नहीं था, बस, लगभग पाँच-सात मिनट का रास्ता था। सड़क के दोनों ओर नए-नए घर-मकान बन गए थे। इसके बावजूद पृष्ठभूमि में हरियाली की बहार! वहाँ ज्यादातर पेड़-झाड़ और बाँसों के झुरमुट थे। हाँ, कहीं-कहीं टुकड़े-टुकड़े खेत भी थे। खेतों के जल में सद्य: रोपित धान के चारा लहलहा रहे थे। उन्हें निरखते हुए आँखें जुड़ा जाती थीं। उद्योग-नगरी

बन जाने के बाद क्या इस हरियाली के नामोनिशान बचे रहेंगे? चारों तरफ बड़ी-बड़ी इमारत, दफ्तर, होटलों से अँटा पड़ा होगा। मुमकिन है, यहाँ भिं-चक् शॉपिंग मॉल भी खड़ा हो जाए! यह रुद्रपुर और-और कितना अनजाना-अचीन्हा हो जाएगा!

प्रभास चहारदीवारी से घिरे एक दुमंजिला घर के दरवाजे के सामने पहुँचकर रुक गए। उन्होंने जोर-जोर से दरवाजा खटखटाया।

ऊँची आवाज में उन्होंने नाम पुकारा, 'शीतल! शी-तल!'

शीतल ने नहीं, उसकी बीवी ने दरवाजा खोला।

प्रभास को देखकर वह बेभाव चौंक गई।

उसने सिर पर आँचल डालते हुए पूछा, 'दादा, आप?'

'हाँ, चला आया! शीतल कहाँ है?'

'जी, वे तो खेतों में मजूरी करने गए हैं। मन्ना बाबू के खेत में अभी भी धान की बुआई चल रही है न!'

'ओऽऽ अच्छा! तो ऐसा करो, बरखा का दिन है, जरा खिचड़ी-विचड़ी चढ़ा दो।'

'अब्भी चढ़ाए देती हूँ, दादा! चाय-नाश्ता करेंगे न?'

'नहीं, इसकी जरूरत नहीं है।' प्रभास ने अपने पर्स से सौ रुपए का एक नोट निकालकर उसकी तरफ बढ़ा दिया, 'जो-जो लगे, खरीद लाओ। हाँ, पहले जरा ऊपर की कलसी में···।'

उनकी बात खत्म होने से पहले ही अधेड़ लक्ष्मीमणि हड़बड़ाकर दौड़ पड़ी। दुमंजिले घर के आँगन में एक तरफ शीतल का डेरा! माटी की कच्ची कोठरी, टिन की छादन! शीतल मुर्मू कई सालों से इस घर में रह रहा था। बेहद कम उम्र में पुरुलिया के अयोध्या पहाड़ से वह दिहाड़ी पर मजदूरी करने के लिए इस तरफ आया था। प्रभास के बापी ने ही उसे यहाँ पक्की तौर पर पनाह दी थी। अब प्रभास का समूचा घर शीतल परिवार के जिम्मे है। तनख्वाह वगैरह देनी नहीं पड़ती; रहने के लिए जगह देने के एवज में वे दोनों पति-पत्नी उनके घर-द्वार की देखरेख करते थे और इधर-उधर के खेत या घर में मजदूरी करके अपनी गृहस्थी चलाते थे।

दूसरी मंजिल पर पहुँचकर प्रभास ने बड़े कमरे का ताला खोला। ऊपर की मंजिल के तीन कमरों में यही कमरा कमोबेश जरा फिट-फाट है। यह कमरा बारहों महीने ठीक-ठाक रहता था। पहली मंजिल पर तो हमेशा ही ताला पड़ा रहता था। कहाँ, कौन सी टूटी-फूटी चीज घुसेड़कर रखी हुई थी, अरसे से उन्हें खोलकर भी नहीं देखा गया। प्रभास के दादा प्रमथ चक्रवर्ती ने अपने दोनों बेटों के लिए दुमंजिला

घर बनवाया था। लेकिन छोटे बेटे ने तो शादी ही नहीं की, बड़े बेटे के बेटे-बेटियाँ इस घर का रास्ता ही भूल चुकी थीं। प्रभास जब तक जिंदा हैं तब तक यह घर बेचा नहीं जाएगा। उनके बाद तो···यह खयाल आते ही प्रभास का दिल हाहाकार कर उठा। जब वे बड़े हुए, तब भी काफी वर्षों तक अपने दादा-काका के साथ यहीं रहते-सहते रहे। उन्हीं दिनों की स्मृतियाँ ही क्या उन्हें उदास और अवश कर देती हैं? शा-य-द!

पैंट-शर्ट बदलकर प्रभास ने बदन पर लुंगी-कुरता चढ़ा लिया। उन्होंने किटबैग से तौलिया निकाल लिया। बूँदा-बाँदी तो हो रही थी, मगर एक चोर उमस भी गिजगिजा रही थी, तन-बदन, हाथ-पाँव लिसलिसा रहे थे। आँगन के कुएँ का पानी बेहद ठंडा है, नहाकर तन-मन जुड़ा जाता है। नीचे जाकर सिर पर दो-चार बालटी पानी उड़ेल लें?

लक्ष्मीमणि कलसी उठाकर ले गई थी। वह कलसी में पानी भरकर ले आई।

प्रभास ने निस्पृह लहजे में पूछा, 'शीतल लौटेगा कब?'

महीन आवाज में लक्ष्मीमणि ने जवाब दिया, 'जी, ज्यादा देर नहीं लगेगी। गोपाल से संदेशा भिजवा रही हूँ।'

'कहाँ है वह छोकरा? कहीं नजर नहीं आ रहा!'

'नजदीक ही है, विश्वास बाबू के घर में।'

'वहाँ क्या कर रहा है?'

'विश्वास बाबू का छोटा बेटा आजकल घर-घर केबल टी.वी. लगा रहा है। उसी के साथ गोपाल काम पर लग गया है।'

'ओऽऽ···इस साल उसने उच्च माध्यमिक दिया था न?'

'जी हाँ!'

'पास कर गया?'

लक्ष्मीमणि चुप।

'इस बार भी फेल मार गया?'

'अब उससे पढ़ाई-लिखाई नहीं होगी, दादा!'

'हूँऽऽऽ, तीन-तीन वर्षों में भी जब वह पार नहीं कर पाया, तो···'

'उसका बाप कह रहा था, हाथ का कोई काम सीख ले। अब तो घर में पैसा-कौड़ी लाना ही होगा।'

'इन सब केबल-टेबल की लाइन से पैसा आएगा?'

'अब, जितना सा भी हो! गोपाल का बाप बड़ी किरकिर में है, दादा! यहाँ तो सब जमीन-जमा चला जाएगा, अब मजूरी कहाँ मिलेगी?'

'ये मन्ना लोग शीतल को और कोई काम भी तो दे सकते हैं! धनेरवाली में उन लोगों का कपड़ों का इतना बड़ा कारोबार है।'

'दुकान-दउरी का काम उसे कहाँ आता है, दादा! इसके अलावा, वहाँ तो पहले से ही लोग लगे हुए हैं।'

'हूँऽऽ प्रॉब्लम है!'

'एक बात कहूँ, दादा? गोपाल के बाप के रोजगार पाने की आशा तो अब खत्म! अब आप गोपाल को कलकत्ते में किसी काम पर लगा दें तो···'

'कलकत्ता क्यों? यहीं तो कारखाना बन रहा है। कितनी ही तरह के कामकाज का मौका मिलेगा। तुम फिक्र न करो, कोई-न-कोई इंतजाम हो ही जाएगा।'

लक्ष्मीमणि को मानो भरोसा नहीं हुआ। कुछेक पल वहाँ खामोश खड़ी रहने के बाद वह धीमे कदमों से नीचे उतर गई। सस्ती-सी डोरिया साड़ी में लिपटी, नाटे-से चेहरेवाली लक्ष्मीमणि को देखकर प्रभास को उस पर ममता उमड़ आई। बेतरह निराश हो गई है। वैसे, होना भी चाहिए। नौ सौ एकड़ जमीन पर अगर कारखाना बना तो आसपास की कम-से-कम दो हजार एकड़ जमीन पर भी खेती-बारी की संभावना नष्ट! अस्तु, शीतल इधर-उधर नौकरी की तलाश में भटकेगा, अपने लिए काम जुटाएगा, इस उम्मीद पर मिट्टी पड़ गई है। वैसे गोपाल को ही कलकत्ता ले जाकर उसका कोई भविष्य रचने-गढ़ने की क्षमता क्या उसमें है? कोशिश-तदबीर की जाए तो उसे किसी मोटर गैराज या यंत्र-पाती साइबर लाइन-टाइन में घुसाया जा सकता है। लेकिन उस छोटे से लड़के को रखेंगे कहाँ? उनके अपने फ्लैट में तो अभी भी 'जगह नहीं', 'जगह नहीं' की दशा है। उस पर से बीस-इक्कीस साल का नौजवान आखिर अपना ठिकाना कहाँ गाड़ेगा? ऐसा क्या संभव है? इससे तो शायद यहीं बेहतर है। कम-से-कम सिर पर एक छत तो है! वह यहीं लड़े।

नहाना-खाना निपटाकर प्रभास ने एक गहरी नींद ली। जब वे उठे तो मिजाज तरोताजा! उन्होंने चाय के लिए हाँक-डाक लगाई।

हाथ में कप-डिश लेकर शीतल ही हाजिर हुआ।

प्रभास ने अचकचाकर पूछा, 'क्या रे, तू कब लौटा?'

'बस, कुछ देर पहले। धान की रोपाई आज खत्म हो गई। फौरन चला आया।'

'इस बार जरा देर नहीं हो गई?'

'जी हाँ, करीब हफ्ते भर देर हुई। मन्ना बाबू अपने खेत में बुआई करें या नहीं, यही तय नहीं कर पा रहे थे। उन्हें डर था कि फसल देखकर सरकार कहीं अपनी बात से फिर न जाए! आखिर में सबको खेती करते देखकर वे भी खेती करने के लिए उतर

पड़े। बीज ही कितने बाद में छितराए गए।'

बावन-तिरपन साला शीतल की बातचीत की भंगिमा में हमेशा ही तड़बड़िया भाव! बकता भी कुछ ज्यादा है। उसे डाँट-धमकाकर चुप कराना पड़ता है।

प्रभास ने हाथ उठाकर कहा, 'मन्ना बाबू का किस्सा छोड़। एक काम कर, चित्त और दुलाल को खबर दे। कहना, मैं आया हूँ।'

'उनको तो खबर मिल गई है, बड़े भइया! मुझे तो चित्त ने तुम्हारे आने की खबर दी।'

गाँव-गंज में यही मजा है। खबरें हवा में उड़ती हैं। मुमकिन है, प्रभास को किसी ने बस-स्टॉप पर देखा हो या ढाकू की दुकान पर या सड़क पर देखा हो। बस, उसी पल वार्त्ता फैल गई।

प्रभास ने कुछ हँसकर पूछा, 'चित्त है कहाँ? खेत में?'

'हाँ जी, कल से ही आउस धान का खेत निरा रहा है। आजकल बहुत धीरे-धीरे काम करता है।'

'क्यों?'

'उसका मन उदास है। परसों दु:खी होकर कह रहा था, खेती को लेकर हमारे बाप-जेठू कभी कितना-कितना आंदोलन किए थे और आज हम लोग ही उजड़कर खेती-बारी का हक गँवाने जा रहे हैं!'

यह शिकायत झूठ भी नहीं थी। किसानों का 'तेभागा आंदोलन' इधर भी फैला था। प्रभास के काका स्वरूप चक्रवर्ती पेशे से शिक्षक होते हुए भी उन दिनों कृषक समिति के नेता थे। चित्त का पिता नव भी उन दिनों स्वरूप काका के साथ महा-उत्साह से मीटिंग-जुलूसों में हिस्सा लिया करता था। फसल पर साँझा-किसान के अधिकार की प्रतिष्ठा करने के लिए उसने बेतरह लाठी-सोंटा भी खाया था। पुलिस की लाठी-सोंटे की मार! जोतदारों के पाले हुए गुंडों की मार! वे सब यादें इन दिनों चित्त को पीड़ा पहुँचा ही सकती हैं।

प्रभास क्या कहे, उन्हें समझ में नहीं आया। वे स्वगत सिर हिलाते रहे, शायद कुछ बौखलाए हुए भी थे।

शीतल ने ही चुप्पी तोड़ी, 'तुम एक-दो दिन रहोगे न, बड़े भइया?'

'न्ना! कल शाम को लौट जाऊँगा।'

'काहे जी? कम-से-कम इतवार तक तो रहो। सोमवार को यहाँ से सीधे ऑफिस चले जाना।'

'आजकल मुझसे होता नहीं रे, बड़ी मेहनत पड़ जाती है। थकान होती है।

अब मेरी भी तो उम्र हुई। आज के बाद कल रिटायरमेंट है।'

'अच्छा ही तो है। रुपए-पैसे लेकर निश्चिंत मन से आराम करो।'

हजामत-विहीन शीतल के चेहरे-जबड़ों पर अचानक उदास-सी हँसी झलक उठी, 'संकट में तो हम लोग हैं। कोई जमा-पूँजी संचित नहीं है, अब तो दो मुट्ठी आहार के दरवज्जे भी बंद होने वाले हैं। लगता है, अब तो धनेरवाली बाजार में हाथ में कटोरा लेकर बैठना होगा! अगर देह में माल-वाल लादने की ही ताकत होती, तो…'

मुख्यत: मजदूर होने के बावजूद शीतल से प्रभास का संबंध जरा अलग था। वह उनके घर के हर काम से इस कदर जुड़ा हुआ है कि लगभग अपना आदमी बन गया है। हर समय ऊँच-नीच का भी खयाल नहीं रहता। शायद इसीलिए शीतल ने उनके सामने सीधे-सीधे अपनी मनोवेदना उगल दी।

पल भर के लिए प्रभास को एक नई बात सूझी। रिटायर होने के बाद अगर वे बाकी जीवन रुद्रपुर में गुजारें तो कैसा रहे? अपने बापी की तरह! शीतल-लक्ष्मीमणि अगर साथ रहें तो इन लोगों के पेट की समस्या भी कम होगी और प्रभास-जया को हर समय कामकाज के लिए हाथ बँटानेवाले भी मिल जाएँगे। किसी जमाने में माँ ने इस घर के पिछवाड़े सब्जियों की बगिया लगाई थी, प्रभास भी शीतल को लेकर दुबारा जुट जाएँगे। रुद्रपुर भी तो धीरे-धीरे शानदार शहर बन जाएगा। किसी भी आधुनिक उपकरण की कमी नहीं होगी यहाँ। उधर बबुआ और आँखी भी उस फ्लैट में आराम से फिट हो जाएँगे। अभी ही कोई नया फ्लैट खरीदने का हंगामा नहीं रहेगा। इसके बजाय रिटायरमेंट पर उन्हें जो रुपए मिलेंगे, उसके साथ यह जमीन बेचकर जो दस लाख रुपए मिलेंगे—वह सब भी जमा रहेंगे।

लेकिन अगले पल अपनी इस आकाश-कुसुम कल्पना को प्रभास ने झटक दिया। कलकत्ता छोड़कर जया भला रुद्रपुर आकर रहेगी! असंभव! यहाँ दो-तीन दिन रहते ही उसे भागने की पड़ जाती है।

नीचे से फटी-फटी आवाज सुनाई दी, 'प्रभास भाई, घर में हो? प्रभास भाई!'

'लो, दुलाल दा आ गए।' शीतल प्राय: उछल पड़ा।

खिड़की के पास जाकर उसने जवाब दिया, 'ऊपर आ जाओ जी!'

धोती-कुरताधारी दुलाल रबड़ की चप्पल फटफटाते हुए दूसरी मंजिल में हाजिर हो गया। प्रभास का ही हमउम्र, लेकिन उनसे जरा बड़ा नजर आता हुआ। बाल लगभग सफेद! बादामी रंग के माथे पर मोटे-मोटे निशान! आजकल वह खेती-बारी अकेले नहीं सँभाल पाता, इसलिए अपने छोटे बेटे को खेत में उतारा है।

दरवाजे से ही दुलाल ने कहा, 'जाने कब से तुम्हारे आने का आसरा देख रहा था। कब तुम आओगे; कब देखोगे कि कितने हाल-बेहाल हैं हम!'

'क्या करूँ, समय ही नहीं निकाल पा रहा था।' प्रभास ने कुछ झूठ बोल दिया।

वे जो दुविधा में फँसे हुए हैं—भाई-बहन, बीवी-बेटा, हर कोई रुद्रपुर के बारे में उनके माथापच्ची के विरोधी हैं—यह बात निश्चय ही दुलाल को नहीं बताई जा सकती।

उन्होंने सहज लहजे में पूछा, 'चित्त कहाँ है?'

'वह नहीं आएगा। उसने कहा—फालतू-फालतू जाने से क्या फायदा? कोई हल निकलेगा भला!'

'कौन सा हल चाहता है वह? मेरे हाथ में है क्या?'

'भई, चित्त में इतना बोध-विचार नहीं है। पाँच-पाँच बेटियाँ हैं, कुल दो ही पार कर सका है। उस पर अन्न-चिंता! उसकी तो इन दिनों पागल-पागल जैसी दशा है। हर वक्त घुटनों में सिर गड़ाए बुदबुदाता रहता है। पास में कोई कागज-पत्तर होता तो हाथ में कुछ आता भी। अब तो वह फक्कड़ है!'

अब प्रभास जरा सिटपिटा गए। इसमें उनका कोई दोष नहीं था, फिर भी वे सकुचा गए। या शायद वे भी दोषी हों! कृषक आंदोलन के इतने बड़े नेता होने के बावजूद स्वरूप चक्रवर्ती ने अपने दो साझा किसानों का नाम दर्ज नहीं कराया, यह तो बाकायदा दुर्भाग्यजनक घटना है। प्रभास और बाकी लोगों ने भी कभी इस ओर ध्यान नहीं दिया। उन लोगों ने मान ही लिया था कि वे लोग अपने ढंग से खेती करेंगे; थोड़ा सा हिस्सा उन लोगों को देंगे, बाकी खुद भोग करेंगे। और इसी तरह सिलसिला चलता रहेगा। अचानक ही ऐसी एक भयंकर परिस्थिति उदित हुई। क्षतिपूरण के हिसाब के मुताबिक, सरकारी रजिस्टर में अगर चित्त-दुलाल का नाम दर्ज होगा तो कुल रकम के चार हिस्सों में से एक हिस्सा उन दोनों का प्राप्य है। यानी जमीन का दाम अगर तीस लाख रुपया हुआ तो उनके हिस्से में साढ़े सात लाख रुपया आएगा। एक-एक के हिस्से में कमोबेश तीन से चार लाख रुपए। वैसे यह रकम कम नहीं है, कम-से-कम साझा किसान के लिए। इसलिए उन लोगों की अदूरदर्शिता की सजा तो चित्त-दुलाल को अब झेलनी ही पड़ेगी। यही सच है या नहीं?

प्रभास ने किंचित अपराधी लहजे में कहा, 'हाँ, इस मामले में भयंकर भूल हो गई। लेकिन फिक्र मत करो, मैंने विभु-गौरी से बात की है। तुम लोगों को हम वंचित नहीं करेंगे।'

दुलाल की आँखें सिकुड़ आईं, 'मतलब?'

'हमने फैसला किया है कि हम तीनों ही पचास-पचास करके दे देंगे। तुम दोनों को ही! समझ लो, तुममें से एक-एक के हिस्से में डेढ़ लाख।'

कुछ भी न पाने के बजाय डेढ़ लाख! दुलाल को थोड़ा तो खुश हो जाना चाहिए था। लेकिन वह जाने क्यों गुम ही रहा।

काफी देर तक गुमसुम रहने के बाद उसने भरी आवाज में कहा, 'यानी तुमने यह फैसला किया है कि अपनी जमीन तुम दे दोगे?'

'हैरत है, जमीन देने, न देनेवाला मैं कौन होता हूँ? और जब नोटिस पड़ ही गया है तो इसका मतलब है, जमीन तो चली ही गई।'

'कब्भी भी नहीं! हरगिज नहीं! हम नहीं मानते।' दुबले-पतले व लंबे दुलाल की आँखें मानो आक्रोश से जल उठीं, 'हम मालिक भले न हों, मगर किसान तो हैं। जमीन की देखभाल करते हैं, जमीन को प्यार करते हैं, जमीन भी हमें खाना-कपड़ा देती है। हमारे लिए जैसे बाल-बच्चे! वैसे ही जमीन। आज सरकार को अचानक मन हुआ और उसने तत्काल हुक्म जारी कर दिया कि वह मेरे जिगर के टुकड़े, मेरी संतान को मुझसे छीन लेगी! ये कैसी जोर-जबरदस्ती है?'

'यह सब तो समझ गया, मगर…'

'तुमने कुछ नहीं समझा, प्रभास भाई! तुम्हारी समझ में आएगा भी नहीं। तुम भला कैसे समझोगे? तन-बदन में कादा-मिट्टी लेपकर खेत में कभी फसल रोपी है? कभी देखा है, नन्हा चारा कैसे धीरे-धीरे सिर उठाता है? हमें टुकुर-टुकुर निहारते हैं? उस वक्त हमारी छाती में क्या होता है, कैसी हरकत जागती है, वह मैं भी तुम्हें नहीं समझा सकता। जिस रस से वह चारा प्राण पाता है, उसे छोड़ने में क्या हमारी छाती नहीं फटेगी?' दुलाल ने जोर-जोर से कुछेक साँसें छोड़ीं।

गला खँखारकर उसने दुबारा कहा, 'खैर, छोड़ो, एक बात बिलकुल साफ-साफ सुन लो। तुम क्या करोगे, यह तुम्हारा विवेक जाने, मगर यहाँ बहुत से लोग अपनी जमीन नहीं देनेवाले—जरूरत पड़ी तो वे लोग अपनी जान दे देंगे, लेकिन जमीन अपने हाथ से हरगिज नहीं जाने देंगे। वे सभी एकजुट हो गए हैं।'

प्रभास को ढाकू की कही हुई बात याद आ गई।

उसने कौतूहल के लहजे में पूछा, 'यानी तुम लोगों ने दल-वल बना लिया है। है न?'

'हम कैसे कर सकते हैं? हम सब तो नंगे-बुच्चे हैं। जिन लोगों की जमीन है, वे लोग ही…। हम उनके साथ हैं।' दुलाल पल भर को रुका, उसके बाद फिर शुरू हो

गया, 'तुम शायद सोचो कि चूँकि रजिस्टर में हमारा नाम दर्ज नहीं है, इसलिए जमीन देने की सोच रद्द करके हम फायदा लूटना चाहते हैं। लेकिन ऐसा नहीं है। रिकॉर्डधारी वर्गादार भी हैं। उनमें से बहुत से वर्गादार जमीन छोड़ने के विपक्ष में हैं।'

दुलाल बदस्तूर उत्तेजित हो आया।

उसे शांत करने के लिए प्रभास ने हलके-फुलके लहजे में पूछा, 'तुम लोगों को उकसा कौन रहा है? सच-सच बताओ, तुम सबके पीछे कौन लोग हैं?'

'कोई भी नहीं, प्रभास भाई, विश्वास करो। हमने इसमें राजनीति का रंग नहीं लगने दिया। कुल चार मउजा के किसानों ने ही…। उसमें लाल, नारंगी, गेरुआ, हरा सभी पार्टियाँ मिलेंगी। हम सब तो सिर्फ एक ही चाहते हैं, है न?'

शीतल काफी देर से खामोश श्रोता की भूमिका निभा रहा था।

अब, अचानक वह बोल उठा, 'उन लोगों ने एक ऑफिस भी खोल लिया है! परसमणि में!'

दुलाल ने छूटते ही कहा, 'नहीं जी! प्रभास भाई, ऐसा कुछ भी नहीं है। परसमणि के जोगेन खामरुई के घर में थोड़ी सी जगह है, वहाँ हम उठते-बैठते हैं, बस इतना ही।…'

'क्या-क्या होता है वहाँ? विक्षोभ का प्लान?'

'सिर्फ यही क्यों? हम अखबारवालों से बात करते हैं, अपनी आपत्ति की वजह समझाते हैं।' दुलाल ने आशा भरी नजरों से प्रभास को देखकर पूछा, 'तुम भी एक बार वहाँ चलोगे, प्रभास भाई? चार गाँवों के लोग क्या चाहते हैं, खुद अपने कानों से सुन लेना।'

प्रभास कुछ सोच में पड़ गए।

वहाँ चला ही जाए। लेकिन वे लोग निश्चय ही सरकार की नेक-नजर में नहीं होंगे। वे किसी झमेले में तो नहीं पड़ जाएँगे?

दुलाल ने अपनी जुबान से भले कुछ भी कहा हो, उस घर की दीवार पर एक साइनबोर्ड झूल रहा था—'जमीन अधिग्रहण प्रतिरोध कमेटी!' लिखावट खास खूबसूरत नहीं थी। टिन की पतरी पर टेढ़े-मेढ़े अक्षर उभरे हुए थे।

वैन-रिक्शा से उतरकर प्रभास ठिठक गए।

पीछे मुड़कर दुलाल ने आवाज दी, 'आओ, चले आओ।'

लकड़ी का दरवाजा पार करके प्रभास अंदर आँगन में आए, दुलाल के पीछे-पीछे! घर-द्वार देखकर यह अंदाजा लगाने में कोई असुविधा नहीं हुई कि जोगेन खामरुई कोई गरीब-अभावग्रस्त किसान नहीं है, बल्कि संपन्न किसान है। कच्चे

आँगन की तीनों तरफ तीन-तीन पक्के मकान; लेकिन एक मंजिला! मँझोली साइज के दो-दो धान-गोला भी मौजूद थे। आँगन के बीचोबीच तुलसी का चौरा! तुलसी चौरे पर प्रदीप जलता हुआ! कहीं से दबी-दबी गंध भी आ रही थी। शायद मवेशीखाने से!

दुलाल ने दाहिनी तरफ के बड़े से कमरे में प्रभास को बिठा दिया। खासा सजा हुआ बैठकखाना। हैंडलवाले सोफे। रंगीन काँच-जड़ी सेंटर टेबल। गुड्डे-गुड़ियों से सजी हुई शो-केस। कमरे में एक लंबा-चौड़ा एक्वेरियम भी था। हरी-हरी आभावाले जल में रंग-बिरंगी मछलियाँ कुलेल कर रही थीं। दोनों ओर की दीवारों पर दो ट्यूब, लेकिन दीवारों के रंग बेहद विकट थे—शोख गुलाबी! आँखों में चुभनेवाला रंग।

पंखा ऑन करके दुलाल तेज-तेज चाल से कमरे से बाहर निकल गया। जब वह लौटा तो उसके साथ पैंतालीस वर्षीय कोई सज्जन भी कमरे में दाखिल हुए। खासा हट्टा-कट्टा चेहरा, बदन का रंग उजला-साँवला, बदन पर लुंगी-फतुआ!

सज्जन ने हाथ जोड़कर कहा, 'मैं ही हूँ जोगेन खामरुई! सुना कि आप स्वरूप चक्रवर्ती के भतीजे हैं?'

प्रभास कुछ मुसकरा उठे।

'काका को क्या आप पहचानते थे?' उन्होंने पूछा।

'बस, एक बार देखा भर है। हमारे हाई स्कूल के मैदान में वे मीटिंग करने आए थे। करीब बीस-बाईस वर्ष पहले की बात है। गजब का भाषण दिया था। हम कम उम्र नौजवानों का तो खून खौल उठा था। मुझे आज भी याद है।'

'आप भी क्या वामपंथी राजनीति से…'

'इतने दिनों तक तो यही जानता था। लेकिन अब सबकुछ अजब भूलभुलैया लगता है। मैं किनके साथ था, क्यों था, इतने दिनों किन लोगों को वोट देता आया, क्यों दिया—अब कुछ भी समझ में नहीं आता। सारा कुछ कैसा गडमड हो गया है।'

'क्यों?' प्रभास ने सवाल किया, 'जमीन के मुद्दे पर?'

'बे-शक! जिस ढंग से ये लोग जमीन छीनने की साजिश कर रहे हैं, अतीत से इन लोगों को किसी हाल भी मिला नहीं पाता। जिन लोगों ने एक दिन जोतदारों के शिकंजे से जमीन मुक्त कराया और किसानों में बाँट दिया, आज वही लोग आप किसानों की जमीन छीनने के लिए हाथ धोकर पीछे पड़ गए हैं। कोई सोच सकता है?'

जोगेन की वाचन-भंगिमा में गुरु-सुलभ गंभीरता थी—किसी नेता-वेता जैसा भाव! प्रभास उसकी बातों का ईषत् मजा लेते रहे।

उन्होंने मुसकराते हुए कहा, 'लेकिन, वक्त भी तो बदल गया है, बिरादर!

उद्योग, कल-कारखाने गढ़ने का खयाल भी तो सरकार को ही रखना होगा। सिर्फ खेती-बारी से तो अब नहीं चलेगा।'

'यह बात कौन नहीं जानता? बनाएँ न कल-कारखाने, शुरू करें न उद्योग; मगर यहाँ क्यों?'

'अरे भइए, कहीं-न-कहीं तो कारखाना बनना ही है न। यहाँ जमीन लेना अवश्यंभावी है। जैसे आप लोग विरोध कर रहे हैं, उसी तरह और-और जगह भी तो अफवाह उड़ सकती है?'

'देखिए दादा, अन्यान्य जगह और इस अंचल में एक फर्क है। हमारे परसमणि, चड़कडाँगा, जामतला, रुद्रपुर जितनी उर्वर माटी सिर्फ इसी राज्य में क्या, समूचे भारत में कहीं है, मुझे शक है। यहाँ बहुत अच्छी पैदावार होती है। तभी तो सरकार ने यहाँ उन्नत सिंचाई का प्रबंध किया है। चार-चार नहरें बनाई गई हैं। कुल बासठ हजार हेक्टेयर अहाता इन नहरों के दायरे में पड़ता है। सरकारी डीप-ट्यूबवेल की संख्या है—एक सौ दो! सरकारी और प्राइवेट मिलाकर 'शैलों' की संख्या प्रायः ढाई सौ। ऐसे एक खुशहाल कृषि इलाके में आखिर किस अक्ल से सरकार कारखाना बनाने की योजना बना रही है? जाने कहाँ का कौन उद्योगपति··· भले वह चीन, जापान, अमेरिका जैसे मुल्क से आया हो, हमें क्या अपना कलेजा उपाड़कर, प्लेट में सजाकर उनके सामने रख देना होगा? इस जले-झुलसे बंगाल में कारखाना बनाने के लिए क्या और कहीं कोई जमीन नहीं है?'

'सो तो सच है!' प्रभास ने सिर हिलाया, '···बिलकुल छुटपन से ही तो देख रहा हूँ···यहाँ के खेत-घाट इतने हरे-भरे हैं, इतने शस्य-श्यामल हैं। फिर भी···'

प्रभास ठिठक गए। कमरे में एक कमसिन-सी लड़की दाखिल हुई। बदन पर सलवार-कमीज, दोनों कंधों से होकर लहराती हुई दो चोटियाँ! खास रूपसी तो नहीं थी, मगर चेहरा बेहद सलोना! लावण्यमयी! चाल की भंगिमा कहीं आँखी से काफी मिलती-जुलती।

जोगेन ने उत्साहित मुद्रा में प्रभास से कहा, 'ये देखिए दादा, हमारी प्रतिरोध कमेटी की एक सदस्या! बेहद कामकाजी लड़की है—श्यामली दलुइ। ऐसी और भी अनेक बहू-बेटियाँ हमारे साथ हैं।'

प्रभास ने आँखें गोल-गोल करके पूछा, 'इन्हीं महिलाओं ने क्या जापानी लोगों को झाड़ू दिखाया था?'

'दुनिया झाड़ू की ही भाषा समझती है, दादा।' जोगेन हँस दिया, 'श्यामली के बप्पा के हिस्से में कुल साढ़े तीन बीघा जमीन है। गृहस्थी में बहुत लोग हैं। बड़े कष्ट

से गृहस्थी चलाता है। नोटिस पढ़ने के बाद से सुभाष दा रह-रहकर विलाप करने लगता है, जार-जार रोता है। मगर यह लड़की काफी हिम्मतवाली है, बेहद सख्त! इधर कॉलेज भी करती है, उधर समिति के कामकाज में भी कमर कसकर उतर पड़ी है।'

प्रभास ने श्यामली को एक झलक भर देखकर सवाल किया, 'एक बात पूछूँ, आप बुरा तो नहीं मानेंगे? सुभाष बाबू के यूँ टूट जाने की कोई वजह है? उन्हें कमोबेश जो रकम मिलेगी…'

'कितना मिलेगा, बताइए?' जोगेन तनकर बैठ गया, 'ग्यारह लाख, बारह लाख; इतने में क्या उनका जिंदगी भर गुजारा हो सकेगा? श्यामली के दो-दो भाई भी हैं। स्कूल में पढ़ रहे हैं…श्यामली की शादी भी करनी होगी…उसका भी खर्चा-पानी है…'

'अगर ऐसी बात है तो सुभाष बाबू कोई व्यवसाय वगैरह शुरू कर सकते हैं।'

'तब तो आप किसानों को पहचानते ही नहीं, दादा! चालीस सालों से वे खेतों में हल चलाते रहे, बीज बोते रहे, खाद बिखेरते रहे। उन लोगों ने खेत-माटी-फसल के अलावा और कुछ सोचना सीखा ही नहीं। आप जानते हैं, मेरे बापू अब उतने सक्षम नहीं रहे, फिर भी लाठी ठुकठुकाते हुए खेत पर जाते हैं। भादों-आश्विन के महीने में खेतों में उतरकर धान की बालियों को सहलाते हैं, धान की फसलों से प्यार करते हैं। वे कहते हैं—'प्यार न दिया जाए तो फसल मान ठान लेती है'… ऐसे इनसान भला और किसी धंधे में जा सकते हैं? माटी के साथ उन लोगों का बिलकुल अलग किस्म का बंधन तैयार हो चुका है। रुपए देकर भला इनका क्षतिपूरण किया जा सकता है?' जोगेन ने जरा दम लेकर दुबारा कहना शुरू किया, 'महज बहस के लिए, अगर मैं यह बात मान भी लूँ कि रुपए पाकर वे लोग कोई नया कारोबार शुरू कर देंगे, तो भी कितने लोग? कितने लोग सफल होंगे? नौ सौ एकड़ जमीन में, आप जैसे लोगों को छोड़कर, सिर्फ खेती पर निर्भरशील लोग कितने हैं? जानते हैं, ऐसे कितने लोग हैं, जो अपनी जमीन छोड़ने को राजी नहीं हैं? कुछ अंदाजा है? कम-से-कम आठ सौ परिवार! यानी इनसानी तौर पर साढ़े तीन हजार! इसके अलावा खेतों की साग-सब्जियाँ बेचकर अपना और अपने परिवार का गुजारा करनेवाले कम-से-कम दो सौ परिवार हैं। बाजार तक सिर्फ फसल लाने, ले जानेवाले वैन-चालकों की तादाद लगभग चार सौ है। शैल किराए पर उठाकर कम-से-कम पचास परिवार अपना पेट भरते हैं, अपनी गृहस्थी चलाते हैं। दिहाड़ी मजदूरों की संख्या लगभग पाँच सौ है। आलू के छह आढ़त हैं। उनके कर्मचारियों में बहुतेरे लोग बेकार हो जाएँगे। यहाँ

आलू के जो कोल्ड–स्टोरेज चलते हैं, वहाँ कर्मचारियों की संख्या भी कुछ कम नहीं है। इसके अलावा दुलाल जैसे भूमिहीनों की तादाद भी डेढ़ हजार है। और सुनेंगे? पति के घर से खदेड़ी हुई ऐसी डेढ़ सौ औरतें हैं, जो इन खेतों के आसपास गाय–बकरी चराकर अपना गुजारा करती हैं। आज हमारी यह सुफला खेत–जमीन अगर छीन ली जाए तो इन लोगों का क्या हाल होगा, कुछ अंदाजा है? इतने सभी लोगों का पुनर्वास क्या किसी भी ढंग से संभव है? सरकार कर सकेगी? जापानी लोग कर सकेंगे?'

जोगेन के लंबे भाषण के दौरान ही लोग एक–एक करके कमरे में आते गए। इधर–उधर आसन जमाते गए। सभी लोग गो–ग्रास की तरह उसके भाषण का एक–एक शब्द निगलते रहे। मुमकिन है, ये बातें उन लोगों ने पहले भी सुनी हों, मगर उन लोगों की एकाग्रता में बूँद भर भी घाटा नहीं पड़ा।

प्रभास के मन में अनजाने ही यह दृश्य धीरे–धीरे घर करता गया।

☐

५

'आपने जो नंबर डायल किया है, वह अभी बंद है। आपके नंबर से एक 'मिस्ड' कॉल एलर्ट भेज दिया गया है…'

धत्तेरे की! फिर वही रिकॉर्ड सूचना!

नाक-भौंह सिकोड़कर आँखी ने मोबाइल रख दिया। अयन को अचानक हुआ क्या है? आज दोपहर को फोन नहीं किया।… फोन करने पर भी जवाब नहीं मिला। उसने फोन 'ऑफ' क्यों रखा है? क्या क्लास ले रहा है? न्ना, क्लास में हो, तब भी फोन लेता है। 'बाद में करता हूँ,' कहकर लाइन काट देता है और अगले पीरियड से पहले खुद ही फोन कर लेता है। कोई जरूरी मीटिंग वगैरह तो नहीं है? लेकिन, ऐसी किसी मीटिंग का जिक्र तो उसने नहीं किया था। वैसे कॉलेज की गपशप का बयान करते हुए अयन को खासा मजा आता है। अगर कोई मीटिंग वगैरह का कार्यक्रम हो तो मीटिंग में वह क्या बोलेगा, अपना वक्तव्य कैसे रखेगा, किसे-किसे वह हरगिज मुँह नहीं खोलने देगा, जरूरत पड़ी तो वह मेज पर हाथ ठोंक-ठोंककर वक्ता को चुप करा देगा—यह सब वह काफी रस ले-लेकर सुनाता है। कल अयन का 'ऑफ डे' था। दिन भर वह घर पर ही था। आलतू-फालतू बकबक भी उसने कम नहीं की। आज कॉलेज में अगर कोई कार्यक्रम होता तो कल वह प्रसंग उठता ही। अचानक कोई वी.आई.पी. तो कॉलेज में नहीं आ धमका? विश्वविद्यालय से तो अकसर आते रहते हैं। उनके सामने वह भलामानस सजा बैठा है! मोबाइल खामोश कर दिया है!

यह सब सोचते-सोचते आँखी खुद ही हँस पड़ी। धत्! अयन कॉलेज में क्या कर रहा है, इससे उसे क्या फर्क पड़ता है? महज एक फोन पाने के लिए वह इतनी उतावली क्यों है? कोई खास जरूरी भी नहीं है, बस खुदरा बातें, फालतू की बतकही!

अजीब-सी आदत पड़ गई है। अगर एक बार भी श्याम की बंसरी न बजे तो तन-मन कसमसाने लगता है। शादी से पहले यही गैर-जरूरी, फिर भी अति-जरूरी फोन रात के वक्त आया करता था—ग्यारह बजे के बाद। उन दिनों वह फोन का किस कदर इंतजार किया करती थी! अगर इसमें एक दिन भी नागा हो जाता तो उसे नींद ही नहीं आती थी। वह बिस्तर पर रात भर छटपटाती रहती थी। शादी के आठ-नौ महीने बाद भी वह आदत ज्यों-की-त्यों है। बस, फोना-फूनी का वक्त बदल गया है। बस इतना ही!

अच्छा, इसी आदत को क्या प्यार कहते हैं? या प्यार ही एक आदत है? आँखी के मन में अकसर यह सवाल जागता है। वह जो अयन नामक लड़का था, माचो-माचो चेहरा, कॉलेज में यूनियन-टूनियन करता था, सालाना फंक्शन में आँखी के अभिनय पर इस कदर फिदा हो गया कि खुद ही परिचय करने आ पहुँचा। उसके बाद जरा-जरा घनिष्ठता, नंदन में फिल्म, अकादमी में थिएटर, कॉफी हाउस में आमने-सामने बैठे रहना, एक दिन भी अगर न मिले तो मन उदास हो जाना—यह सब क्या महज आदत थी? या वह लजाधुर, नाटक-पागल आँखी? जो शुरू-शुरू में अयन को तवज्जो ही नहीं देती थी, उसके बाद जाने कब तो उसके प्रति मोह जाग उठा। वहाँ से प्रेम, थोड़ा-बहुत बुद्धू-बुद्धू बन जाना! उसके बाद अचानक एक दिन उसने अयन को खुद ही चूम लिया और उसे चौंका दिया। सैर-सपाटे के दौरान वह विह्वल आवेश में उन्मत्त होकर शारीरिक खेल में डूब गई। उसने मन-ही-मन संकल्प किया कि अयन के अलावा वह किसी से भी शादी नहीं करेगी। वह आँखी भी क्या अयन की महज आदत बनती जा रही है? इसके भी बाद, जब बाल-बच्चे हो जाएँगे और दोनों प्राणी घर-गृहस्थी में आकंठ डूब जाएँगे, तब भले यह सब हालत हो, लेकिन अभी ही क्यों?

मोबाइल बज उठा।

आँखी लगभग टूट पड़ी। लेकिन मॉनीटर पर नजर डालते ही हताश हो आई—मालविका!

'क्या री, तू?'

'एक जरूरी काम था।'

'यह मैं जानती हूँ। ऐसे ही तो तू फोन करनेवाली नहीं।'

'नहीं री, विश्वास कर, बिलकुल वक्त नहीं मिलता। गबलू ऐसा दूरंत हो उठा है...नंबरी अधमी! यहाँ फेंका-फेंकी की...वहाँ कुछ तोड़ा-फोड़ा, दरवाजा खुला पाते ही फुर्र! मेरी सास को तो तू जानती है। पिटिर-पिटिर देखती रहेंगी, मगर कहेंगी नहीं।

बीच-बीच में गद्गद भाव से सिर्फ एक जुमला रटेंगी—'हू-ब-हू अपने बाप जैसा भया है। शुभ भी ऐसा ही दुष्ट था।' जरा सोच, क्या नाटकीय वचन हैं! इधर बेटे को लेकर मेरी नाक में दम है और वे…'

मालविका एक बार शुरू हो जाए तो कॉलेज की अपनी इस सहेली को चुप कराना मुश्किल है। सास-निंदा के बाण चलाती ही रहेगी।

आँखी ने छूटते ही कहा, 'समझ गई! अब काम की बात पर आ।'

'काम तो गबलू से ही जुड़ा है। दो बरस का हो गया, अब उसे स्कूल में भरती कराना है।'

'दो वर्ष के बच्चे तो प्ले-होम में जाते हैं।'

'हाँ, वहीं दूँगी। लेकिन ऐसे प्ले-होम में देना चाहती हूँ, जहाँ से उसे स्कूल में दाखिला मिल जाए। तेरे यहाँ तो यही सिस्टम है न!'

'हाँ, है तो सही! पहले प्ले-होम में लेते हैं, बाद में नर्सरी में।' इतना कहकर आँखी ठिठक गई।

उसने उसके बेटे का जो विवरण सुना, शिक्षिका के तौर पर उसका आशंकित होना ही स्वाभाविक था।

उसने कुछ सतर्क होकर कहा, 'लेकिन तेरे घर से हमारा यह गोल्डेन इंटरनेशनल तो काफी दूर है, री।'

'स्कूल बस तो होगी ही?'

'प्ले-होम में स्कूल बस की अनुमति नहीं है। नर्सरी में जाने के बाद ही स्कूल बस…'

मालविका पल भर को चुप रही।

थोड़ा ठहरकर उसने कहा, 'नो प्रॉब्लम! मैं गाड़ी से पहुँचा दिया करूँगी, ले भी आऊँगी। दरअसल बात क्या है, जानती है? मैं और शुभ चाहते हैं कि एक ही स्कूल में वह बारहवीं क्लास तक़ पहुँच जाए। आजकल स्कूल बदलने में कितना झमेला झेलना पड़ता है, तू बता? प्लस मैंने सुना है कि तुम लोगों का इंतजाम कमाल का है!'

सिर्फ 'कमाल का' कहना गलत होगा। विराट् प्रबंध है। बाइपास से जरा भीतर की तरफ काफी लंबे-चौड़े अहाते में स्थित है—गोल्डेन इंटरनेशनल! कुल दस-बारह वर्ष पहले ही बना है। इसी बीच तीन-तीन विशाल इमारतें खड़ी हो गई हैं, बाकी दो इमारतें समाप्तप्राय हैं। एडमिनिस्ट्रेटिव हाउस, हाई स्कूल, प्राइमरी स्कूल—सब अलग-अलग! इसके अलावा छात्रों के लिए एक हॉस्टल और लड़कियों के लिए

अलग हॉस्टल! बीच में टीचर्स के रहने का क्वार्टर! रेक्टर सुपर लोगों के लिए बँगलो, ऑडिटोरियम, जिम्नैजियम, खेल का मैदान, मिनी इनडोर स्टेडियम—क्या नहीं है? स्कूल का मालिक कोई गैर-बंगाली उद्योगपति है। लेकिन यह भी सुनने में आया है कि इस स्कूल में किसी जब्बर नेता की भी हिस्सेदारी है। यहाँ की शिक्षा व्यवस्था से पर्याप्त मुनाफा भी है। क्षमता में रहते हुए सिर्फ अपना मतलब पूरा करना ही वर्तमान युग का नियम है। भले वह क्षमता केंद्र की हो या राज्य की।

आँखी ने कहा, 'जब तूने यह फैसला कर ही लिया है तो हजार रुपए देकर फॉर्म उठा ले।'

'अगस्त के महीने में फॉर्म देंगे?'

'प्ले-होम का फॉर्म साल भर देते हैं। लेकिन हाँ, तुम कर्ता-गिन्नी का एक इंटरव्यू लेंगे।'

'सर्वनाश! क्या-क्या पूछेंगे, री?'

'खास कुछ नहीं! सिर्फ यह समझ लेंगे कि घर का परिवेश कैसा है और तुम दोनों आर्थिक रूप से कितने सक्षम हो! घबरा मत, पार कर जाएगी। उसके बाद साठ हजार रुपए देकर दाखिला।'

'यह तू क्या कह रही है?' मालविका की आवाज लड़खड़ाई हुई लगी, 'प्ले-होम में ही साठ हजार?'

'यस मैडम, इसके बाद नर्सरी में भरती होने के लिए अस्सी हजार! तब मासिक ट्यूशन फीस भी लगेगी। स्कूल बस, टूल बॉक्स मिलाकर कम-से-कम बारह हजार! प्राइमरी में फिर एडमिशन फीस। हाई स्कूल में फिर एक दफा और हर बार रकम उछल-उछलकर ऊपर चली जाएगी।

'बाप रेऽऽऽ, यह तो शाही खर्च है, री!'

'फिर भी तो छात्रों की कमी नहीं है। हमारी प्राइमरी में ही हर क्लास के पाँच-पाँच सेक्शन हैं। अभी ही स्कूल में बच्चों की संख्या लगभग तीन हजार है, सुना है, अगले साल तक यह संख्या और बढ़ जाएगी।' आँखी ने गला खँखारकर कहा, 'लेकिन हाँ, महँगा तो है ही। ये लोग कितने-कितने तरीके से पैसा लूटते हैं। उसकी कोई सीमा-परिसीमा नहीं है। कॉपी-किताब, पेंसिल, यूनिफॉर्म सबकुछ स्कूल से ही लेना होगा। दाम भी मन-मरजी का हाँकते हैं।'

मालविका ने थोड़ा ठहरकर कहा, 'अब क्या उपाय, बता? कहीं अच्छी जगह में भरती तो कराना होगा। बेटे के भविष्य को लेकर कोई समझौता तो नहीं किया जा सकता।'

आँखी ने मन-ही-मन कहा—बहुत अच्छा, तुम जैसे लोग मौजूद हैं, तभी तो गोल्डेन इंटरनेशनल जैसे स्कूल की धूम है, इतनी ख्याति है। ऐसे सब स्कूल दिनोदिन यूँ ही तो बढ़ते नहीं जा रहे हैं। इसके सामने का पुराना बँगला मीडियम स्कूल बदहाल है। बेचारा हाँफ रहा है। पिछले दिन ससुरजी ने ही अफसोस जाहिर करते हुए कहा—'यही स्कूल किसी जमाने में स्टैंड करता था; लेकिन आज विद्यार्थियों के अभाव में बंद होने के कगार पर आ पहुँचा है। कितनी प्रतिकूलता है!'

समूचा देश अमीर लोगों से भरता जा रहा है। गरीब लोग हू-हू करके घटते जा रहे हैं।

आँखी ने सिर झटककर कहा, 'ठीक है, किसी दिन आ जा। मैं साढ़े ग्यारह बजे तक स्कूल में ही होती हूँ।'

'तुझे मेरे गबलू की जिम्मेदारी लेनी ही होगी, री! चूँकि तू अभी स्कूल में है, इसलिए मैं वही स्कूल ज्यादा 'प्रेफर' कर रही हूँ।'

यानी एक और बिच्छू-बच्चा तेरे नसीब में जुट गया। खैर, जब अच्छी-खासी फीस चुकाते हैं तो हर किस्म का बच्चा सँभालना ही होगा।

फोन रखकर आँखी कुछ देर आँखें मूँदे पड़ी रही। अच्छा, जब उसे बच्चा होगा तो वह उसे किस स्कूल में डालेगी? सामनेवाले स्कूल में तो हरगिज नहीं। उसके मन में चाहे कितनी भी संवेदना जगे, लेकिन वहाँ क्या वह अपने जिगर के टुकड़े को भेज सकेगी? क्या भेजा जा सकता है? गोल्डेन इंटरनेशनल के शिक्षक-शिक्षिकाओं के बच्चों के लिए काफी रियायतें भी दी गई हैं। अस्तु, यहाँ का खर्च क्षमता के बाहर होने की कोई वजह नहीं है। इसके बावजूद यहाँ का माहौल जाने कैसा-कैसा है! जरूरत से ज्यादा रुपयों की गंध! रुपयों का तेज, रुपयों का दंभ मानो फटा पड़ता है! इसलिए इस स्कूल के बजाय कहीं मँझोले स्तर के किसी स्कूल में ही देगी, जो जरा शरीफ किस्म का हो।

'क्या बात है, अभी तक सोई हुई हो? तुम्हारा रिहर्सल है न?' आँखी हड़बड़ाकर उठ बैठी।

जया हैरत से उसे देख रही थी।

इधर-उधर नजर डालकर आँखी ने पूछा, 'बजा कितना है?'

'यही है जीवन-सीरियल खत्म हुआ, यानी साढ़े चार बजे हैं।'

'इतना बज गया?'

'आज बदली छाई है न, सो समय का पता नहीं चला। मैं चाय बनाकर ला रही हूँ। तुम तैयार हो लो।'

सासजी की यह आंतरिकता आँखी को बेहद विभोर कर जाती है। जीवन शैली में खास आधुनिकता भले न हो, मगर पुत्रवधू को नाटक वगैरह करने को प्रोत्साहित करती हैं। ऐसी सास भला कहाँ नसीब होती हैं! वैसे बीच-बीच में उसे खटका भी लगता है। अयन की माँ कहीं दिल की सहमति के बिना ही अपने को उदार साबित करने की कोशिश तो नहीं कर रहीं?

धत्त! आलतू-फालतू के कूट विचार!

आँखी ने अपने को हलकी-सी डाँट पिलाई और दुबारा अपना मोबाइल उठा लिया। अयन को एक बार फिर पकड़ने की कोशिश की। वही हाल! बाबू साहब आज चुपाए क्यों बैठे हैं? कहीं कोई कुकीर्ति तो नहीं कर रहे?

आँखी मंद-मंद मुसकरा उठी और मेकअप करने बैठ गई। वह धीमे-धीमे गुनगुनाते हुए उसने कसकर एक चोटी बनाई, बड़ी-बड़ी आँखों में 'नयनरेखा' काजल फेरी, होंठों पर हलकी-सी लिपस्टिक, माथे पर छोटी सी बिंदी! बस, इतने से ही उसके चेहरे पर कोई और ही औरत झलक उठी।

सलवार-कमीज पर दुपट्टा ओढ़कर उसने कई-कई बार अपने को आईने में निहारा। अपने को आगे-पीछे, अगल-बगल से निरखा-परखा। शादी से पहले वह अतिशय दुबली-पतली थी, अब भी क्या वह उतनी ही दुबली-पतली दिखती है? नहीं, अब उसके चेहरे की नरम-सलोनी भंगिमा कुछ बढ़ गई है। उसने खुश-खुश मन से अपनी कलाई पर घड़ी बाँधी। वैनिटी-बैग में छतरी भी रख ली।

जया चाय ले आई।

चाय का कप मेज पर रखते हुए जया ने पूछा, 'तुम तो गड़ियाहाट जा रही हो न? मेरा भी एक काम कर दोगी?'

'हाँ, जरूर! कौन सा काम, माँ?'

'नहीं...बीच-बीच में मैं बालों में एक वाइटलाइजर लगाती थी। इससे बालों का झड़ना काफी बंद हो गया था। तुम्हारे ससुरजी से कहा था, दफ्तर-मुहाल में वह वाइटलाइजर नहीं मिला।'

'ठीक है, गड़ियाहाट में देखती हूँ।'

'करीब चार सौ रुपए पड़ेंगे।' छोटी सी चिरकुट के साथ जया ने पाँच सौ रुपए का एक नोट आगे बढ़ा दिया और कहा, 'यह बालों का झड़ना काफी तंग कर रहा है। वह वाइटलाइजर मिल जाए तो मुझे फायदा होगा।'

कुछ हिचकिचाहट महसूस करने के बावजूद आँखी ने नोट ले लिया। वह कोई उपहार लाती है तो जया हँसते-हँसते ले लेती थी। लेकिन जरूरत की चीज के

मामले में, उसमें अपने-पराए का अहसास बेहद प्रखर था। मुमकिन है कि यह रुपया आज उन्होंने अयन से ही माँग लिया हो, लेकिन अयन की बीवी अपना पैसा लगाकर कोई सामान लाए, ऐसा वे कभी नहीं होने देती थीं। सास की यह मानसिकता आँखी बखूबी समझ चुकी थी।

आजकल वह भी इस मामले में कोई जोर-जबरदस्ती नहीं करती थी।

चाय पीकर आँखी निकल पड़ी। बस स्टॉप पर पहुँचकर उसकी भौंहों में चिंता की सलवटें झलक उठीं। कैनाल के उस पार जाने कैसी खोदा-खादी हो रही थी, इसलिए बसें, गाड़ी, सवारियाँ कछुआ चाल से आगे बढ़ रही थीं। छह बजे रिहर्सल शुरू होने वाला था। पाँच यहीं बजने वाले थे। वह वक्त पर पहुँच पाएगी? वह अगर देर से पहुँची तो श्यामल दा भयंकर गुस्सा करेंगे।

'विकल्प' के नाटक का रिहर्सल फर्न रोड में था—अर्धेंदु राय के दुमंजिला मकान की पहली मंजिल पर! अट्ठाईस वर्ष पहले जब इस नाटक-मंडली की स्थापना हुई थी, अर्धेंदु श्याममोहन के साथ था। शुरू के करीब पाँच साल दोनों मित्र मिलकर यह नाटक ग्रुप चलाते रहे। उसके बाद अर्धेंदु दिल्ली चला गया। अपनी नौकरी के सिलसिले में उसे दिल्ली जाना पड़ गया। उसकी ऐसी तकदीर कि वह दुबारा कलकत्ता लौटा ही नहीं। अब वह पूरी तरह दिल्लीवासी हो गया है। फर्न रोड पर दूसरी मंजिल पर उसके बड़े भाई रहते थे और अर्धेंदु के हिस्से में आई पहली मंजिल पर अब पक्के तौर पर 'विकल्प' ग्रुप का अधिकार था। अर्धेंदु बीच-बीच में कलकत्ता आता रहता था और ग्रुप में नई जान फूँक जाता था। अर्धेंदु की बदौलत हर वर्ष दिल्ली में 'विकल्प' का कॉल-शो भी निश्चित था।

आँखी फर्न रोड लगभग साढ़े छह बजे पहुँची। रिहर्सल यथारीति शुरू हो चुका था। श्याममोहन की तीखी भृकुटी हजम करते हुए आँखी उत्पल की बगल में बैठ गई। सौम्य दा और अभिजित संवाद बोल रहे थे। आँखी ध्यान से सुनने लगी। करीब एक-दो मिनट बाद ही उसे कैसा गड़बड़-सा लगा। ये संवाद तो नए-नए हैं न?

आँखी ने उत्पल को कुहनियाकर श्यामल दा से नजरें बचाते हुए सवाल किया, 'यह क्या चक्कर है?'

उत्पल ने फुसफुसाकर जवाब दिया, 'यह नया सीन है। आज ही जोड़ा गया है।'

आँखी के होंठ हिल उठे, 'हाय माँ, क्यों?'

'अजब किस्सा हुआ! धनेरवाली में जमीन-अधिग्रहण के तरीके की कड़ी

आलोचना करते हुए श्यामल दा ने 'प्रभाती वार्त्ता' में एक आर्टिकल लिखा था। उससे बहुतों के बदन पर छाले पड़ गए। परसों 'दिन-काल' पत्रिका में बेहद फूहड़ भाषा में उस आर्टिकल पर हमला किया गया। श्याम दा पर लगभग व्यक्तिगत हमला! शायद आगबबूला होकर श्याम दा धनेरवाली की घटना भी इस नाटक में जोड़े दे रहे हैं।'

वाकई धनेरवाली की हवा धीरे-धीरे गरम होती जा रही है। वहाँ छोटी-मोटी गड़बड़ी तो लगी ही रहती है; एक दिन तो वहाँ लाठी-चार्ज तक हो गया। यह खबर सुनते ही ससुरजी बेतरह परेशान हो उठे थे। खैर, यह स्वाभाविक भी है। वहाँ जो हो रहा है,सच ही वह सही नहीं हो रहा है। बिना कुछ कहे-सुने खट से किसानों की जमीन छीन लें, यह कोई बात हुई? एक दिन तो इस प्रसंग को लेकर अयन और आँखी में अच्छी-खासी बहस भी छिड़ गई थी। लेकिन अयन की जैसी आदत है, वह किसी की बात, कोई तर्क सुनना ही नहीं चाहता। उसकी एक ही रट होती है—'हम जो कुछ भी कर रहे हैं, लोगों की भलाई के लिए कर रहे हैं।' लेकिन वह भलाई इनसान चाहता है या नहीं, इस बारे में गहराई से सोचने के लिए अयन बिलकुल राजी नहीं है। अब तो 'विकल्प' के नाटक में भी धनेरवाली घुस गया है। अयन को जब यह पता चलेगा, वह बेतरह भड़क जाएगा।

आँखी की बिखरी-भटकती सोच अचानक तितर-बितर हो गई।

श्याममोहन हुँकार उठा, 'यह क्या हो रहा है, सौम्य? उसी क्रूर नजर से क्यों घूर रहे हो? षड्यंत्रकारी की तरह? तुम्हारी आवाज बेवजह ही काफी ऊँची होती जा रही है। तुम्हारा हुक्म देना डाँटने जैसा लग रहा है।'

'इस बिंदु पर जरा डर दिखाना ही चाहिए, श्याम दा!'

'न्ना! लगता है, तुम इस चरित्र को समझ नहीं सके। जो यह बातें कर रहा है, वह सचेतन तरीके से धमकी नहीं दे रहा है। राजा को सच ही लगता है कि यह कहना उसके अधिकार में आता है और इसमें उसे कोई अन्याय नजर नहीं आता।'

'हो सकता है; लेकिन वह तो खलनायक जैसी ही हरकतें कर रहा है।'

'ओफ ओ!' श्याम ढेर सारी झुँझलाहट के साथ उठ खड़ा हुआ।

वह पचास साला शख्स जोर-जोर से सिर हिलाने लगा। जाने किन खयालों में डूबे हुए वह खाली जगह पर कुछेक पल चहलकदमी करता रहा। अचानक वह नाटकीय भंगिमा में ठिठक गया।

उसने तीखी निगाहों से सौम्य को घूरते हुए कहा, 'याद है, पहले दिन जब यह नाटक पढ़ा गया, मैंने क्या कहा था? यह नाटक मैंने ग्रीक ट्रेजेडी की धारा का अनुसरण करते हुए लिखा है।'

'हाँ, जानता हूँ।'

'तुमने ग्रीक ट्रेजेडी पढ़ी है?'

'एकाध किताबें! सोफोक्लिस का…'

'कुच्छ नहीं पढ़ा! पढ़ा भी है तो समझे नहीं! गौर से पढ़ो तो तुम्हें पता चलेगा। ग्रीक नाटकों में कहा गया है कि किसी भी बड़े दुःखांत के प्रसंग में एक किस्म की अनिवार्यता होती है। उसे उन लोगों ने तीन चरणों में बाँटा है। पहला चरण है—हिउब्रिस! संपद के दम पर गढ़ा गया अंधापन! यह संपद, रुपए-पैसे या शारीरिक शक्ति या प्रभुत्व की क्षमता हो सकती है, या फिर इनसान को सम्मोहित करके अपने अधीन करने का विशेष कौशल हो सकता है। यह संपद किसी के हाथों में आ जाए तो उसमें एक तरह के अंधेपन की संभावना प्रबल हो उठती है। आशय यह है कि उस वक्त वह समझ नहीं पाता। वह अपनी दृष्टि ही खो देता है। तभी आता है—दूसरा चरण! हैमारशिया! अपने अंधेपन की हालत में वह एक पर एक भूलें किए जाता है, गलत फैसले लेने लगता है, या फिर यूँ कहें कि नियति के अमोघ नियम मुताबिक वह जो भी फैसला लेता है, वह गलत होता है। आँखोंवाला व्यक्ति जब सहज ही यह समझ लेता है कि उसके क्रियाकलाप गलत हैं, बहुतेरे लोग उसे बता भी देते हैं। इसके बावजूद वह सजग नहीं होता, बल्कि उसके एक गलत फैसले से अगले गलत फैसले का जन्म होता है। उसके बाद अगली गलती, फिर अगली गलती, फिर अगली…। मसलन हिटलर या नेपोलियन का रूस आक्रमण! या फिर पांडवों का कुल पाँच गाँव देने का अनुरोध, दुर्योधन द्वारा ठुकरा देना, या रावण द्वारा सीता-हरण! ये गलत-सलत फैसले ही हैं—हैमारशिया, जो हिउब्रिस से उद्‌भूत हुआ था। इसी हैमारशिया का अंतिम चरण है—कैटास्ट्रॉफी! प्रलय! ध्वंस! संपदधारियों में भी इतनी ताकत नहीं है कि इस अवश्यंभावी परिणति से अपना बचाव कर सकें। ग्रीक ट्रेजेडी के ये तीनों चरण मैंने राजा के चरित्र में उभारने की कोशिश की है। राजा अपने को सर्वशक्तिमान क्यों न समझे, असल में वह नियति के हाथों के खिलौने के अलावा और कुछ भी नहीं है। ऐसे एक असहाय राजा पर महज शुद्र शैतान भर होने का ठप्पा लगा देने से कैसे चलेगा? बल्कि इस अंधेपन की जड़ को पहचानकर उस पर चोट करना ही हमारा उद्‌देश्य है। हमें यह समझाना होगा कि संपद आहरण की राह ही अगर सही होती तो मुमकिन है, उसके अंधे होने की संभावना भी कम हो जाती। इसीलिए मैं चाहता हूँ कि राजा के उपकर्मों के साथ-साथ उसकी असहायता भी दर्शक महसूस कर पाएँ। क्यों? समझा सका हूँ मैं?' श्याममोहन खामोश ही रहा।

कमरे में मौजूद लोग बिलकुल खामोश।

माहौल में भी इस कदर सन्नाटा छा आया कि पिन तक गिरने की आवाज सुनाई दे जाए।

सौम्य ने गरदन खुजलाते हुए कहा, 'यानी थोड़ी सी और अंडर-एक्टिंग की जरूरत है शायद! यही न?'

'बेशक! चेहरे पर तनाव लाने या दाँत किटकिटाने की कोई जरूरत नहीं है, बल्कि इसमें थोड़ा सा 'सेटायर' यानी व्यंग्य मिलाओ। ग्रीक ट्रेजेडी और हमारे नाटक में यही मूल अंतर होगा। राजा के हुक्म की भंगिमा देखकर कभी-कभी दर्शकों को हँसी भी आए। अपनी ताकत के बारे में राजा की धारणा निपट निर्बुद्धिता है…मूर्खता है, यह भी जाहिर करो। क्यों, भेजे में कुछ घुसा?'

'हूँऽऽ!'

'जरा सॉफ्ट बनो। इससे चरित्र की अपील ज्यादा झलकेगी।'

सौम्य कुरसी खींचकर एकदम से बैठ गया।

श्याममोहन ने उठकर उसकी पीठ पर धौल जमाते हुए हँसकर कहा, 'घबरा क्यों रहे हो? हो जाएगा। चलो, दुबारा शुरू करो।'

रिहर्सल दुबारा शुरू हो गया। एक के बाद एक दृश्य आगे बढ़ता रहा। श्याममोहन की भौंहें कभी सिकुड़ आतीं, कभी मूँछों की दरार में टुकड़ा भर भी हँसी झलक उठती। अचानक-अचानक वह कभी-कभी डाँट भी लगा रहा था। आँखी को भी एक बार डाँट पड़ गई। वह राजमहिषी की खास परिचारिका थी। राजा की उस पर नजर पड़ गई थी। परिचारिका खुद ही उसके आगे आत्मसमर्पण कर दे, इसके लिए राजा धूर्तता से उसके अपने लोगों को अपने रास्ते से हटाता जा रहा है। सबसे पहले उसने परिचारिका के पिता को मार डाला, उसके बाद भाई को और अंत में उसके पति की जान ले ली। राजा पर सबसे पहला आघात इसी लड़की ने किया। मंच पर आँखी की खास उपस्थिति नहीं थी, मगर परोक्ष रूप से समूचे नाटक में ही मौजूद रहती है। नाटक में उसका एक नाच भी है। संकेत-नृत्य! उसी नाच के स्टेप में ही उससे बार-बार भूलें हो रही थीं। श्याम दा की घुड़की खाते ही उसने अपने को सुधार लिया। उसने मन-ही-मन तय किया कि दोपहर को वह अपने कमरे में उस नाच की प्रैक्टिस करेगी।

रिहर्सल टूटी लगभग पौने नौ बजे। चाय का तीसरा दौर चल रहा था। हर हाथ में कागज का गिलास।

दीपायन काफी देर से बेचैन हो रहा था।

चाय की चुस्की लेते हुए उसने पूछा, 'श्याम, मैं एक बात कहूँ? आज जो

सीन तुम लिखकर लाए और जिसका रिहर्सल कराया, वह जरा प्रक्षिप्त नहीं लगता?'

शोभना ने भी छूटते ही सहमति जताई, 'मुझे भी जाने कैसा-कैसा अजीब लग रहा है।'

श्याममोहन की भौंहें तन गईं, 'कैसे?'

'नाटक को बेहद खूबसूरती से एक तार में बाँधा गया था, लेकिन जाने कहाँ वही तार कटा हुआ लग रहा है।'

'और कोई उपाय नहीं है, बिरादर।' श्याममोहन ने कंधे झटकाए, 'जो भी हो, मैं यह सीन जरूर रखूँगा।'

'मैं श्याम दा के साथ एकमत हूँ।' काजल ने हाथ उठाया, 'यह सीन बेहद महत्त्वपूर्ण है, बेहद जरूरी। दर्शक इस नाटक को और ज्यादा पहचान सकेंगे।'

'यही क्या नाटक का एकमात्र लक्ष्य है?' दीपायन ने जोर-जोर से सिर हिलाया, 'इससे नाटक की विमूर्तता क्या नष्ट नहीं होती? मैं समझ सकता हूँ कि श्याम ने किस कदर आहत होकर ही यूँ 'रिएक्ट' किया है, फिर भी...'

'फिर भी-विर भी कुछ नहीं।' श्याममोहन ने सिगरेट सुलगा ली और लंबा कश खींचकर कहा, 'मैं जान-बूझकर यह धक्का मारना चाहता हूँ। सोचो, यह समाज किस कदर विचित्र हो गया है! जो तुम देख रहे हो, जो समझ रहे हो, जो तुम्हें भला नहीं लग रहा है, उस बारे में अपनी राय जाहिर करने का तुम्हें कोई हक नहीं है? हमेशा हाथ जोड़े रहना होगा?'

'ओफ ओ! तुम 'दिन-काल' में लिखे मंतव्य से इतना उत्तेजित क्यों हो? अगर तुम्हें मत-प्रकाश की आजादी है तो उन लोगों को भी है। वे लोग तुम्हारा विरोध कर ही सकते हैं।'

'सौ बार कर सकते हैं। लेकिन राय न मिले तो मुझ पर व्यक्तिगत हमला हरगिज नहीं कर सकते ये। उन लोगों ने क्या लिखा है, तुमने पढ़ा है? उन लोगों ने कहा है कि जिन लोगों से पैसे लेकर श्याम मैत्र ने 'विकल्प' ग्रुप को खड़ा किया और नाम कमाया, अब किस मुँह से उन लोगों का विरोध कर रहा है? अब सोचो जरा, क्या सोच है! रुपए देकर मानो उसने हमें खरीद रखा हो!'

'मानता हूँ, बेहद आपत्तिजनक कमेंट है। लेकिन रुपए क्या वे लोग यूँ ही देते हैं? ग्रुप थिएटर को प्रमोट करना उन लोगों की पॉलिसी थी और रुपए तो तुम्हें नहीं मिले, मिले थे 'विकल्प' को। इस वजह से तुम किसी के जर खरीद गुलाम बन जाने को बाध्य नहीं हो।'

'यह तो एक पहलू है। इसका दूसरा पहलू भी है।' श्याममोहन ने कागज के

गिलास में सिगरेट की राख झाड़ते हुए कहा, 'तुम सभी लोग जानते हो कि हमें दिल्ली से भी एक आर्थिक मदद मिलती है। वह हम आज से नहीं, पिछले चौबीस वर्षों से पा रहे हैं। बीच में तिरंगा, गेरुआ, खिचड़ी···कई-कई सरकारें आईं और गईं। हमसे उनका मत नहीं मिलता, इस आधार पर उन लोगों ने आर्थिक मदद बंद नहीं की। कितने ही नाटकों में मैंने उन लोगों की नीतियों को धो डाला, इसके बावजूद वित्त-सहायता बंद नहीं हुई। और ये लोग साढ़े सात गंडे के जमींदार, कभी-कभार एकाध फूटी कौड़ी टिकाकर आँखें तरेर रहे हैं! किसी भी किस्म की विरोधी राय का ये लोग सम्मान नहीं करेंगे! उलटे हमले को व्यक्तिगत स्तर पर उतार लाएँगे।'

शोभना बोल उठी, 'इसके लिए हम सब 'विकल्प' की तरफ से एक प्रतिवाद-पत्र भेज सकते हैं। लेकिन आक्रोश मिटाने के लिए नाटक की अंग-हानि करना क्या उचित होगा?'

'नहीं, नहीं, सबक तो उन लोगों को सिखाना ही होगा। मुँहतोड़ गाली-गलौज अगर नहीं दे पाए तो···'

'शांति! शांति!' दीपायन मंद-मंद मुसकरा उठा, 'जरा सोच देखो, तुम्हारा बरताव भी क्या उन्हीं लोगों जैसा नहीं है? अगर यही बात है, एक और नाटक लिख डालो। उसमें धनेरवाली के संदर्भ में अपनी राय दे डालो।'

'यह तो अभी-अभी किया नहीं जा सकता।'

'तो इतनी जल्दी भी क्या है? अरे भई, इस किस्म की घटना अब कितनी ही होंगी। तुम्हारे उस 'हैमारशिया' की तरह!' दीपायन ने आँख दबाई, 'इस वजह से तुममें 'हिउब्रिस' तो नहीं आना चाहिए, श्याम!'

कई सेकंड को श्याममोहन गुम हो रहा।

क्षण भर बाद वह अट्टाहास से फट पड़ा।

अगले ही पल उसने कहा, 'ठीक है, चलो, यही करते हैं। नया सीन निकाल दो। कम-से-कम हमारे ग्रुप में गणतांत्रिक ढाँचा कायम रहे।'

'गुड्!' दीपायन हँस पड़ा, 'देखना, हम लोग जो मंचित कर रहे हैं, उसकी प्रतिक्रिया भी कुछ कम नहीं होगी।'

ग्रुप में ऐसी गरम-गरम बहस चल रही हो तो भला उठने का मन करता है! आँखी तो यदा-कदा अपनी राय भी दे डालती है। आज भी वह सोचती रही कि अयन की जमीन की चर्चा करे या नहीं। ससुरजी से इस बारे में उसकी ढेरों बातें हुई हैं। श्याम दा अगर सुनते तो उन्हें और ज्यादा खुराक मिल जाती।

अपनी घड़ी पर निगाह डालते ही आँखी ने अपना इरादा बदल डाला। नहीं,

आज नहीं! काफी रात हो चुकी है। घर की बहुरिया अब घर लौट जाए। ब्याहता आँखी और अनब्याही आँखी एक नहीं है, यह तो मानना ही पड़ेगा।

श्याम दा को बताकर आँखी बाहर निकल आई। शाम को एक दौर बारिश हो चुकी थी। रास्ते-घाट भीगे हुए! वैसे धरती ठंडी होने के कहीं कोई लक्षण नहीं थे। भादों की वीभत्स उमस भी आबोहवा में लिपटी हुई थी। कभी-कभार हवा का एकाध झोंका जरूर आ जाता था, मगर हवा थमते ही फिर वही लिसलिसी उमस! शरद् के ये शुरुआती दिन कितने दु:सह होते हैं!

घर लौटकर आँखी ने देखा, प्रभास और अयन अभी-अभी खाने बैठे हैं। जया भी वहीं बैठी हुई थी, मगर उन्होंने खाना शुरू नहीं किया था।

चप्पल उतारते-उतारते ही आँखी ने सकुचाकर कहा, 'आज मेरी तकदीर में हर जगह लेट होना ही बदा है। स्कूल से देर से लौटी, रिहर्सल में देर से पहुँची, वहाँ से लौटने में भी दस बजा दिए।'

प्रभास ने हँसते-हँसते ही सवाल किया, 'कहीं कैफियत तो नहीं दे रही?'

'नहीं-नहीं, मैंने बस यूँ ही कहा।'

आँखी ने बैग खोलकर 'वाइटलाइजर' निकाला और सास को सौंप दिया; साथ में लौटे हुए रुपए भी।

'बस, यही एक काम जैसा काम किया। जाते हुए अगर न खरीदती तो वापसी में वह दुकान भी खुली नहीं होती।' उसने कहा।

जया ने पुलकित लहजे में कहा, 'थैंक यू! थैंक यू!'

अयन ने टेढ़ी निगाहों से देखा।

उसने आँखें नचाकर प्रभास से कहा, 'देख लिया न बापी, कैसा जमाना आया है। सास अब बात-बात पर बहू को धन्यवाद देती है।'

'चुप कर तो! खुद तो काम के वक्त अष्टरंभा...बेचारी लड़की तो फिर भी काम कर देती है। बड़े आए ताने कसनेवाले!'

अयन ने कंधे झटक दिए। अपने दूल्हे की तरफ टुप भृकुटि तानकर आँखी हाथ-मुँह धोकर खाना खाने बैठ गई।

कमरे में आकर आँखी ने दोपहर का प्रसंग छेड़ दिया।

उसने बालों में कंघी फेरते-फेरते पूछा, 'क्या बात है सर, आज दिन भर छात्राओं से लटपट चल रही थी?'

'हाँऽ, फोन कर-करके परेशान हो गई होगी, मैं मिला नहीं, यही न?' अयन ने मजाकिया उपालंभ दिया, 'तुम्हारी कई मिस्ड कॉल मेरे फोन में दर्ज मिली थीं।'

'इसके बावजूद तुमने पलटकर फोन करने की जरूरत नहीं समझी?'

'उपाय नहीं था, मैडम!'

'अच्छा?'

'सच्ची! विश्वास करो। मैं इस कदर फँस गया था···' गुरु-गंभीर चेहरा बनाए अयन की निगाहें कुछेक सेकंड के लिए आँखी पर गड़ी रहीं। अगले ही पल वह खिलखिलाकर हँस पड़ा, 'अरे बाबा, मोबाइल चार्ज नहीं था।'

'यह झूठ जमा नहीं, सर! मोबाइल चार्ज करने में भला कितना वक्त लगता है!'

'पहली बात, चार्जर मैं लेकर नहीं गया था; दूसरी बात, कॉलेज में आजकल किसी भी इलेक्ट्रिक पॉइंट से मोबाइल चार्ज करने पर मनाही है।'

'धत्त! क्यों?'

'प्रिंसिपल का हुक्म! कॉलेज की प्रॉपर्टी निजी कामों में इस्तेमाल न की जाए।' अयन होंठ दबाकर हँसा, 'असल में कोई ऐसा बंदा मोबाइल चार्ज कर रहा था, जिसे देखते ही प्रिंसिपल ने···। आज कॉलेज पहुँचने पर इस बारे में नोटिस मिली।'

'यह तो भयंकर तुगलकी हुक्म है। तुम्हारे प्रिंसिपल को शायद और कोई काम नहीं है?' बालों को उलटकर बाँधते हुए आँखी पलंग पर आ बैठी।

उसने हँसकर ही सवाल किया, 'जिसे बाँस देने के लिए यह ऑर्डर निकाला गया, वे साहब जरूर तुम्हारे विरोधी कैंप के हैं।'

अयन बिस्तर पर सीधे लेट गया।

आँखी को तिरछी निगाहों से देखते हुए उसने मंतव्य दिया, 'देख रहा हूँ, तुमने भी पिन चुभोने का हुनर सीख लिया है।'

'क्यों, मैंने कुछ गलत कहा?' आँखी ने भौंहें नचाईं, 'हाँ, तो वह कुपात्र कौन हैं—तुम्हारे प्रशांत दा? या रंजन मुस्तफी?'

'नहीं, नहीं, इन दोनों में से कोई भी नहीं। कॉमर्स का एक बंदा था।' अयन ने लापरवाही से अपनी हथेली आँखी की गोद में रख दी, 'जानती हो, आज मैंने प्रशांत दा को खूब झाड़ा!'

'क्यों?'

'इतना फालतू बकता है वह आदमी! कहता है, इंडस्ट्री के लिए जमीन की खरीद-फरोख्त में सरकार को पड़ना ही नहीं चाहिए।'

'बात तो सच है! अरे, जिसे कारखाना बनाना है, वह खुद जमीन खरीदे। उसकी तरफ से सरकार क्यों खरीदे? सरकार क्या उसकी प्रतिनिधि है? या जमीन की

दलाल है?'

'ए-इ, जो समझती नहीं, उस बारे में धड़ाधड़ कमेंट मत करो। एक बार में इतनी सारी जमीन खरीदना क्या आसान बात है? कोई बेचेगा, कोई इनकार का नाटक करेगा और तब तो सारा-का-सारा प्रोजेक्ट ही बरबाद!'

'सकूरा ने क्या वाकई कोशिश की थी? सरकार तो खुद ही हो-हल्ला मचाकर मैदान में उतर पड़ी।'

'ठीक ही तो हुआ। चूँकि सरकार ही सारा मामला हैंडल कर रही है, इसीलिए तो सारा काम इतनी आसानी से आगे बढ़ रहा है।'

'अच्छा, सच! आसानी से, आराम-आराम से आगे बढ़ रहा है?'

'कुछ लोग तो एतराज जताएँगे ही। वैसे अंत में कामयाब नहीं होंगे। वजह? कानून के बल पर ही जमीन ली जा रही है। कानून के तहत, जनहित के लिए सरकार कोई भी जमीन ले सकती है। जब-तब ले सकती है।'

'तुम अंग्रेजों के जमाने के कानून की बात कर रहे हो?'

'हाँ।'

'तुम लोग ही उसे 'काला कानून' कहते थे न?'

'अब भी कहते हैं। हम तो चाहते हैं कि वह कानून हमेशा-हमेशा के लिए खत्म हो जाए। लेकिन, जब तक कायम है तब तक तो हम उसका इस्तेमाल कर ही सकते हैं।'

कैसा बेतुका तर्क है! सकूरा द्वारा कारखाना बनाना जनहित में है? अयन यह कैसी बातें कर रहा है? अपने कानों से सुनने के बावजूद विश्वास नहीं होता।

'क्या हुआ? यूँ आँखें फाड़-फाड़कर घूर क्यों रही हो?' अयन ने आँखी को करीब खींच लिया। चट से उसे चूम लिया।

आँखी की नाक से नाक रगड़ते हुए उसने दुलार भरे लहजे में कहा, 'एइ, सोना नहीं है?'

आँखी ने तो सोचा था कि वह श्याम दा के बारे में उसे बताएगी, लेकिन कोई फायदा है?

आँखी ने बत्ती बुझा दी। ☐

६

राइटर्स बिल्डिंग के प्रवेश-द्वार पर आजकल बेभाव सख्ती कर दी गई है। दैनिक कर्मचारियों को भी अपना परिचय-पत्र दिखाने पर ही अंदर जाने की अनुमति मिलती है। समूचे देश में आतंकवाद का जो खौफ फैला है, सरकार के खास गढ़ में सतर्कता बढ़ाने के अलावा और उपाय भी क्या है?

सुरक्षा-वलय पार करके प्रभास लिफ्ट की ओर बढ़े। वहाँ यथारीति लाइन लग गई थी। प्रभास का दफ्तर तीसरी मंजिल पर था। पहले वे लिफ्ट का इंतजार नहीं करते थे, सीढ़ियों से ही चढ़कर पहुँच जाते थे। इन दिनों सीढ़ियों से जाने का मन नहीं करता। जैसी ऊँची-ऊँची सीढ़ियाँ हैं, बाप-रे-बाप! कमर टेढ़ी हो जाती है। घर के मामले में तो उन्हें यह मुसीबत झेलनी ही पड़ती है, ऑफिस में न हो, थोड़ी सी सुविधा का सुख जी लें।

हाँ, यह सुख था। बाबा आदम के जमाने की लिफ्ट, जो धीमे-धीमे त्रिताल में ऊपर चढ़ती थी। हूबहू सरकारी मिजाज!

लाइन में दूसरी बार उस पिंजरेनुमा मशीन में जगह मिली। हाजिरी रजिस्टर में दस्तखत मारकर प्रभास जब अपने कमरे में सीट पर आए तो उन्होंने देखा कि उस वक्त भी मैदान साँय-साँय कर रहा था। कुछेक कुरसियों को छोड़कर बाकी सारी कुरसियाँ खाली। अंग्रेजों के जमाने का अतिकाय हॉल-घर, खासकर इस वक्त और ज्यादा दैत्याकार लगता है।

अपनी मेज के सामने बैठकर प्रभास ने एक लंबी उसाँस भरी। छाती में जानी-पहचानी गंध भर गई। उस पुराने-धुराने कक्ष के मोटे-मोटे कड़े और धरनवाली सीलिंग, खासी ऊँची मचान से झूलते हुए, लंबे रॉड से लटकते हुए बत्ती-पंखे, पुरानी

डिजाइन के खिड़की-दरवाजे, दीवारों पर काली-काली झूल, फाइलों के ढेर, गुच्छे-गुच्छे नोट शीट, पुराने असबाब-पत्तर, मन-मन भर धूल—सबकुछ उस गंध में मिली-जुली थी। कितने ही साल यहाँ गुजर गए। बस, अब कुछ ही महीने बच रहे हैं। उसके बाद यह गंध हमेशा-हमेशा के लिए खो जाएगी। यह खयाल आते ही छाती कहीं धक्क से हो जाती है।

न्ना, इस भावुकता को प्रश्रय देना हरगिज अच्छी बात नहीं है। प्रभास ने फाइलों का ढेर अपने सामने खींच लिया। लाल डोरी की गाँठ खोलकर प्रभास ने 'ट्रांसफर' की फाइल पर निगाह दौड़ाई। निहायत ही रुटीन ट्रांसफर का प्रस्ताव? इसमें देखने को खास कुछ नहीं था! 'वेरीफाइड' यानी फिर से जाँच की गई, यह लिखकर छोड़ देने से ही चल जाएगा।

अगली फाइल खोलने से पहले ही उनकी मेज पर विप्लव आ धमका।

तौलिया-रूमाल से पीठ और गरदन पोंछते-पोंछते उसने कहा, 'उफ! कैसी सड़ी हुई गरमी पड़ रही है!'

चालीसवें का मोटा चश्मा उतारकर प्रभास ने सिर उठाया।

उन्होंने हँसकर कहा, 'भादों की गरमी तो ऐसी ही भयानक होती है, बिरादर!'

'इस वर्ष जरा ज्यादा ही है।'

'अभी-अभी पहाड़ से लौटे हो न, अभी भी तुम्हें यही लग रहा है कि यहाँ ठीक फिट नहीं हो पाए।'

'आपने ठीक कहा। अभी-अभी ठंडी जगह की सैर से लौटने के बाद क्या यहाँ भला लगता है! जोशीमठ तक तो तब भी ठीक था, उसके बाद तो ठंड से दाँत किटकिटाने लगे।'

'तुमने 'वैली ऑफ फ्लावर्स' की तसवीरें नहीं दिखाईं!'

'प्रिंट करने को दे दी हैं। आज मिलेंगी।' विप्लव उनके सामने की कुरसी पर जम गया।

'आप चूँकि पहाड़ों से प्यार करते हैं, इसलिए आपको बता रहा हूँ, प्रभास दा, वह जगह एक बार जरूर घूम आएँ। ऐसा अपरूप दृश्य आप भूल नहीं पाएँगे।' उसने कहा।

'लेकिन, वहाँ काफी चलना पड़ता है।'

'कष्ट किए बिना क्या केष्टो मिलते हैं? वहाँ तक अगर गाड़ी पहुँचती तो फिर क्या कहने थे, हाथोहाथ उस 'नंदन कानन' के बारह बज जाते। दो-चार जगहें अभी भी अनछुई हैं, वे सब ऐसी ही बनी रहें।'

'तब तो मेरा जाना हो चुका!' प्रभास ने होंठ बिदोरकर कहा, 'तुम्हारी भाभी उतना पैदल चलनेवाली नहीं हैं।'

'तो, अकेले ही घूम आएँ न!'

'धत्त, ऐसा भी कहीं होता है! रिटायरमेंट के बाद अगर अकेले-अकेले घूमने निकला तो मेरे धड़ पर सिर सलामत रहेगा?'

'हाँ, यह भी सच है। आपके दिन तो प्रायः करीब आ गए। जनवरी में न? विप्लव हलका-सा झुक आया और उसने भौहें नचाकर पूछा, 'पेंशन फाइल की क्या खबर है? ए-जी को भेज दी गई?'

'जुलाई के आखिर में सहायक सचिव से एक बार पूछा था। उन्होंने कहा कि 'सही समय पर चली जाएगी।' अब बार-बार खोंचा मारना मुझे अच्छा नहीं लगता।'

'आपको अभी जरूरत भी क्या है?' विप्लव के होंठों पर अधटूटी-सी हँसी झलक उठी, 'जैसा एक जैकपॉट आपने मार लिया है। सच्ची, ऐसे बाप-दादों को जन्म-जन्मांतरों तक साष्टांग प्रणाम करना चाहिए। कैसी जब्बर जगह पर जमीन-जमा का इंतजाम किया था!'

प्रभास का जमीन-समाचार दफ्तर में अब किसी का अनजाना नहीं था। उन्हें कभी-कभार इस किस्म की टुकड़े-टुकड़े टिप्पणी भी सुननी पड़ती थी। किसी के लहजे में ईर्ष्या की झलक होती थी, किसी की आवाज में सिर्फ चुटकी! वैसे प्रभास चुपचाप सुनते रहते थे, कोई मंतव्य नहीं देते थे। वे एक बार रुद्रपुर का चक्कर लगा आए हैं, यह खबर भी उन्होंने दफ्तरवालों को नहीं दी थी। जाने कौन, इसका क्या मतलब लगाए!

चेहरे पर एक फीकी-सी हँसी खिलाकर प्रभास ने सिर्फ हुँकारी भरी।

'रुपए कब हाथ में आ रहे हैं?'

'सितंबर की ५ तारीख से चेक देने की प्रक्रिया शुरू होगी।'

'तब तो अब बिलकुल नजदीक है!' विप्लव की आँखें चमक उठीं, 'एक पार्टी देनी होगी, प्रभास दा! किसी बड़े होटल में डटकर कबाब-बिरयानी और साथ में ठंडी-ठंडी बीयर! सभी को पार्टी देने की जरूरत नहीं है, बस हमारे छोटे से सर्कल को...। यह सोच लें कि जाने से पहले आप फेयरवेल पार्टी दे रहे हैं।'

धुँधली-सी हँसी अपने होंठों पर कायम रखते हुए प्रभास ने जवाब दिया, 'इन रुपयों के लिए दावत क्यों रुकी रहेगी? चलो, किसी दिन यूँ ही खिला दूँगा।'

'अरे, गाँठ की कौड़ी क्यों खर्च करेंगे, प्रभास दा? भूत-भोजन के लिए भूत के रुपए ही बेहतर रहेंगे।'

इतना कहकर विप्लव हँसते-हँसते उठ खड़ा हुआ।

प्रभास को याद आया, पिछले दिन विभास और गौरी ने भी इन रुपयों को 'भूत के रुपए' कहा था। शायद इसीलिए चित्त और दुलाल को कुछ देने के मामलों में उन दोनों ने एतराज नहीं जताया। रुद्रपुर के प्रति अगर जरा भी माया-मोह होता तो वैसा हलका मंतव्य हरगिज नहीं करते। कर पाते क्या? विभ-गौरी कभी भी उनकी तरह रुद्रपुर में नहीं रहे। हाँ, छुट्टियों में सैर-सपाटे के लिए जरूर गए हैं। गौरी तो बापी के रिटायर होने से पहले ही ब्याह दी गई थी। वह ससुराल चली गई थी। बापी जब रुद्रपुर लौटे, विभास को तब तक नौकरी मिल चुकी थी। इसलिए उस जगह के प्रति उन दोनों का कोई खिंचाव था भी नहीं।

प्रभास ने एक हलकी-सी उसाँस भरकर फाइलें दुबारा अपने सामने खींच लीं। दफ्तर धीरे-धीरे भरता जा रहा था। हर कुरसी पर एक-न-एक चेहरा! मृदु गुंजन! अचानक ऊँची आवाज में रसीले संवादों का आदान-प्रदान! चाय का एक दौर भी पूरा हो गया। करीब बारह बजे पूरे दफ्तर में चहल-पहल। गपशप और आराम के बीच-बीच में कोई-कोई थोड़ा-बहुत काम भी कर रहा था। सुगंधा एक मेडिकल बिल ले आई और प्रभास से बातें करके वापस लौट गई। यह लड़की नई-नई नौकरी पर लगी है। उसे ठीक तरह नोट शीट लिखना नहीं आता। प्रभास ने ही उसे समझा दिया है।

अचानक उनकी निगाह अरविंद की सीट पर जा पड़ी। वह तनिमा बसु है न? आज वह फिर आ धमकी!

आवृत्तिकार के रूप में इन दिनों तनिमा बसु का काफी नाम-डाक था। प्रभास के ही दफ्तर के अंतर्गत गणेश एवेन्यू के एक डायरेक्टोरेट में वह नौकरी करती थी। मँझोले स्तर की ऑफिसर! हाल ही में बोस्टन के बंगालियों ने उसे आमंत्रित किया था। इन दिनों वह सरकारी 'अनापत्ति-पत्र' हासिल करने के लिए काफी चक्कर लगा रही थी।

अरविंद-तनिमा का संवाद प्रभास के कानों तक पहुँचने लगा।

तनिमा ने बेसब्र लहजे में अरविंद से कहा, 'आपने जो-जो कागजात माँगे थे, सब तो दे दिया है। इसके बाद भी अटकाए रखने का क्या मतलब है?' तनिमा की आवाज कुछ चढ़ी हुई थी।

उसका यह लहजा अरविंद को बुरा लगा। वह नेता किस्म का इनसान था। कोई उससे ऊँची आवाज में बात करे, यह उसे मंजूर नहीं था।

उसने रूखे लहजे में जवाब दिया, 'जब अटक गया है तो इसकी कोई वजह भी जरूर होगी!'

‘मैं वजह ही तो जानना चाहती हूँ।’

‘आपके डिपार्टमेंट को भेज दिया जाएगा, वहीं देख लीजिएगा।’

तनिमा टुप से बुझ गई।

उसने सिटपिटाकर कहा, ‘क्या कोई नया झमेला खड़ा हुआ, बताइए तो?’

‘झमेला खड़ा न हो, यही कोशिश की जा रही है। आपका कागज-पत्तर लीगल सेल को भेजा जाएगा, उनकी राय जानने के लिए!’

‘सर्वनाश! मेरी तो ११ सितंबर को फ्लाइट है। अगर इससे पहले कागजात नहीं मिले तो?’

‘तो अगली बार जाइएगा।’ अरविंद निर्विकार नजर आया, ‘आप ठहरीं मशहूर हस्ती! अब तो आपकी पुकार होती ही रहेगी।’

‘लेकिन...लीगल सेल को भेजने की कोई जरूरत थी क्या? आप लोग ही तो सबकुछ हैं।’

अरविंद ने उसकी बात मानो सुनी ही नहीं।

उसने बगल की मेज के सामने बैठे सुजय से सहज लहजे में पूछा, ‘हाँ, तुम किस टॉनिक का नाम ले रहे थे? क्या सच ही उससे हीमोग्लोबिन बढ़ जाता है?’

तनिमा की पूरी तरह उपेक्षा करके वह बेमालूम ही इस-उससे बातें करता रहा। दो-चार मिनट हत्बुद्ध-सी खड़ी रहने के बाद तनिमा धीमी चाल से बाहर निकल गई।

तनिमा के ओझल होते ही प्रभास ने आखिर कह ही डाला, ‘बेचारी को क्यों झूठ-मूठ परेशान कर रहे हो, अरविंद?’

‘कैसी बेचारी? ये कलाकार-शिल्पी वगैरह अपने को बहुत बड़ी हस्ती समझ लेते हैं। हेकड़ी जमाने लगते हैं। ऐसे लोगों को जरा समझा देना जरूरी है।’ अरविंद ने मुँह बिगाड़कर कहा, ‘पहले दिन ही खूब ऊपरवाला दिखाया था। धौंस जमाया कि सेक्रेटरी तक से उसकी जान-पहचान है। अब जा, उनको पकड़! अरे भइए, घोड़े को लाँघकर घास चरना क्या इतना आसान है?’

‘भद्र महिला लेकिन काफी गुणी हैं। यूँ ही तो नाम नहीं कमाया है!’

‘छोड़िए तो! नाम-डाक के दम पर ये लोग बहुत फायदे लूटती हैं। एक तरफ नौकरी से फायदा, दूसरी तरफ रिकॉर्ड सी.डी., फंक्शनों से दौलत की धार। यह जो धंधेबाजी करके अमेरिका से आमंत्रण मैनेज किया है, क्यों, पता है? ढेरों डॉलर कमाने के लिए! इन जैसों को अच्छी तरह टाइट करना जरूरी है। आया कुछ समझ में?’

'आपको क्या सिर्फ डॉलर में ही आपत्ति है? रूबल या येन में कमाती तो आपको खुशी होती?' बगल की मेज से प्रतीक खिखियाकर हँस पड़ा, 'लेकिन अब तो वे लोग भी डॉलर के गुलाम बन गए हैं, अरविंद दा।'

अरविंद ने प्रतीक की तरफ घूरकर देखा और गहरी-गहरी आवाज में जवाब दिया, 'हूँऽऽ, फिजूल की प्रतिक्रियाशील बात कही।'

प्रभास को बुरा लग रहा था। उन्हें नौकरी करते हुए इतने सारे वर्ष गुजर गए, लेकिन वे इन अरविंदम् जैसे लोगों को बिलकुल नहीं समझ पाए। ऐसे लोगों की जितनी क्षमता है, उसका सिर्फ दूसरों को बाँस देने में ही क्यों इस्तेमाल करते हैं? यह क्या ताकत की उच्छृंखलता है या किसी किस्म की हीन मानसिकता?

शंभु ने चीखकर आवाज लगाई, 'बड़े बाबू, आपका फोन।'

इस वक्त फोन? किसका?

कुरसी से उठकर प्रभास सेक्शन ऑफिसर की मेज तक आए। दीपक बाबू सीट पर नहीं थे। टेलीफोन का रिसीवर काँच की मेज पर पड़ा हुआ था।

प्रभास ने कुछ परेशान लहजे में फोन उठाया, 'ह-लो!'

'ए-जी, सुनो।' उधर से जया की आवाज आई, 'एक बुरी खबर है!'

'क्या हुआ?'

'तुम लोगों का चित्त...रुद्रपुर का...उसने आत्महत्या कर ली है! उसने जहर खा लिया।'

यह सुनकर प्रभास धक् से रह गए। दो-एक पल उनके गले से आवाज ही नहीं फूटी।

कुछेक पल ठहरकर उन्होंने अस्फुट आवाज में पूछा, 'कब, किस समय?'

'ज्यादा कुछ मैं नहीं बता सकती। शीतल के बेटे ने फोन किया था। शायद आज सुबह उसकी बॉडी मिली है खेत के किनारे!'

'ओऽ!' प्रभास का दिमाग मानो सुन्न हो गया।

धीरे-धीरे वे संयत हुए।

उन्होंने सूखी आवाज में कहा, 'तब तो मुझे एक बार रुद्रपुर जाना चाहिए।'

'तुम जाकर क्या करोगे?'

क्या करेंगे, प्रभास भी कहाँ जानते हैं? इस पल वहाँ उनकी परिस्थिति जरूरी भी है या नहीं, इस बारे में उन्हें भी कोई अंदाजा नहीं था। इसके बावजूद प्रभास को लगा कि इस वक्त रुद्रपुर गए बिना और कोई उपाय भी नहीं है।

प्रभास को जाने क्यों ऐसा लगा!

आज आसमान असंभव काला हो आया है या रुद्रपुर का आकाश ही काला दिख रहा है? इतना काला कि उसे देखकर अंग-अंग दहशत से भर जाए। ऐसा लग रहा है, मानो इस पल सिर पर टूट पड़ेगा। पेड़ों के पत्ते तक जरा भी हिल-डुल नहीं रहे हैं, मानो निश्चल-बेजान बने रहना ही उनकी नियति है।

खैरापाड़ा में चित्त के घर के करीब आकर प्रभास एकदम से ठिठक गए। झोंक में आकर वे चले तो आए, लेकिन अब कदम आगे नहीं बढ़ रहे थे। चित्त के घर जाकर वे क्या करेंगे? क्या कहेंगे वे? क्या सांत्वना देंगे?

लेकिन इतनी दूर आकर वापस लौट जाना भी बेमतलब था। इधर-उधर निगाह दौड़ाते हुए प्रभास दुबारा आगे बढ़े। इधर प्रायः सभी कच्चे घर! माटी की दीवार, फूस की छादन! उसी में किसी-किसी ने सरकंडों का बेड़ा लगाकर सीमा खींच दी थी। बत्तख-मुरगियाँ अपनी रौ में दाने चुग रही थीं। छोटी धोती, खाली बदन, दो लोग प्रभास की बगल से गुजर गए। आगे बढ़ते हुए वे दोनों मुड़-मुड़कर पीछे देख रहे थे। एक झुंड बच्चे, बाँस-झाड़ी के पार, जोर-जोर से शोर मचाते हुए। दो बच्चे कुत्तों पर कंकड़ बरसा रहे थे। प्रभास पर नजर पड़ते ही वे बच्चे भी सकपका गए। वे आँखें पिटपिटाते हुए उन्हें देखते रहे।

खैरापाड़ा के बिलकुल आखिरी छोर पर चित्त का घर। फैला हुआ आँगन, लिपी हुई किवाड़, एक-दूसरे से सटी हुई तीन कोठरियाँ। एक किनारे पर रसोई। छादन शायद बरसात के पहले ही बिछाई गई थी, इसलिए कहीं से जीर्ण-शीर्ण नहीं थी। छादन पर एक बड़ी-सी लौकी उगी हुई थी । लौकी के सतेज लता-पत्ते लहलहा रहे थे। चावल उबालने के लिए आँगन में दो-दो चूल्हे। बगल में दो-दो हाँडियाँ औंधी पड़ी हुईं। कोने में राख के ढेर पर एक हृष्ट-पुष्ट मुरगा! कुल मिलाकर यहाँ के गृहस्थ, घर-बारी भयंकर दुर्दशा में दिन गुजारते हैं, ऐसा बिलकुल जाहिर नहीं होता था।

आँगन में छोटा सा जमघट! प्रभास ने वहाँ पहुँचकर देखा, कई औरत-मर्द सूखा-मुरझाया चेहरा लिये खामोश खड़े हैं। शायद वे पड़ोसी और नाते-रिश्तेदार थे। करीब डेढ़ सौ वर्ष पहले मल्लभूस से शामू खैरा यहाँ आया था और उसने रुद्रपुर में अपना डेरा बाँधा था। उसके बाद तो उन लोगों ने पेड़ों के डाल-पत्ते काट-काटकर पूरी-की-पूरी बस्ती ही बसा ली। अस्तु, सुख-दुःख में सभी लोग, सबके आसपास रहें, यही तो स्वाभाविक था। उनकी जमघट में जोगेन खामरुई भी मौजूद था। वह उन लोगों के बयान सुन रहा था। चित्त की दोनों बेटियाँ किवाड़ थामे निश्चल बैठी हुई थीं। साथ में श्यामली! खूँटी से टेक लगाए चित्त की माँ, हाथ-पाँव पसारे हुए! सूनी-सूनी दृष्टि! कैसी बेसुध दशा!

प्रभास के आकस्मिक आविर्भाव से सारा-का-सारा दृश्यपट बदल गया। बातों में मुखर लोगों की जुबान पर मानो ताला पड़ गया। जोगेन कुछ सकपका गया। उसकी आँखों में हलका-सा विस्मय! चित्त की बूढ़ी माँ जोर-जोर से विलाप कर उठी। वह विचित्र सुर में रोती हुई छाती पीटने लगी। चित्त की दोनों बेटियाँ एक-दूसरे से लिपटकर सिसकने लगीं। रुलाई बेहद संक्रामक रोग है। श्यामली भी अपनी नम आँखें पोंछने लगी।

प्रभास के अंतस में मानो मरोड़ें उठने लगीं। रुलाई का ज्वार इतना तीव्र हो सकता है, उन्हें शायद जानकारी नहीं थी। रुलाई का सुर तीखी सलाखों की तरह दिल में कहीं चुभ गया। घुटनों का बल जैसे कम हो गया।

कमजोर कदमों से चलकर प्रभास घर के किवाड़ तक पहुँच गए।

उन्होंने गला खँखारकर कहा, 'जो होना था, वह तो हो ही गया। अब धीरज रखो! शांत हो।'

रुलाई की आवाजें और ऊँची हो गईं, 'कइसे सांत होऊँ, बाबूजी! अइसा हट्टा-कट्टा बेटवा हमार, दगध-दगध कर मर गया। हम अभागिन आँखी टकटोर-टकटोरकर देखत रह गईं।'

'क्या कर सकती हो, बताओ? जिसे जब नियति खींचती है...'

'जमीन की चिंता में पागलपारा हुइ गवा था मोर बचवा! न ठीक से खाता था, रात-रात भर जागा रहता था। कल आधी रात को जब वह बाहिर निसरा, जदी हमका पता होता जी! हम उससे पूछी भी—कहाँ जात हो? ऊ कउनो जवाब नहीं दिया। भतार खउकी बहुरिया छिनाल उस बखत मरण-नींद में मगन रही। कहाँ ऊ जाग जाती, भतार को रोक लेती।...'

माँ का विलाप अभी खत्म भी नहीं हुआ था, चित्त की बीवी कोटरी में से छिटककर बाहर निकल आई।

अस्त-व्यस्त वेश, आँखें जवाँ फूल की तरह लाल सुर्ख!

तर्जनी उठाकर वह दहाड़ उठी, 'फिर तूने अपना चालीसा पढ़ना शुरू कर दिया? तोरी जीभ कटकर गिर नहीं पड़ती?' इतना कहकर वह प्रभास से मुखातिब हुई और विकृत आवाज में चीख उठी, 'वह मानस मरा है तो आपकी वजह से मरा है। सिर्फ आप जिम्मेदार हैं उसकी मौत के लिए।'

'एइ, यह क्या हो रहा है?' जोगेन छूटते ही बरस पड़ा, 'किसे, क्या कह रही हो? खबर पाकर ये कलकत्ता से दौड़े चले आए हैं।'

'तो इससे मुझे क्या? हम लोगों का क्या? अब लौट आएगा वह मानस?'

चित्त की बीवी का चेहरा और हिंस्र हो उठा, 'हम सबको कुचल-पीसकर हमरे ऊपर से बाबू लोग गाड़ी चलाएँगे? अब मैं भी अपनी तीनों बिटियाँ समेत जहर-माहुर खाकर...'

श्यामली ने दौड़कर उसका मुँह दबा दिया और उसे खींचते-खींचते अंदर कोठरी में ले गई। प्रलाप इसके बाद भी नहीं थमा। टुकड़े-टुकड़े घृणा की चिनगारियाँ छिटककर बाहर तक आती रहीं।

प्रभास विमूढ़! विभ्रांत! विवश!

जोगेन खामरुई ने प्रभास को खींचते हुए कहा, 'आप वहाँ से हट जाइए, दादा! इन लोगों का इस वक्त दिमाग ठिकाने नहीं है।'

दुलाल भी जाने कब हाजिर हो गया था। उसने कहा, 'हाँ, प्रभास भाई, चलो, बाहर चलकर बात करते हैं।'

तीनों लोग पैदल-पैदल चलते हुए घर के पिछवाड़े चले आए। करीब ही एक हौज था, जिसमें बरसात का पानी टलमल कर रहा था।

हौज के किनारे खड़े-खड़े जोगेन खामरुई ने दुलाल से पूछा, 'चित्त खैरा के बेटी-दामाद को खबर भेज दी गई?'

'बड़े दामाद को मोबाइल पर खबर कर दी गई है। छोटे दामाद के पास आदमी भेजा है।'

'बॉडी क़ब मिलेगी? पुलिस ने कुछ कहा?'

'कल रात के पहले नहीं! परसों भी हो सकती है।'

'मैं सोच रहा था कि बॉडी एक बार समिति के दफ्तर भी ले जाऊँ। हमारी जमीन-आंदोलन में चित्त खैरा ही तो पहला शहीद हुआ है। भूमिहीन था, फिर भी उसने माटी के लिए अपनी जान दे दी।'

प्रभास का ध्यान दुलाल-जोगेन की बातों की तरफ नहीं था।

वे स्वगत ही बुदबुदा उठे, 'चित्त जहर खा सकता है, यह मैंने सपने में भी नहीं सोचा था।'

'हम भी कहाँ अंदाजा लगा पाए, प्रभास भाई? हमने सोचा था, उसका मन उदास है...धीरे-धीरे ठीक हो जाएगा। खेती-बारी तो ठीक-ठाक ही कर रहा था। डेढ़ बीघे में उसने धान बोया, बाकी में आमन धान! धान बुआई से पहले बड़े जतन से उसने आमन जमीन पर खाद बिखेरी। रात-रात भर जागकर वह पहरा देता रहा, ताकि कोई पीछे से सेंध काटकर खाद चोरी न कर ले। जिसे अपनी फसल से इतना मोह था, वह कीटनाशक खा लेगा, यह कैसे अंदाजा लगता? अभी कल शाम ही तो वह

कैनाल के किनारे बैठा हुआ था। उसने पूछा भी था कि इस बार धान के क्या दाम हो सकते हैं? आउस धान बेचकर आलू की खेती का खर्च आएगा या नहीं?'

जोगेन ने कहा, 'शायद उस वक्त भी उसके दिमाग में यह खयाल घूम रहा था कि उस जमीन में आलू की खेती अब कभी नहीं होगी।'

'हूँ, मन की गति कब, किस ओर हो, पता नहीं होता।'

प्रभास ने टूटी-टूटी आवाज में पूछा, 'लेकिन, चित्त की पत्नी मुझे क्यों दूष रही है? मैंने क्या किया?'

'उसकी बात छोड़ो तो! इसमें तुम्हारा क्या दोष? तुम तो हमारा भला ही चाहते हो। अब देखो न, आप हमारे दुर्दिन में आए, हमारे साथ खड़े हुए, यह क्या कम बात है?'

प्रभास को मानो फिर भी तसल्ली नहीं हुई। वे उदास आँखों से चारों तरफ देखते रहे। शाम ढल रही थी। घना-काला आसमान बड़ी तेजी से सारा उजाला सोखे ले रहा था। ऐसे दृष्टिहीन बादल मन को बेहद यंत्रणा देते हैं।

अचानक जोगेन खामरुई ने कहा, 'इस चित्त खैरा ने मानो आँखों में उँगली डालकर दिखा दिया कि हम सबने जो राह चुनी है, वही सही-सटीक राह है। अब वहाँ से हिला नहीं जा सकता।'

प्रभास ने अनमने लहजे में पूछा, 'कौन सी राह?'

'आंदोलन जारी रहेगा। उपजाऊ भूमि के बदले में रुपया कोई क्षतिपूरण नहीं हो सकता। जमीन पर अपना हक हम नहीं छोड़ेंगे।'

श्यामली जाने कब पीछे आकर खड़ी हो गई थी। अचानक उसकी आवाज गूँज उठी। उसने कुछ क्रुद्ध लहजे में कहा, 'हाँ, जोगेन काका, हम लोग लड़ेंगे। कितनी बार पुलिस मारेगी? अभी उस दिन लाठियों से पीटा था, इस बार न हो, मार ही डालेंगे। फिर भी हम उनका मनमाना जुल्म हरगिज बरदाश्त नहीं करेंगे।'

'जरूर, जरूर! जोगेन खामरुई ने नेता सुलभ आवाज में घोषणा की, 'अब और कोई सवाल ही नहीं उठता। जो लोग चेक लेकर अपनी जमीन देना चाहते हैं, उनसे मैं हाथ जोड़कर विनती करूँगा। उसके बाद वे लोग क्या करेंगे...'

चित्त के घर से फिर रुलाई का रोल गूँज उठा। शायद बेटी-दामाद आए होंगे। जोगेन खामरुई तेज-तेज कदमों से उसी तरफ चला गया। साथ में दुलाल भी हो लिया।

श्यामली वहाँ से नहीं हिली। वह जहाँ-की-तहाँ खड़ी रही। उसके जबड़े सख्त हो आए।

उस लड़की को देखकर प्रभास का विस्मय और बढ़ गया।

अपने को यथासंभव रोकने के बावजूद उन्होंने कह ही डाला, 'तुममें तो काफी हिम्मत है।'

श्यामली के होठों पर सूखी-सी मुसकान झलक उठी।

बंद खिड़की पर स्थिर निगाह डालकर उसने जवाब दिया, 'ना, काका बाबू, मैं निहायत डरपोक ही हूँ। कॉक्रोच भी दिख जाए तो डर से काँप उठती हूँ। मेरे भाई लोग तो मौका पाते ही मुझे परेशान करते हैं, छेड़ते हैं।'

'फिर भी, पुलिस के डंडे से तुम्हें डर नहीं लगता?'

'हाँ, वह डर अब खत्म हो चुका है। या आप यह कह सकते हैं कि इन मामलों से मेरे मन को इतनी चोट पहुँची है कि डर-भय सब विसर्जित हो गया है।'

'कौन सा मामला?'

'यही, हुम् से हुक्म जारी कर देना!' श्यामली की आवाज कुछ भर्राई हुई जान पड़ी, 'जरा सोचें, जाने कब से…शायद मुद्दत से मेरे बाप-दादा, उनके पहले की चौदह पीढ़ी इस जमीन पर हल चलाते रहे, फसल उगाते रहे। फिर भी, हमारी जमीन लेने से पहले किसी ने हमारी राय तक लेना जरूरी नहीं समझा। न सरकार, न हम गरीबों की पार्टी! ए.सी. कमरे में बैठे-बैठे, कॉफी-कोल्ड ड्रिंक पीते-पीते हमारे भले-बुरे का फैसला ले डाला, हमें इनसान नहीं समझा। इन लोगों ने सोच लिया कि जैसे गाय-बकरी को खदेड़ दिया जाता है, उसी तरह हमें भी दुरदुरा दिया जाएगा।' यह कहते-कहते वह लड़की अचानक जोर-जोर से रो पड़ी, 'जानते हैं, मेरे बापू अनर्गल ही…सिर्फ एक ही बात रटते रहते हैं। वे कहते हैं और रोते रहते हैं। आज अगर मेरे बापू भी अपमान के मारे जहर खा बैठें तो… ? तो मैं क्या करूँगी? अपनी माँ-भाइयों को लेकर मैं कहाँ खड़ी होऊँगी?'

इसी बड़े भय ने क्या उस लड़की के लाठी खाने के छोटे भय को तुच्छ कर दिया है? प्रभास क्या कहें, उन्हें समझ नहीं आया। क्या वे तसल्ली दें? उसे हिम्मत बँधाएँ? लेकिन यह सब क्या जरा किताबी नहीं हो जाएगा?

श्यामली दुपट्टे से अपने आँसू पोंछ रही थी। उसने जोर-जोर से नाक सुड़की।

अचानक ही उसने भीगी आवाज में पूछा, 'आपने क्या करने की सोची है, काका बाबू?'

'मैंने…मतलब…'

'आएँगे चेक लेने? कागज जमा कर दिया है?'

प्रभास सिटपिटा गए। इसी पल अगर यह सवाल न किया जाता तो क्या नहीं चलता?

बारिश शाम को उतरी थी। ऐसी मूसलधार बारिश इस वर्ष शायद एक बार भी नहीं हुई। आसमान में कहीं जरा सी भी दया नहीं थी। वर्षा की घनघोर धार विपुल वेग से आसमान से बरस रही थी—पहाड़ी जलस्रोत की तरह! रह-रहकर बिजली चमकती हुई, वज्रपात की कड़कड़ाती आवाजें। वज्र-हुँकार से समूची धरती काँपती हुई। लोगों के कान में मानो ताला लगाने की जरूरत।

करीब घंटे भर झर-झर झरते रहने के बाद अंत में आकाश शांत हो गया। लेकिन उसके रंग-ढंग खास सुविधाजनक नहीं लगे। अभी भी रह-रहकर बिजली चमक उठती थी। लगता है, दुबारा बरसात की झड़ी लगेगी।

यह सब देख-सुनकर प्रभास ने भी कलकत्ता लौटने का जोखिम नहीं उठाया। जया से तो वह कहकर ही आए थे कि अगर जरूरत समझ में आई तो रात को वे यहीं रह जाएँगे। लक्ष्मीमणि ने अंडे की सब्जी और भात पका दिया। उन्होंने झटपट खाना खा लिया। बीच में कुछ देर के लिए बिजली नहीं थी। बिजली लौट आई, लेकिन वोल्टेज काफी कम था। बत्ती बस टिमटिमाती रही। पंखा भी बस घर्र-घर्र, रेंग-रेंगकर घूमता रहा। प्रभास कुछ देर बिस्तर पर लेटे रहे। उन्हें कुछ अच्छा नहीं लग रहा था, कुछ भी नहीं। जमीन-आसमान की इतनी सारी फिक्र में डूबा इनसान भला चैन से सो सकता है!

उसी समय नीचे मोटरबाइक रुकने की आवाज गूँज उठी। प्रभास ने उठकर खिड़की से झाँका—श्रीमान लालू!

शीतल से दो-चार बातें निपटाकर लालू ऊपर आया।

उसने विनयी लहजे में पूछा, 'भोम्बोल काका, अंदर आ जाऊँ?'

'अरे, आ जा, आ जा।'

पैंतीस साला लालू के बदन पर पैंट व टी-शर्ट! खास लंबा भी नहीं था। बस मँझोली ऊँचाई ! उसे दुबला-पतला ही कहा जा सकता था, लेकिन बदन का रंग काफी उजला! काफी कुछ अपने पिता की तरह। चेहरे पर भी हरीश की छाप! हरीश प्रभास से तीन साल बड़ा था। किन्हीं दिनों प्रभास की हरीश से काफी अंतरंगता थी। उन दिनों हरीश लगभग निकम्मा था। हाँ, धनेरवाली बाजार में उन लोगों की दवा की दुकान थी। हरीश कभी-कभार उस दुकान में बैठा करता था, लेकिन शाम होते ही वह घर पर ताश का अड्डा जमाता था। उन दिनों ऑकशन ब्रिज हुआ करता था।

कॉलेज से लौटने के बाद प्रभास अकसर ही उस ब्रिज पर पहुँच जाया करते थे। एक-दो बार वे हरीश और उसके साथियों के साथ सैर-सपाटे पर भी गए—दीधा, दार्जिलिंग वगैरह! करीब दस वर्ष पहले हरीश पट से मर गया। हार्ट अटैक! अब उसका बड़ा बेटा श्रीकांत कारोबार सँभालता है और लालू अब लालू मास्टर बन गया था। स्कूल का समय छोड़कर बाकी समय वह घूमता-भटकता फिरता है।

बौनी-सी स्टूल खींचकर लालू बैठ गया।

उसने बात शुरू की, 'सुना कि आप आए हैं, इसलिए मन हुआ कि घर जाने से पहले एक बार आपसे मिल लूँ।'

'अच्छा किया। तू है कैसा?'

'ठीक-ठाक!' लालू ने सिर झुकाकर कुछ सोचा, फिर कुछ सिर उठाकर पूछा, 'आप तो चित्त खैरा के घर से होकर आ रहे हैं न?'

'हाँ, खबर मिलते ही…इतना पुराना आदमी था। ऐसे भयानक ढंग से अपनी जान दे दी।'

'सच्ची! काफी उदास घटना है। इस तरह आत्महत्या करने का कोई तुक नहीं होता। ऐसा कांड करके लाभ क्या हुआ, बताइए? उसकी मौत उसके परिवार के क्या काम आई? बल्कि उसका परिवार और गहरे खड्ढ में गिर गया। है कि नहीं?'

'हूँऽऽ! आत्महत्या करने से पहले इनसान को क्या यह सब सोच-विचार करने का होश रहता है? उसमें कोई क्षमता बची रहती है?'

'लेकिन उसे सोचना चाहिए था। आप तो पिछली बार आकर रुपयों के बारे में बात कर ही गए थे। कहीं कोई रिकॉर्ड नहीं है, कोई प्रमाण भी नहीं है, फिर भी आप लोग उन लोगों को कुछ देने को राजी हैं, यह आप लोगों का बड़प्पन है। उसने इस उदारता का कोई मोल नहीं दिया।'

'लगता है, उसका दिमाग काम नहीं कर रहा था, लालू! जरूर उसे अपने पर विश्वास नहीं रहा या फिर उसने यह सोचा हो…'

'उसने कुच्छ नहीं सोचा। उन लोगों में सोचने की क्षमता है क्या? कम-से-कम एक-डेढ़ लाख रुपए हाथ में आते। एक साथ उतने सारे रुपए चित्त खैरा ने कभी अपनी जिंदगी में देखा होगा? उन्हीं रुपयों से कुछ-न-कुछ कर सकता था या नहीं? कोई दुकान वगैरह? पान-बीड़ी या चाय… ? यहाँ इतनी बड़ी एक इंडस्ट्री लगने जा रही है, धनेरवाली में एक टाउनशिप तैयार हो जाएगा। वहाँ कितने ही किस्म की ओपनिंग…'

प्रभास को जोगेन खामरुई की बातें याद आने लगीं।

उन्होंने सिर हिलाते हुए कहा, 'असल में बात क्या है, जानता है? चित्त मुख्य रूप से किसान था। जमीन-जमा से उन लोगों का बेहद गहरा वास्ता होता है। खेती न कर पाना उन लोगों के लिए भीषण सेंटीमेंट का मामला है।'

प्रभास ने यह बात सरल भाव से ही कही, लेकिन लालू को जाने कहाँ चुभ गई!

उसने आहत लहजे में कहा, 'देखें, काका बाबू, किसानों को मैं पहचानता हूँ। सिर्फ हम लोग ही पहचानते हैं। चिरकाल से उन लोगों के साथ-साथ हैं। उन लोगों के पक्ष में कितनी-कितनी लड़ाइयाँ की हैं, जरा सोचिए! यह जो इतने अरसे से वे लोग हमें समर्थन देते आ रहे हैं, वह क्या यूँ ही? उनके सेंटीमेंट या उन लोगों का किसमें भला होगा, यह हम समझते हैं। इसीलिए न वे लोग हमें बार-बार चुनकर सरकार में ले आते हैं।' लालू ने अपने हाथ का छोटा सा बैग मेज पर रख दिया।

उसने तनकर बैठते हुए कहा, 'हम लोगों ने हिसाब लगाकर देखा है, जमीनों से उन्हें जितनी आमदनी होती है, उसमें उनका गुजारा नहीं हो सकता है। जैसे-जैसे दिन गुजर रहे हैं, उनकी आबादी बढ़ रही है, हिस्सेदार भी! जमीनों से होनेवाला रोजगार कम होते-होते कहाँ पहुँचेगा, जरा सोचिए! छोटे किसान हम उन्हें मानते हैं, जो नौ बीघे जमीन के मालिक हैं। अगर ऐसे एक किसान के चार बेटे-बेटी हैं तो एक-एक के हिस्से में कितना आएगा? इस महँगाई के बाजार में कुल दो बीघे में गृहस्थी चलेगी? इसलिए सिर्फ जमीन से चिपटे रहने से तो गुजारा नहीं होगा। नौकरी-चाकरी में जाना ही होगा।'

प्रभास को लगा, उसका तर्क बिलकुल सीधा-सपाट था; लेकिन उसमें कहीं कुछ दरारें भी थीं। लालू की यह राय बाँकुड़ा या पुरुलिया टाँड़ अंचल के संदर्भ में जितनी फिट बैठती है, इस शस्य-श्यामला धनेरवाली के पक्ष में भी क्या उतनी ही सही है? यहाँ तो अरसे से खेती-बारी, पढ़ाई-लिखाई, नौकरी-चाकरी—सबकुछ तो एक-दूसरे का हाथ थामे चलती रही हैं। अब यहाँ के विश्वास परिवार को ही लें। उनके परिवार में दो भाई बैंक में हैं, छोटा भाई अलीपुर कोर्ट में प्रैक्टिस करता है, बड़ा भाई अकेला ही जमीन-जमा-खेती सँभालता है, यानी कोई-न-कोई खेती से जुड़ा है, खेतों की सार-सँभाल करता है। जमीन खाली तो नहीं पड़ी हुई है। कोई न भी हो तो भी खेती-बारी होती है। प्रभास और उनका परिवार तो इसकी प्रत्यक्ष मिसाल है। नौकरी-चाकरी की दुहाई देकर उपजाऊ जमीन ध्वंस करने की बात लालू क्या नजरअंदाज

नहीं कर रहा है?

प्रभास को खामोश देखकर लालू और ज्यादा प्रोत्साहित हो उठा।

उसकी आँखें चमक उठीं, 'इसके बाद इस बात भी गौर करें, किसान के बेटे को युग-युगांतरों तक हल-बैल ही खींचना होगा, यह उम्मीद करना भी क्या सही है? उनमें से बहुतेरे लड़कों ने बी.ए., एम.ए. पास किया है। वे लोग बेहतर जीवन शैली की अपेक्षा कर ही सकते हैं। उद्योग न गढ़ा जाए तो उन लोगों के सपने कहाँ से पूरे होंगे?'

प्रभास की जुबान से आखिर फिसल ही गया, 'गाड़ी के एक कारखाने से सारी समस्याओं का समाधान हो जाएगा?'

'अरे, नहीं, नहीं!' लालू अब झेंप गया। उसने हँसकर कहा, 'यह तो सूचना मात्र है। सकूरा लोगों को देखकर अन्यान्य उद्योगपति भी एक-एक करके यहाँ भीड़ लगाएँगे। हर तरफ उद्योग का ज्वार आ जाएगा। इसीलिए तो हम चाहते हैं, सकूरा आएँ। किसी भी शर्त पर यहाँ कारखाना खुले। सोचिए तो जरा, कैसा कमाल का पैकेज तैयार किया है हमने? सिर्फ आप लोगों को ही नहीं, वर्गादारों को भी हिस्सा मिल रहा है। इसके अलावा, कुछेक स्थानीय नौजवानों को ट्रेनिंग-वेनिंग देकर कंपनी में ले लिया जाएगा। बहू-बेटियों को भी हाथ के काम सिखाने का इंतजाम किया जा रहा है। कोई टेलरिंग सीखकर सैकड़ों की संख्या में यूनिफॉर्म तैयार करेगी, कोई कैटरिंग कर सकेगी। एक टाउनशिप बन जाए तो कितनी तरह के काम निकल आते हैं। ऑर्डर-सप्लाई के बिजनेस में भी क्या कम आमदनी है? इसके अलावा गाड़ी का मतलब ही है—हर तरह के पार्ट्स। वह सब बनाने के लिए सकूरा के इर्द-गिर्द और भी कितने कारखाने बनेंगे और अधिक नौकरी व अधिक मौके!'

उफ! प्रभास की क्या तकदीर है! लालू सोने की तूलिका से कैसी अपरूप छवि आँक रहा था! प्रभास मुग्ध भाव से सुनते रहे। ऐन उसी वक्त फिर जोगेन खामरुई! उँगली नचा-नचाकर वह प्रभास को हिसाब सुना रहा था, 'दो सौ सब्जी वाले···चार सौ वैन चालक···शैलो किराए पर देनेवाले, पचास···दिहाड़ी मजूर, पाँच सौ···कोल्ड-स्टोरेज में आलू की आढ़त कम-से-कम चार-पाँच हजार··· भूमिहीन डेढ़ हजार···! हर परिवार में कम-से-कम पाँच लोग, यानी कुल मिलाकर सत्तर-पचहत्तर हजार! अच्छा, यह संख्या क्या लालू लोगों के हिसाब में शामिल है? अपने-अपने दूल्हे द्वारा खदेड़ी गई औरतों की भला क्या गति है? कारखाने के सामने वे महिलाएँ चेहरे पर रंग-रोगन पोतकर खड़ी होंगी? यह न हों तो कहते हैं, शहर सोलह

कलापूर्ण नहीं होता।

प्रभास ने कह ही डाला, 'लेकिन वे लोग तो कहते हैं···'

'ये 'वे लोग' कौन हैं?' लालू अगले पल ही तन गया। उसने आँखें चढ़ाकर कहा, 'जोगेन खामरुई?'

'हाँ, आज चित्त के घर वह भी आया था।'

'आप तो पिछली बार भी खामरुई के घर गए थे, काका बाबू। आपको दुलाल ले गया था। वहाँ आप डेढ़ घंटे तक थे।' लालू और ज्यादा गंभीर हो आया।

उसने नीरस लहजे में दुबारा कहा, 'आप तो बाहर रहते हैं, कोई खबर-वबर नहीं रखते। जोगेन खामरुई सिर से पैर तक बेहद बदमाश बंदा है। सीधे-सादे किसानों को उलटा-पलटा बहला-फुसलाकर, लच्छेदार झूठ बोल-बोलकर उकसा रहा है। सच तो यह है कि उसकी जमीन रहे या जाए, उसे कोई फर्क नहीं पड़ता। वह अमीर किसान है। खेत जोतने के लिए उसके पास निजी ट्रैक्टर है। बेशुमार दौलत कमा चुका है। उसका घर-द्वार देखकर आपको अंदाजा नहीं लगा? कमरे में मोजैक की फर्श है, एक्वेरियम में गप्ली-गोरामिन मछलियाँ कुलेल करती हैं। आप क्या जानते हैं कि उसका एक भाई अमेरिका में है? नियमित डॉलर भेजता रहता है। जोगेन एक नहीं, दो-चार साल पैर-पर-पैर चढ़ाए आराम से गुजारा कर सकता है। अचानक मौका देखकर नेता बनने का मतलब गाँठ रहा है।'

प्रभास ने भौंहें सिकोड़कर पूछा, 'यानी तू यह कहना चाहता है कि कोई भी अनिच्छुक किसान नहीं है?'

'नहीं, ऐसा क्यों? कुछेक लोग तो विरोध कर ही सकते हैं। दुनिया में किसी भी प्रोजेक्ट में सभी लोग खुशी-खुशी अपनी जमीन भला छोड़ते हैं! लेकिन उनकी संख्या काफी कम है।'

'लेकिन, जोगेन खामरुई ने तो बताया कि प्रायः साढ़े आठ सौ जमीन-मालिक···'

'पहली बात तो यह कि जोगेन ने संख्या बढ़ाकर बताई है। उतनी तादाद नहीं है। अगर बहस की खातिर उसकी बताई हुई संख्या को सही मान भी लिया जाए तो टोटल नंबर के सामने साढ़े आठ सौ तो कुछ भी नहीं हैं। प्रायः साढ़े चार हजार भूमि-मालिक अपनी जमीन देने को तैयार हैं, हम जानते हैं। इस रुद्रपुर में ही सभी लोग एक पैर पर खड़े हैं। एकमात्र बारीन विश्वास ही थोड़ा-बहुत ना-नुकुर कर रहा था; हमारे समझाने के बाद वह भी मान गया।' लालू के होंठों पर कुछ हँसी झलक उठी, 'जोगेन खामरुई का खेल नहीं चलेगा, काका बाबू! चंद चेले-चामुंडे जुटाकर डी.एम. ऑफिस

के सामने गला फाड़-फाड़कर महज चिल्ला आने से हम डर जाएँगे और सहमकर पीछे हट जाएँगे···यह इतना आसान नहीं है। कैसी बदतमीजी है, जरा सोचें! विदेशी यहाँ की धरती पर आए और वहाँ घरों की बहू-बेटियों को भेजकर उन्हें जूते-झाड़ू दिखाए गए! वे लोग क्या धारणा लेकर यहाँ से लौटे, बताइए तो? यह सोचकर भी हमारा सिर शर्म से झुक जाता है। जुलूस पर जुलूस निकाल रहे हैं, इस-उस मुहल्ले में फेरी लगा रहे हैं। हम देखे जा रहे हैं, कुछ कह नहीं रहे हैं। लेकिन एक-न-एक दिन तो इनसान प्रतिवाद करेगा? तब खामरुई कहाँ जाएगा?'

लालू ये तमाम बातें हँसते-हँसते ही कह गया। लेकिन उसकी आवाज बेहद कर्कश हो आई थी। प्रभास को अच्छा नहीं लगा। उसके शब्दों से सर्द उच्छृंखलता फूट-फूटकर निकल रही थी।

प्रभास ने आशंकित लहजे में सवाल किया, 'अंत में क्या मारा-मारी शुरू हो जाएगी?'

'अरे धत्त! धत्त! वे लोग तो मच्छर-मक्खी हैं।' लालू ने इस प्रसंग को तवज्जो ही नहीं दी। अचानक जाने क्या सोचकर वह आगे झुक आया, 'जोगेन के साथ आज सुभाष दलुई की वह छोकरी श्यामली भी थी न, काका बाबू?'

'हाँ, क्यों?'

'उस छोकरी को काफी पंख निकल आए हैं। मुझे कहना तो नहीं चाहिए, फिर भी आपको बताए रखूँ। जोगेन खामरुई के साथ श्यामली का वो···चल रहा है। इस बात को लेकर जोगेन के परिवार में भी काफी कलह चल रही है।'

प्रभास को मानो झटका लगा।

उन्होंने विस्मित मुद्रा में कहा, 'मुझे तो कहीं से भी ऐसा नहीं लगा। जोगेन को तो वह 'काका', 'काका' कह रही थी।'

'पता नहीं! लोग-बाग बातें कर रहे थे, मैंने सुना।' लालू ने मेज पर रखा बैग खींच लिया और घड़ी पर नजर डालकर उठ खड़ा हुआ, 'खैर छोड़िए, जोगेन खामरुई से आपको क्या? आप आइएगा, चेक लीजिएगा, चले जाइएगा। कागज-पत्तर आपने तैयार रखा है न?'

'अभी तो तैयार नहीं हुआ। देखूँ, अभी तो वक्त है।'

'बेवजह देर मत कीजिए, काका बाबू, प्लीज! रुद्रपुर के सारे मामले मैं सबसे पहले क्लियर कर देना चाहता हूँ।'

प्रभास हँस पड़े, 'तुझे इतना छटपट करने की क्या जरूरत है? यह तो सरकार

का काम है।'

'आप भी क्या बात करते हैं, काका बाबू?' लालू के चेहरे पर निर्मल हँसी झलक उठी, 'पार्टी और सरकार क्या अलग-अलग है? खैर, मैं चलता हूँ, काका बाबू!'

'ठीक है।'

'कागज-पत्तर जमा दे दें तो मैं जल्द-से-जल्द चेक तैयार करा दूँगा।'

लालू के विदा होने के बाद प्रभास ने कमरे का दरवाजा हलके से लुढ़का दिया। कुछेक पल स्थिर-निश्चल खड़े-खड़े विचारों में डूबे रहे। इतनी देर तक लालू जो-जो कहता रहा, क्या उन्हें इन बातों पर विश्वास है? तब तो जोगेन खामरुई पर अविश्वास करना पड़ेगा। कौन सही है, कौन गलत? कारखाना बनने से क्या सच ही यहाँ के लोगों का भला होगा? इतने-इतने लोगों की आँखों के आँसुओं की उपेक्षा करके क्या यह संभव है? या यही सभ्यता की धारा है? आँसू बिछी राह से होकर ही वह आगे बढ़ता है?

बाथरूम से लौटकर प्रभास मच्छरदानी लगा रहे थे। अचानक उन्हें चित्त याद आ गया। बेचारा इस वक्त मुरदाघर में लेटा होगा! चिंता-चिंता में ही मर गया। बिलकुल जान से गया।

प्रभास विरस चेहरा लिये खिड़की के सामने आ खड़े हुए। बरसात होने की वजह से मौसम जरा ठंडा हुआ था। मगर अब फिर उमस होने लगी थी। नजदीक ही आम के पेड़ों की झुरमुट की दरार से जेठू के घर से आती हुई रोशनी का आभास! जेठू असल में दूर के रिश्तेदार थे। उनके दादा के काका के वंशधर! वही लोग खासे मजे में हैं। अरसे पहले अपनी जमीन-जमा बेचकर अपने-अपने कर्मस्थल में चले गए। वह घर अब शीतल की तरह ही किसी पहरेदार की हिफाजत में है। कभी-कभार शायद कोई घरवाला आ जाता था, दो-एक दिन हो-हुल्लड़ मचाता था, बस, रुद्रपुर से रिश्ता-नाता सिर्फ इतना ही था। प्रभास भी तो अब उसी राह पर चल रहे थे।

यह सब सोचते हुए प्रभास के मुँह से एक लंबी उसाँस निकल पड़ी। जाने कब, पाँच सौ वर्ष पहले, गौड़ प्रदेश का कोई एक सुलतान युद्ध में हारकर इसी रास्ते से होकर भाग रहा था। तभी प्रभास के किसी पुरखे ने सुलतान को बिना पहचाने ही उन्हें एक रात के लिए आश्रय दिया था। बाद में अपने सैन्य-सामंत दुबारा जुटाकर सुलतान ने अपना खोया हुआ मसनद दुबारा हासिल कर लिया। एक रात के लिए आश्रय देनेवाले अपने आश्रयदाता को वह भूला नहीं था। उसने उस दरिद्र ब्राह्मण को

पूरे पाँच सौ बीघे जमीन दान की थी। उसी के एक क्षुद्रांश को लेकर प्रभास जाने कितनी-कितनी मुसीबत, कितनी अशांति झेल रहे हैं।

खैर, यह जमीन चली जाए, चली ही जाए, यही बेहतर है।

बत्ती बुझाकर वह बिस्तर पर आकर लेट रहे। मच्छरदानी आसपास से खोंसकर वे सो गए। बाहर मेढकों की टर्र-टर्र आवाज गूँज रही थी। पानी पीकर आज उन मेढकों के विकट उल्लास का दिन था। झींगुर की झीं-झीं झनकार को दबाते हुए आज मेढकों ने ही रात पर दखल जमा लिया।

प्रभास ने आँखें मूँद लीं। चित्त की बीवी का धिक्कार दुबारा कानों में बज उठा। फिर भी वे सो गए।

□

७

'आज का दिन तुम्हें याद है?'

'क्या हुआ था, बताओ तो?'

'आज कितनी तारीख है?'

'२ सितंबर! क्यों?'

'याद करो, याद करो! सुबह से शाम के खयालों में मशगूल रहने से चलेगा?'

'मतलब?' होंठों पर लिपस्टिक फेरते-फेरते भी आँखी ने पलटकर देखा।

अयन मंद-मंद मुसकराता रहा। बिस्तर पर अधलेटा वह आँखी को साज-सिंगार करते देखता रहा। आँखी को निहारना उसे बेहद अच्छा लगता है। उसकी यही बहुरिया, कितनी जादुई दक्षता के साथ, कुल कुछेक मिनटों में ही एकदम से अपरूपा हो उठती है। वह कोई खास मेकअप भी नहीं करती, फिर भी मोहक हो उठती है।

उस पल आँखी की निगाहों में चोर कौतूहल झलक आया। शायद मृदुल-सी बेसब्री भी!

अयन को मजा आ रहा था।

उसने आँखी को दुबारा छेड़ा, 'तुम्हारी याददाश्त बिलकुल ही चौपट है! एकबारगी जा चुकी है! याद है, बहुत-बहुत साल पहले इस दिन किसी कॉलेज में वार्षिकोत्सव था? वहाँ एक जवान लड़के से एक जवान लड़की का परिचय हुआ था?'

'ऐसा कहो न!' आँखी हँस पड़ी, 'मैंने सोचा, क्या-न-क्या।'

'शादी होते ही वह दिन 'क्या-न-क्या' हो गया! लेकिन हम यह दिन हर साल मनाते हैं।'

आँखी कुछ सकुचा गई।

उसने अनुनय भरे स्वर में कहा, 'सुनो, इस साल माइंड मत करना, प्लीज! देखा नहीं, आज कैसा फँस गई हूँ! स्कूल वगैरह से डूब मारकर सुबह-सवेरे स्टेज-रिहर्सल के लिए दौड़ना पड़ रहा है। दिन भर किस कदर घानी खींचनी होगी! रात आठ-नौ बजे से पहले रिहाई पाने का कोई चांस नहीं है।'

'देखो न, मैनेज-टैनेज करके पहले निकल सको···'

'नहीं होगा, जी! पंद्रह बार फुल रिहर्सल दिए बिना श्याम दा अपना कोई प्रोडक्शन नहीं उतारते। इस बार कुल बारह रिहर्सल हुए! इसी बात को लेकर हैवी टेंशन चल रहा है। ऐसे में अगर कोई फरमाइश या आग्रह किया तो श्याम दा आपे से बाहर हो जाएँगे। झल्लाकर रौद्र रूप धारण कर लेंगे।'

आँखी ने उठकर अलमारी से अपना वैनिटी बैग निकाला। चेन खोलकर, अंदर देख लिया।

अगले ही पल उसने अगला जुमला जोड़ा, 'इसके अलावा आज काम भी कम नहीं है। लाइट एडजस्टमेंट में ही कितने घंटे निकल जाएँगे। उसके बाद यूँ भी एक फुल रिहर्सल होगा। मेकअप और कस्ट्यूम के साथ अगला रिहर्सल! जानते तो हो, श्याम दा हर मामले में कितने पर्टिकुलर हैं।'

आँखी इस ढंग से बोलती थी, मानो श्याम दा साक्षात् भगवान हों! यह आदमी आजकल काफी अति करने लगा है। अपने को काफी बढ़-चढ़कर बुद्धि जाहिर करने लगा है।

अयन ने कुछ व्यंग्य से कहा, 'तुम्हारे श्याम दा का गुब्बारा जल्द ही चुपस जाएगा। ज्यादा उस्तादी मारकर हम सबको गालियाँ दिए जा रहा है।···'

'गालियाँ क्यों कहते हो? कहो, समालोचना।'

'एकतरफा हमले को समालोचना नहीं कहते और वह शख्स हमारी आलोचना करनेवाला कौन होता है? कौन है यह हरिदास पाल? वह यह कैसे भूल गया कि हम लोग ही उसे लाइम लाइट में लाए थे!'

'अर्थात् श्याम दा में कोई प्रतिभा, कोई योग्यता नहीं है और चिरकाल उन्हें तुम लोगों का जरखरीद गुलाम बनकर रहना होगा, यही न? अन्याय होते देखकर भी प्रतिवाद न करें?'

'क्या किया है हमने? कौन सा अन्याय किया है?'

'पार्टीबाजी! ग़फ़लती! ताकत का जोर! जबरदस्ती! खैर, छोड़ो, अभी लिस्ट गिनाने का वक्त नहीं है।' आँखी ने वैनिटी बैग अपने कंधे पर लटकाया, 'चलती हूँ!

आज दिन भर लोट-पोट लगाओ! टा-टा!'

जमकर बहसबाजी नहीं हो सकी, इस वजह से अयन जरा बुझ आया। उसने सोचा था कि आज का ऑफ-डे वह अलग ढंग से बिताएगा, उसके भी बारह बज गए। आँखी ने इस खास दिन को तवज्जो ही नहीं दी। पिछले साल भी वे दोनों कोलाघाट गए थे। रूपनारायण की भरी-भरी नदी में उन दोनों ने नौका-विहार किया था। ताजा ईलिश मछली खाकर आँखी कितनी उल्लसित हुई थी। वहीं उन दोनों ने नदी-किनारे बैठकर मुग्ध निगाहों से ढलते सूरज की खूबसूरती का नजारा किया था। आँखी गुनगुना उठी—'ऐसे ही गुजरें जो दिन, गुजरते रहें...'

आजकल आँखी कैसी कामकाजी होती जा रही है! विवाह का घाट पार करते ही लड़कियाँ अन-रोमांटिक क्यों हो जाती हैं? उनका सारा रोमांस खत्म हो जाता है। मानो सिर्फ गठबंधन में ही उनका मोक्ष है। आजकल उसके नाटक की सनक भी बढ़ गई है या आँखी पहले भी ऐसी ही थी! चूँकि अब वे दोनों इकट्‌ठे रहने लगे हैं, इसलिए अयन को ऐसा महसूस होने लगा है? हाँ, हो सकता है। हो भी सकता है। पहले तो उनकी कुल एक-दो घंटे के लिए ही भेंट होती थी, वह भी हर दिन नहीं। वह नाटकों से कितनी जुड़ी हुई है, उन दिनों यह मालूम करने का भी कोई उपाय नहीं था। अब चौबीसों घंटे वे दोनों एक ही छत तले रहते-सहते हैं, इसलिए थोड़ी-बहुत भूल-त्रुटि तो नजर में पड़ेगी ही। अब जो आँखी है, वह क्या पहले जितनी मोहमयी लगती है? आँखी की शारीरिक उन्मत्तता भी अब कम होती जा रही है। कल रात को ही लगभग जम्हाइयाँ लेते-लेते उसने अपने को अयन के हवाले किया। उनका संगम हुआ। ऐसा मशीनी सेक्स क्या भला लगता है? अयन को और भी शिकायतें हैं। आँखी पहले भी पार्टी के प्रति अयन की भक्ति देख-देखकर बात-बात पर पट-पट बहस करती थी, तानें मारती थी। उन दिनों अयन उसकी इस तेजी का मजा लेता था। लेकिन, अब अचानक-अचानक ही उसके तन-बदन में झल्लाहट दौड़ जाती है। हर मामले में औरत को इतनी सुदृढ़ राय जाहिर करने की क्या जरूरत है? श्याममोहन के पल्ले पड़कर वह मानो और जहन्नुम में जा पड़ी है। न्ना, आँखी को समझा-बुझाकर 'विकल्प' ग्रुप से हटा लाना होगा। लगातार मतभेद दांपत्य जीवन में अशांति लाता है।

अयन बिस्तर छोड़कर उठ खड़ा हुआ। बाथरूम में जाकर उसने ब्रश किया। यह टॉयलेट बेहद छोटा है। बस, एक ही सहूलियत है, यह कमरे से संलग्न है। अयन दंपती का यह कमरा पहले प्रभास-जया का था। उन दोनों ने बेटे-बहू के लिए छोड़ दिया। पल भर के लिए अयन को यह भी खयाल आया कि अगर वे लोग किसी नए फ्लैट में जाएँगे तो वह सबसे पहले बाथरूम की जाँच कर लेगा । माँ-बापी के लिए

भी संलग्न बाथरूम का इंतजाम करेगा! यह बेहद जरूरी है।

प्रभास बाजार से लौट आए थे। इस वक्त अखबार मिलने की कोई उम्मीद नहीं, क्योंकि अखबार बापी के हाथ में था और वे बड़े ध्यान से पढ़ रहे थे। अयन अपने कमरे में किताब-कॉपी खोलकर बैठ गया। दिन क्यों बेकार जाए, क्यों न सर के पास ही चला जाए! 'यंग बंगाल' पर और भी तथ्य जुटाना जरूरी है और सर जरूर वे सारे संदर्भ दे सकेंगे। उसे ठीक-ठीक किन-किन तथ्यों की जरूरत है, उसने नोट किया।

जया चाय-नाश्ता दे गई।

नाश्ता खत्म करके वह दुबारा किताबें उलटने-पुलटने में व्यस्त हो गया।

मोबाइल ट्रिंग-ट्रिंग बज उठा।

मॉनीटर पर नाम देखते ही अयन ने फोन झटपट अपने कान से लगाया, 'हाँ, शुभाशीष दा, कहिए?'

'एइ, तुम लोगों के कॉलेज का जी.बी. चुनाव जाने कब है?'

'पूजा से पहले ही होने की बात है। जी.बी. की मियाद तो अक्तूबर तक है।'

'हेड गिना है? इस बार हमारे कई लोग जी.बी. में जा सकेंगे।'

'हिसाब तो कहता है हमारे सोलह लोग, उनके चौदह लोग।'

'यानी चार लोगों में वही दो के दो लोग? यह नंबर तीन तक नहीं लाया जा सकता?'

'नवंबर में दो रिटायरमेंट हैं, दोनों ही उनके हैं। जी.बी. इलेक्शन अगर उसके बाद किया जाए तो मुमकिन है, हमें तीन मिल जाएँ।'

'यही करना होगा। वी.सी. से कहता हूँ कि तुम लोगों की गवर्निंग बॉडी की आयु जरा बढ़ा दे। असमंज अगर एक आवेदन दे देगा तो यूनिवर्सिटी बॉडी में पास करा लिया जाएगा। लेकिन दो को तीन कैसे किया जाए?'

'अगले साल राघव दा और दिवाकर दा का प्रमोशन होगा। वे दोनों अभी प्रेशर में हैं। बोटनी की दीपिका भी काफी काबिल है। उसके पति ने यूनिवर्सिटी में आवेदन किया है। प्रिंसिपल अगर दीपिका को जरा 'टेप' करें···प्लस उसके पति के मामले में अगर कमोबेश एक इंश्योरेंस दे दें···तो···'

'ठीक है, देखता हूँ।'

'सरकार और यूनिवर्सिटी से हमारी बॉडी में इस बार कौन शामिल हो रहा है, शुभाशीष दा?'

'एक जन तो···तुम लोगों का वह संजय, एम.एल.ए. का भाई! स्कूल का

हेडमास्टर है, इसलिए उसे 'पुश' करने में कोई प्रॉब्लम नहीं है। दूसरे को झाड़-चुनकर भेजना होगा। देखूँ, टीचर्स सेल से बात करके देखता हूँ।'

और दो-चार बातें करके शुभाशीष ने फोन छोड़ दिया। अयन का मन तरोताजा हो आया। परिचालन समिति हमारे लोगों से भरी हुई है, यह सोचकर भी खुशी होती है।

लिखाई फिर शुरू! कलम चलाते-चलाते भी अयन को खबर थी कि गृहस्थी नियम माफिक ही आगे बढ़ रही है। कलछुल-छोलनी का टुंग-टाँग, मछली तलने की गंध, बापी खाना खाकर दफ्तर गए, ठीके की नौकरानी आ चुकी है, कमरे झाड़-पोंछकर चली गई, वाशिंग मशीन रह-रहकर शंख बजा रही है।

करीब १२ बजे दोपहर को जया कमरे में आई।

'क्यों रे, नहाएगा नहीं?'

'बस, अभी उठता हूँ।'

'आज क्या तू घर पर ही रहेगा?'

'ना! दो-ढाई बजे निकलूँगा। यूनिवर्सिटी पहुँचना है।'

'तब, एक बार अपनी बुआ के यहाँ हो ले न। उन्होंने जाने कौन सी पावर ऑफ एटॉर्नी के कागज बनवा रखे हैं, वह ले आना पड़ेगा।'

'क्यों? वे लोग कोई नहीं दे जा सकते?'

'जा न बच्चे! जिम्मेदारी तो सभी की है। अपने बापी को तो तू देख ही रहा है। उनका सबकुछ कैसा ढीलम-ढील चाल में कर रहे हैं। रुद्रपुर से लौटकर तो और भी वीतराग हो गए हैं। कैसे तटस्थ, अलग-थलग! कागज-पत्तर जुटाकर अब ब्लॉक ऑफिस में अपना दावा जमा करना जरूरी है। उस मामले में भी वे साँस-डकार नहीं ले रहे हैं। जरा भी हिल-डुल रहे हैं? इधर तेरे काका रोज गज-गज कर रहे हैं कि दद्दा ने जो शुरू किया है, पता नहीं अंत में चेक मिलेगा भी या नहीं! चेक मिल जाए तो साँस में साँस आए।'

'तो काका खुद भी तो यह जिम्मेदारी ले सकते हैं।'

'अरे, वह ठहरा साहब मानस, उसे इतनी फुरसत कहाँ है!'

और हम सब बेकाम, निकम्मे हैं? अयन की जुबान पर आया हुआ यह जुमला उसने जबरन रोक लिया। मिजाज दिखाने से कोई फायदा नहीं है। काका तो ऐसे ही हैं, आत्मकेंद्रित! बापी-काका की समूची पीढ़ी ही लापरवाह किस्म की है। कैलस! दद्दू—छोटे दद्दू की मौत के बाद जमीन-जायदाद अपने नाम करा लेना जरूरी है, यह आज तक किसी के दिमाग में नहीं आया। जमीन का म्यूटेशन नहीं है, भाई-बहन में बँटवारा तो हुआ ही नहीं—सारा-का-सारा 'राम भरोसे' केस। वह तो

किस्मत अच्छी है कि सक्सेशन सर्टिफिकेट सलामत है। वह भी नहीं होता, वह तो बाप-काका के बैंक से रुपए निकालने की जरूरत आन पड़ी, इसलिए निकलवाया गया। वह कागज भी बेचारे बापी को ही दौड़-धूप करके निकलवाना पड़ा। इस बार भी रुपए तो सभी लेंगे, लेकिन बी.डी.ओ. ऑफिस में क्लेम जमा देने का दायित्व उन्हीं का है, यानी उनके दद्दा का है। वे लोग तो सिर्फ एक-एक पावर ऑफ एटॉर्नी थमाकर ही खलास हो गए। हालाँकि काका-बुआ बखूबी जानते हैं कि जमीन जाने के बारे में एकमात्र बापी के मन में ही जरा दुविधा है। यह चित्त खैरा शख्स ने तो बापी को और ज्यादा तुलतुला कर दिया। ज्यादा भावुक लोगों के साथ सैकड़ों झंझट हैं।

अयन बिगड़े मूड में नहाने चला गया। बापी-काका का जो रंग-ढंग है···बुआ-फूफा भी थोड़े ही हिलेंगे। धनेरवाली दौड़ना अंत में कहीं अयन की तकदीर में ही तो नहीं नाच रहा है?

स्टेज के बीचोबीच भारी-भरकम सिंहासन। राजा का सिंहासन। दोनों ओर काठ के चार-चार बक्से—फ्रिल लगे कपड़े से ढँके हुए! दरबारियों का आसन! इसी ढंग से मुख्य सेट सजाकर रिहर्सल जारी था। सुबह नौ बजे से ही रिहर्सल चल रहा था। लाइटें फेंकी जा रही थीं। उसी मुताबिक कलाकार अपना-अपना स्थान ले रहे थे। बार-बार भूल हो रही थी। सुधार का दौर चल रहा था। एक ही दृश्य, एक ही संवाद, एक ही मुद्रा की जाने कितनी-कितनी बार पुनरावृत्ति होती रही। तोता पढ़ाने की तरह श्याममोहन सबको समझा रहा था। लाइटिंग की जिम्मेदारी शुभानन पर थी। उसके साथ तो उसकी बार-बार ठक-ठुक हो रही थी। राजदरबार हटाकर दूसरा सेट लगाया गया, तब लाइट की दिशाएँ दुबारा बदली गईं। लिखित निर्देश-मुताबिक रोशनी बढ़ानी-घटानी थी। रोशनी ठीक-ठाक करके एक ही बार में पूरे नाटक का रिहर्सल, एक-एक पात्र का अभिनय—काफी समय लग गया।

बीच में छुट्टी मिली, दोपहर को प्राय: दो बजे। आज मध्याह्न भोज की बारी थी। इसके बाद पूरे मेकअप में फिर एक बार रिहर्सल तो होना ही था। अगर जरूरत पड़ी तो एक रिहर्सल और!

खाना-पीना हाजिर हो गया—चाइनीज फ्राइड राइस और चिली-चिकेन। खाने का डिब्बा बगल में रखकर आँखी ने बैग से मोबाइल फोन निकालकर बात की। अब तक उसने मोबाइल का स्विच ऑफ कर रखा था। जैसे ही उसने फोन ऑन किया, एक के बाद एक कई मिस्ड कॉल! उसमें ब्रतती का भी फोन था।

आँखी की भौहों में बल पड़ गए। अचानक माँ ने यूँ हाँक-डाक क्यों लगाई?

नंबर मिलाते ही ब्रतती ने उस छोर से हाय-तौबा मचा दी।

‘कहाँ थी इतनी देर से? क्या कर रही थी? फोन बंद क्यों था?’

‘थी नहीं, अभी भी हूँ।’ आँखी ने जल्दी से माँ को चुप कराया, ‘अजय मंच में हूँ! स्टेज-रिहर्सल चल रहा है।’

‘ओ, तो ऐसा बोल न!’

‘तुम्हारे बैंक में आज कोई काम नहीं है?’

‘बैंक से मोबाइल कॉल किया जा सकता है भला! आज मैं निकली ही नहीं।’

‘क्यों?’

‘पिछला दाँत बेहद तकलीफ दे रहा है, री। शाम को डेंटिस्ट के पास जाऊँगी।’ यह कहते-कहते वह अचानक उत्साहित हो उठी, ‘एइ, जानती है, एक स्कूप है।’

‘क्या?’

‘झूमू इस बार शायद सच्ची-सच्ची प्यार में पड़ गई है।’

ऐसी खबरों से आँखी के कान पक चुके थे।

उसने निरुत्तप्त लहजे में कहा, ‘किसके प्यार में?’

‘किसी केरालाइट लड़के के प्यार में। एस. उन्नीकृष्णन! एस. फॉर शरथ! शरत् भी कह सकती है। दोनों शायद शादी-ब्याह का प्लान कर रहे हैं।’

‘तुम्हें कैसे पता?’

‘नेट खुला छोड़कर झूमू बाथरूम गई थी। स्क्रैप-बुक में देखा, एक के बाद एक कई मैसेज थे—‘मैं विवाह में धूमधाम नहीं चाहता।’ ‘हम हनीमून के लिए लक्षद्वीप जा सकते हैं।’ ‘अपना कोई फैमिली फोटोग्राफ भेजो। अपने डैडी-मम्मी को दिखाऊँगा।’ यही सब…’

अब आँखी कुछ उत्साहित हो उठी, ‘तुमने झूमू से बात की?’

‘अरे बाप रे! अगर कहीं भड़क जाए? सोच रही हूँ, तेरे बापी से ‘क्रॉस’ कराऊँगी। तू भी एक बार आकर उसे ठोक-बजाकर देख न!’

‘अच्छा, आऊँगी।’

‘अयन भी पूछताछ कर सकता है। उसके साथ तो झूमू का अच्छा ‘रैपो’ है।’

‘हाँ, अयन से कहना।’

‘नहीं-नहीं, तू ही बोल। एइ, जानती है, वह लड़का नॉनवेज है। मांस-मछली सब खाता है।’

ओफ ओ! मानो यही लड़के का एकमात्र क्वालिफिकेशन है। लड़का करता क्या है, घर कहाँ है, स्वभाव-चरित्र कैसा है, जैसे यह कुछ भी जानने की जरूरत नहीं है।

आँखी हँस पड़ी, 'पहले से ही इतनी उत्साहित मत हो माँ, अपनी बेटी को तो तुम जानती ही हो। देखना, लुंगी पहनने के जुर्म में वह लड़का कल ही खारिज कर दिया जाएगा।'

'नहीं री, यह श्योर केस है! बिलकुल निश्चित! इधर कई दिनों से झूमू की सूरत देखकर ही मुझे शक होने लगा था।'

'ठीक है, माँ ठीक है! अब छोड़ूँ?'

'रुक न! सुन तो सही! ये केरालाइट तो सुना है कि नारियल के तेल में पका खाना खाते हैं। नारियल तेल में ईलिश मछली अच्छी लगेगी?'

'ओफ ओ माँ, तुम्हारे दाँत में दर्द है न? आराम करो।'

'अरे, लेटे-लेटे ही तो बात कर रही हूँ।'

'लेकिन मुझे तो खाना है। कसकर भूख लगी है।'

बातचीत खत्म करके आँखी ने खाने का डिब्बा अभी खोला ही था कि मोबाइल फिर बज उठा। इस बार अयन! और ना-ना करते हुए भी पूरे आठ मिनट बात हुई।

बातचीत खत्म होते ही आँखी ने फोन कान से हटाया। विचित्र मुँह-भंगिमा बनाकर उसने मन-ही-मन सिर हिलाया। करीब ही सूने प्रेक्षागृह की सीट पर बैठी-बैठी प्रियंका खाना खा रही थी।

उसने तिरछी निगाहों से देखते हए वहीं से कहा, 'कम-से-कम अब तो खा ले। फ्राइड-राइस के चावल तो मुरमुरे बन गए।'

प्रियंका ने खास गलत भी नहीं कहा था। प्लास्टिक का चम्मच मुँह से लगाते ही आँखी ने महसूस किया कि मुरमुरे न सही, उस चीज को आराम से प्राय: चावल ही कहा जा सकता था। लेकिन पेट में जब भूख से मरोड़ें उठ रही हों तो बोधशक्ति भी खत्म हो जाती है। खाना कैसा भी हो, बिना किसी उज्र-आपत्ति के पेट में पहुँच जाता है।

प्रियंका ने कौतुकी लहजे में सवाल किया, 'तेरे दूल्हे का समय-बोध तो कमाल का है। लगता है, वह मौके की राह देख रहा था, कब तू मोबाइल ऑन करती है।'

'जरा खुलकर बता!' मुरगी के टुकड़े पर दाँत बिठाकर मांस चबाते-चबाते कहा, 'रोज दोपहर को एक बार रिंग मारता है न! लग गया।'

'हर दोपहर को? हर दिन? तुम दोनों की इतनी क्या बात होती है?'

'अरे, कुछ तय होता है? जिस दिन जैसी बयार···'

'फिर भी, किस किस्म की बातें?' प्रियंका की आँखों में कौतूहल झलक उठा,

‘लड़के तो शादी से पहले ही हजारहा लनतरानी मारते हैं, बेभाव बकबक करते हैं। बातें तो तभी खत्म हो जानी चाहिए।’

आँखी मन-ही-मन हँस पड़ी। शादी के बाद लड़के और ज्यादा बकबक करते हैं, यह प्रियंका नहीं जानती। अयन के संस्पर्श में नहीं होतीं तो क्या आँखी ही भला जान पाती! यह जो इतनी देर उसे कथा-चालीसा सुनना पड़ा—अयन अभी-अभी घर से निकल रहा है; वह सीधे सर के यहाँ जाएगा; सर से वह किन-किन विषयों पर चर्चा करेगा; उसके बाद वह कहाँ जाएगा, क्यों जाएगा? वहाँ कितनी देर रहेगा—सारा कुछ फिजूल के संवाद! सार-वस्तु तो एक ही थी—रिहर्सल के बाद मिल लो। हम डिनर बाहर करेंगे।

अपनी हँसी होंठों पर खींचकर आँखी ने कहा, ‘असल में इन पति लोगों को अपना रोजनामचा सुनाना बेहद प्रिय है। सुन, शौनक के साथ माला-बदल का कार्यक्रम फौरन निपटा ले। तब सब जान जाएगी।’

‘धत्त! शौनक के साथ अभी सैकड़ों झूठ-झमेले हैं। पहला, शौनक की बहन अपने दूल्हे से मार-दंगा करके चली आई है। उन लोगों के घर में इन दिनों भयंकर तनाव है। प्लस, मकान-मालिक बेतरह हड़का रहा है। शौनक और उसका परिवार जादवपुरवाले घर में पिछले अठारह वर्षों से रह रहे हैं। हर तीन साल बाद वह दस प्रतिशत किराया भी बढ़ाता रहा; लेकिन उसकी हाही, उसका लालच मिटनेवाला नहीं है। वह उन्हें निकालने के लिए अदरख-नमक खाकर पीछे पड़ गया है। रात दस बजे तक घर में न घुसे तो मेन गेट पर ताला पड़ जाता है। ऊपर से दरवाजे के सामने कूड़ा फेंक देता है। पानी को लेकर तो हर वक्त खिटखिट लगी रहती है। ऐसे घर में वह मुझे कैसे ले जाए, बता?’

आँखी ने जानकार की तरह सिर हिलाया, ‘हाँऽ, यह तो वाकई बहुत बड़ी प्रैक्टिकल समस्या है।’

‘देख न, तेरे मायके की तरफ अगर कोई फ्लैट वगैरह की जानकारी मिले…। कम-से-कम तीन कमरे हों। शौनक की बहन अपने पति के घर लौटेगी, ऐसा नहीं लगता।’

बहरहाल, उन दोनों की गपबाजी ज्यादा देर तक नहीं चल पाई। विंग से सहसा शोभना मंच पर दाखिल हुई। राजमहिषी का वेश! वह भौंहें सिकोड़े पूरे हॉल में खुदा-चिल्लर जमघट का मुआयना करती रही। आँखी-प्रियंका पर नजर पड़ते ही वह हड़बड़ाए कदमों से मंच से नीचे उतर आई।

अपने माथे पर नाटकीय मुद्रा में हत्थड़ मारकर उसने कहा, ‘यह क्या? तुम

दोनों अभी भी मेकअप कराने नहीं बैठीं? श्याम तो अभी ही चीखना-चिल्लाना शुरू कर देगा।'

बस, आँखी का खाना जस-का-तस रह गया। डिब्बे में फ्राइड-राइस काफी बच रहा था, पेट अभी आधा भी नहीं भरा था, फिर भी उसने डिब्बा एक ओर रख दिया।

उसने करुण मुँह बनाकर कहा, 'मैं तो पहले दोनों सीन में नहीं हूँ, शोभना दी!'

'यह तुम श्याम को बताओ। मैं चली।'

'अरे, रुको, रुको! मैंने क्या यह कहा है कि मैं मेकअप नहीं लूँगी?' आँखी भी शोभना दी के साथ-साथ चल पड़ी।

कुछेक कदम जाकर आँखी ने उसे तेल मारने की भंगिमा में पूछा, 'आज कितने बजेंगे, शोभना दी?'

'यह क्या कहा जा सकता है? श्याम जैसा खुचुरबाज है···!' भारी-भरकम चेहरेवाली शोभना कुछ लहराती हुई आगे बढ़ चली।

उसने हथेली उलटकर फिर कहा, 'आठ भी बज सकते हैं और ग्यारह भी बज जाएँ तो असंभव नहीं है।'

आँखी कुछ चिंता में पड़ गई। अगर ज्यादा रात हो गई तो अयन का मुँह फूल जाएगा! जैसा मानी बंदा है वह!

कॉफी के कप की चुस्की लेते हुए अपनी बुआ के घर-द्वार पर निगाह दौड़ाता रहा। बुआ के घर-द्वार की शान-शौकत दिनोदिन बढ़ती जा रही है। करीब डेढ़ साल पहले वे लोग बिलकुल हतश्री हालत में थे, अब उसका कहीं कोई नामोनिशान नहीं है। यानी फूफाजी का डॉट पेन का कारोबार अच्छा ही चल रहा है। लड़ते-लड़ते आखिरकार उन्होंने अपना कारोबार खड़ा कर लिया।

गौरी ने प्लेट भर संदेश मिठाई मेज पर रख दी।

'ले, खा।'

'इतनी मिठाई कौन खाएगा?'

'क्यों? मिठाई तो तुझे प्रिय है।'

'आजकल थोड़ी डाइटिंग कर रहा हूँ।' अयन ने पेट पर एक चपत मारकर कहा, 'देख नहीं रही, कमर फैलती जा रही है।'

गौरी हँस पड़ी। हँसते हुए आज भी उसके गाल पर गड्ढे पड़ जाते हैं।

उसने हलके-फुलके लहजे में कहा, 'पता नहीं क्यों तुम लोगों को आजकल

दुबले देखने की झख सवार है! मिमी ने तो चीनी ही छोड़ दी है, भात खाने में नाक सिकोड़ती है; दो से ज्यादा रोटियों को हाथ नहीं लगाती।'

'खैर, यह सब तो हद ही हो गई है। इसी तरह तो लोग रोगों के शिकार हो जाते हैं। हाँ, तो तुम्हारी वह छुटकी बिटिया है कहाँ? शाम हो गई, अभी तक कॉलेज से लौटने का नाम नहीं है।'

'वहाँ से ट्यूशन पढ़ने जाएगी। बड़ी परेशान है रे! फाइनल में अगर फर्स्ट क्लास नहीं आया तो एम.एस-सी. पढ़ना हो गया! इसीलिए उसने खुद ही ट्यूटर बदल लिया।'

'सिर्फ इतने से ही कुछ नहीं होता, बुआ। नियमित रूप से क्लास करना होता है। प्लस अपनी कड़ी मेहनत तो है ही।'

'धत्त! धत्त! उनकी क्लास होती कहाँ है?' वह तो अकसर लौटकर कहती है, 'दिन भर कॉलेज में फालतू-फालतू बैठी रही, क्लास हुई ही नहीं।' सुना है कि माइक्रोबायोलॉजी डिपार्टमेंट में कोई फुल-टाइम टीचर ही नहीं है।'

यह प्रसंग अयन को खास भला नहीं लगा। तमाम कॉलेजों में नए-नए डिपार्टमेंट तो जरूर खोले जा रहे हैं, लेकिन शिक्षकों की तो सच ही कमी है; लेकिन सरकार शिक्षक कहाँ से दे? रुपए कहाँ हैं? प्रशांत दा से बहस के दौरान ढेरों बातें होती हैं। लेकिन खजाना तो सच में ही खाली है, यह कौन नहीं जानता?

अयन ने बातों का मोड़ घुमा दिया, 'तुम्हारी बड़ी बेटी की क्या खबर है? इस बार 'पूजा' में सुमी कलकत्ता आ रही है?'

'ना रे, उसके साथ ढेरों झमेले हैं। बंगलौर में तो 'पूजा' की खास छुट्टियाँ होती नहीं, बच्चों का भी स्कूल होता है। इसके अलावा पिछले ही महीने जयदीप ने नौकरी बदली है। तुझे तो पता है, ये लोग बहुत ज्यादा तनख्वाह देते हैं।'

अयन मन-ही-मन चक्कर में पड़ गया। बुआ को अब अपना मनपसंद टॉपिक मिल गया। अब दामाद-कीर्तन शुरू हो जाएगा। नौकरी बदलने पर जयदीप की सालाना आमदनी कितने लाख रुपए बढ़ गई, उसे कौन-कौन सी अतिरिक्त सुविधाएँ मिलेंगी, वह नई गाड़ी खरीदने का प्लान कर रहा है या नहीं…और निर्धारित रूप से बात बंगलौर-वंदना पर आ पहुँचेगी। वहाँ आई. टी. इंडस्ट्री किस कदर फल-फूल रही है, समूचा शहर कैसा झाँ-चकचक नजर आता है। कलकत्ते के लोग बंगलौर जाकर कितने ऐशो-आराम में रहते हैं। यहाँ कंप्यूटर के बारे में गँवारपन का परिचय देकर लड़के-लड़कियों का कितना भीषण नुकसान हुआ है। पुरानी भूलों को लेकर लोग क्यों इतनी जुगाली करते हैं, कौन जाने? अब जो एक कोशिश की जा रही है, उस पर

भी तो नजर डालें।

वैसे आज अयन को ज्यादा नहीं निगलना पड़ा। मिहिर घर लौट आया। प्रभास का ही हमउम्र! लेकिन काफी कसा हुआ चेहरा। वह पचास से ज्यादा नहीं लगता था। कौन कहेगा कि इस आदमी पर कभी ढेरों तूफान टूटे थे। कुल चालीस वर्ष की उम्र में दुम से नौकरी जीवन खत्म! इतनी मशहूर टायर-ट्यूब फैक्टरी श्रमिक असंतोष की वजह से बंद हो गई। लेकिन मिहिर फिर भी नहीं टूटा। उसके पास जो जमा-पूँजी थी, सब लेकर वह कारोबार में उतर पड़ा। शुरू में उसने स्टेशनरी सामानों के वितरण का काम लिया, उसके बाद उसने खुद ही कारखाना खोल लिया—डॉट पेन का कारखाना! उन दिनों वह दिन-रात अथक मेहनत करता रहा। धीरे-धीरे उसने अपने घर को दुमंजिला बनवाया। कमोबेश धूमधाम से बेटी की शादी की। अभी भी जैसे वह थका नहीं है, चेहरा-मोहरा-आँखें तरुणाई की दीप्ति से जगमग।

अयन को देखते ही मिहिर सोफे पर जम गया।

उसने मजाकिया अंदाज में कहा, 'कहो जी परफूसर साहब, क्या हाल-समाचार है?'

अयन ने भी मुसकराते हुए जवाब दिया, 'यही बस चल रहा है।'

'सुना, पी-एच.डी. का काम शुरू कर दिया है?'

'जी हाँ, अभी भी सर के पास से ही आ रहा हूँ।'

'गुड! गुड! फटाफट डिग्री हासिल करो।' यह कहते हुए मिहिर जैसे कुछ सोचने लगा।

अगले ही पल वह तड़ाक से उठकर अंदर चला गया। एक बादामी लिफाफा लिये हुए लौट आया।

वह लिफाफा अयन की तरफ बढ़ाकर उसने कहा, 'इसे रख लो। तुम्हारी बुआ की तरफ से अब कुछ करने को नहीं है न?'

'न्ना!'

'जमा कब पड़ रहा है?'

'देखूँ, बापी अब कब जाते हैं!'

'हूँऽऽ, पहले कागज तो जमा हो जाएँ।'

मिहिर के लहजे में कुछ उपेक्षा झलक उठी, 'अब काम जैसा कोई काम हो या न हो, कुछ रुपए तो हाथ आएँगे।'

अयन ने विस्मित होकर पूछा, 'काम नहीं होगा, मतलब? इतनी बड़ी एक इंडस्ट्री आ रही है…'

‘सच्ची आएगी?’

‘क्यों? चंद किसान झूठ-झमेला मचा रहे हैं, इसलिए कारखाना बनाना बंद हो जाएगा?’

‘यह एक फैक्टर तो है ही! स्थानीय लोगों के मन में आक्रोश जागना हरगिज शुभ लक्षण नहीं है। इन लोगों को चाहिए था कि पहले सबको अपने विश्वास में लेते। जिन लोगों की जमीन थी, उनके आवेगों को भी मोल देते। तुम किसी का भला करना चाहते हो, मगर वे इसे गलत समझें, अगर ऐसा हो तो समझना होगा कि कहीं जड़ में ही कोई दोष है।’

‘नहीं फूफाजी, यह सही नहीं है। वे लोग तो सीधे-सादे सरल इनसान हैं। उन लोगों को गलत-सलत समझाया जा रहा है।’

‘ऐसा है क्या? अपना हित तो पागल भी समझता है।’ मिहिर ने पॉकेट टटोलकर लाइटर निकाला और एक सिगरेट सुलगाकर कहा, ‘मूल समस्या कहाँ है, जानते हो? तुम्हारी सरकार का रुख ही प्रॉब्लम बन गया है।’

‘यह भी मूल धारणा है। नए उद्योग के लिए सरकार क्या नहीं कर रही है! सकूरा लोगों को तो कितनी-कितनी तरह की सुविधाएँ दे रही है।’

‘वह तो हमारी-तुम्हारी जेब काटकर, किसानों से जमीन खरीदकर सकूरा को तुम प्रायः मुफ्त में दिए दे रहे हो! ये रुपए किसके हैं, जी? क्या यह हमारे टैक्स का पैसा नहीं है?’ मिहिर ने ऐश ट्रे में राख झाड़ते हुए होंठों पर अपनी मुसकान कायम रखी, ‘उद्योग के मामले में सरकार का आग्रह अगर असली होता तो यहाँ छोटे-बड़े चालीस कारखाने बंद क्यों पड़े होते?’

‘कारण पर जरा गहराई से विचार करें। यहाँ जो प्रधान-प्रधान उद्योग थे, सभी अधिकांश अंग्रेजों के जमाने के थे। अब, उन सब उद्योगों का सूर्यास्त हो गया है। उनकी उम्र खत्म हो चुकी है।’

वाह, क्या युक्ति है!

मिहिर के चेहरे से मुसकान गायब हो गई, ‘सुनो, मैं जिस इंडस्ट्री में था, वह टायर-ट्यूब निर्माण में नंबर वन था। सिर्फ यूनियनबाजी करके तुम लोगों ने ही उसके बारह बजा दिए। मालिक जब ताला झुलाकर भाग खड़ा हुआ तब तुम्हारी सरकार क्या कर रही थी? स्टाफ लोगों की पी.एफ. रकम पर चोट हो गई।’

‘वह मालिक ही अगर चोर निकले…’

‘देखो, अब मेरा मुँह मत खुलवाओ, बबुआ। जुबान से ढेरों सुप्रिय शब्द, गालियाँ निकलने लगेंगी। मालिक का दोष हो तो मरते सिर्फ श्रमिक हैं, श्रमिक लीडरों

की रईसी चाल में तो कोई कमी नहीं आती। उनकी यह ठाट-बाट कहाँ से चलती है? किस तरीके से, कहाँ, किसको लिफाफा पकड़ाया जाता है, वह लिफाफा कितनी दूर तक पहुँचता है, तुम क्या सोचते हो, मैं नहीं जानता? मैं अनगिनत उदाहरण दे सकता हूँ, अनगिनत!' मिहिर ने कंधे झटकाए, 'हमारे लघु उद्योगों की बात तो छोड़ ही दो। हम तो सौतेली माँ की संतान हैं। हमें मदद तो नहीं ही मिलती, सैकड़ों दफ्तर हम पर एकदम से टूटे पड़ते हैं और लगातार पैसे खींचते रहते हैं। कारखाना बढ़ाने के लिए मैंने एक शेड खरीदा। सरकार ने ही बेचा। लेकिन जब वहाँ गया तो देखा, उसका सर्वांग टूटा-फूटा, जर्जर है। मैंने सोचा, चलो यही सही, मरम्मत-वरम्मत करा लूँगा। लो भइया, दखल पाने के साथ-साथ दन्न से आठ लाख रुपयों का बिजली-बिल। पिछले मालिक का बकाया मुझे ही चुकाना होगा, वरना कनेक्शन नहीं मिलेगा। सरकार के दरबार में अर्जी ठोंकी, नो रिसपॉन्स! लाचार होकर कोर्ट-कचहरी दौड़ो। यही तो है सरकार की उद्योग नीति का नमूना!'

'थोड़ी-बहुत समस्या तो है ही, फूफाजी। सरकारी कर्मचारी तो…' अयन ने मिहिर को थोड़ी सी सफाई देने की कोशिश की, 'लेकिन, अब तो सरकार काफी पॉजिटिव नजरिए के साथ आगे बढ़ रही है।'

'ठेंगा! तीस सालों तक खर्राटे भरते रहे, उसके बाद अचानक एक दिन चीख-पुकार शुरू कर दी—उद्योग चाहिए! ऐसा कहीं होता है?'

'लेकिन, एक-न-एक दिन तो शुरू करना ही होगा।'

'इसलिए यूँ दुम्दाम करके तो हरगिज नहीं। इसका भी एक तरीका होता है। पहली बात, सरकार को एक लैंड-बैंक तैयार करना चाहिए, ताकि इंडस्ट्रियलिस्ट लोग चाहें तो जायज मूल्य देकर जमीन ले सकते हैं। जी हाँ, जायज मूल्य पर! नो फोकटिया बिजनेस! दूसरी बात, ढाँचा! उसकी दशा तो बयान लायक ही नहीं है। हाइवे छोड़कर जरा भी इधर-उधर गए नहीं कि रास्ता-घाट की चरम दुर्दशा देखने को मिलती है। कितने ही गाँवों में अभी तक बिजली ही नहीं पहुँची। इसके अलावा, वर्क-फोर्स यानी कार्य-बल और कार्यस्थल के माहौल के बारे में जितना कम कहा जाए, उतना ही बेहतर है। छोटी क्लासों से अंग्रेजी हटाकर पूरी एक पीढ़ी का ही बारह बजा दिया है। आज की दुनिया में वे लोग तो कार्य-बल के तौर पर बिलकुल अचल हैं। इसके अलावा है दलबाजी और भाई-भतीजावाद। यहाँ अगर इंडस्ट्री बनी तो काम किन लोगों से कराओगे? तुम लोगों की सरकार क्या इन बातों पर भी गौर करती है? बिलकुल भी नहीं। अरे सोचने की इच्छा या दिलचस्पी नहीं है।'

अयन ने मुँह फुलाकर कहा, 'तो क्या गवर्नमेंट खाली-पीली औद्योगिकीकरण-

औद्योगिकीकरण कर रही है?'

'वह तो महज खोखली बोली भर है। तुम तो इतिहास के छात्र हो। किताबें उलट-पुलटकर देखो, फौरन पता चल जाएगा कि यहाँ इंडस्ट्री कम नहीं थीं। आजादी के पंद्रह साल बाद भी हम दूसरे स्थान पर थे। अब, लिस्ट में अपना नाम टॉर्च जलाकर खोजना पड़ता है।'

'वह तो केंद्र की नीति है।'

'जानता हूँ, जानता हूँ! सेंट्रल में भी हजारहा दोष हैं—एक आँख से देखने की आदत, सैंकड़ों तरह की पक्षपातपूर्ण नीतियाँ! लेकिन इस वजह से तुम लोग अपनी जिम्मेदारी से पल्ला नहीं झाड़ सकते। झंडे के आतंक से कितनी इंडस्ट्री यहाँ से भाग खड़ी हुईं!'

'अतीत में कुछ मूल भ्रांतियाँ हो सकती हैं। इसीलिए तो अब नए सिरे से…'

'अफवाह फैला रही है, यही न?' मिहिर के होंठों पर विद्रूप नाच उठा, 'समझता हूँ, भइए, समझता हूँ! सत्ता में टिके रहने के लिए नए-नए नारों की जरूरत पड़ती है। गाँव-देहात की जो शोचनीय हालत है…, चरम वंचना है… असीम दारिद्र्य, बेकारी तो करोड़ों की तादाद में है। इस वक्त तो औद्योगिकीकरण का मुहरा अच्छा खेलेगा। जबकि असल में सारा कुछ घपला-ही-घपला है। गाड़ी का कारखाना बना भी तो लोग जिस अँधेरे में हैं, उसी अँधेरे में रहेंगे। हद-से-हद पार्टी के और कुछेक होलटाइमर के पास घर-मकान-गाड़ी हो जाएँगी। चंद पार्टी कर्मी लूट-लूटकर खाएँगे।'

'यह आप क्या कह रहे हैं, फूफाजी? पार्टी में ईमानदार, समर्पित कर्मी अब नहीं हैं? संगठन क्या यूँ ही बढ़ रहा है?'

'क्या वाकई बढ़ रहा है? मेरी तो राय में, संगठन का सिर्फ मोटापा ही बढ़ रहा है।'

'ए-इ, तब से क्या बकबक किए जा रहे हो?' गौरी अयन की बगल में आकर बैठ गई, 'लड़का आया है, जरा गप-सड़ाका करो; लेकिन यहाँ तो सिर्फ कचकच हो रही है।'

'अरे नहीं! नहीं! बस, जरा कुल्ला कर रहा था। घर लौटकर मुँह भी धोना हो गया।'

'सिर्फ मजाक!' गौरी ने नाटकीय भंगिमा में मिहिर को डाँट पिलाई।

उसने अयन की पीठ पर हाथ रखा, 'हाँ रे बबुआ, मैं कितने दिनों से कह रही हूँ कि किसी दिन आँखी को साथ ले आ, दिन भर यहीं रह, खाना-पीना हो, हो-हल्ला हो…'

अंदर-ही-अंदर अयन के तन-बदन में हिकारत की झुरझुरी फैल गई। उसने ऐसे निर्विकार भाव से अपने फूफा पर ऐसे-ऐसे हिंस्र आक्रमण किए। न्ना, उसे तो पहले से ही शक था। आज साफ हो गया कि यह शख्स पूरी तरह दक्षिणपंथी है। ऐसे लोगों की संगति से बचकर ही चलना बेहतर है।

अयन ने अपने चेहरे की मुसकान बमुश्किल कायम रखते हुए बुआ से कहा, 'आऊँगा, जरूर आऊँगा।'

पार्क स्ट्रीट मेट्रो स्टेशन से बाहर आकर आँखी को अयन नजर आ गया। वह फुटपाथ के किनारे ही खड़ा था। सड़क के उस पार एक बड़े बिल बोर्ड पर एक लावण्यमयी तरुणी! मोबाइल फोन का इश्तहार! अयन की निगाहें उधर ही गड़ी हुई थीं।

आँखी को मजाक सूझा। वह धीमे-धीमे कदमों से अयन के ठीक पीछे जा खड़ी हुई। हलके से अयन की पीठ थपथपाकर उसने पूछा, 'क्यों, चलते हैं क्या?'

अयन बेतरह चौंक गया। करेंट छू जाने की तरह वह तेजी से पलटा। सामने आंखी को देखकर वह सकपका गया।

'तो ऐसा बोलो न! तुम हो!'

'कोई और होती तो तुम्हें शायद ज्यादा मजा आता!'

'धत्त! फालतू क्यों बक रही हो?'

'लगता है, जनाब का मूड ऑफ है!'

'नहीं तो!'

'उँह, समथिंग रॉन्ग! कुछ तो गड़बड़ है। सर से झाड़ खाई है?'

'ना।'

'मैंने क्या ज्यादा देर कर दी?' इतना कहते हुए आँखी ने अपनी घड़ी पर नजर डाली, 'मैंने तो कहा ही था कि नौ बजे पहुँचूँगी। अभी तो कुल नौ बजकर सोलह मिनट हुए हैं। इतनी सी छूट तो मुझे मिल ही जाती है। क्यों, गुस्सा करते हो?'

'कहा न, गुस्सा-वुस्सा नहीं हूँ।'

'समझ गई, समझ गई! आँखें फाड़-फाड़कर उस शर्टधारिणी लड़की का रूप-रस पान कर रहे थे, मेरे आने से विघ्न पड़ गया।'

अब अयन हँस पड़ा।

उसने पलटकर विज्ञापन वाली उस लड़की पर दुबारा नजर डालकर कहा, 'वाकई गजब का फिगर है। उसकी दोनों जाँघें देखीं?'

'आँखें नोच लूँगी, समझे?' आँखी खिलखिला उठी, 'औरत की सूरत पर नजर नहीं पड़ती?'

'कहीं-कहीं पड़ती है; लेकिन पार्क स्ट्रीट में नहीं।' अयन ने कदम आगे बढ़ाए, 'यहाँ के माहौल में कोई मोहिनी माया है। शाम ढलते ही ऐसा लगता है मानो श्रीमती ईव्स यहाँ की मूर्तिमती अधीश्वरी बनकर प्रकट हो जाती हैं।'

'हुआ, हुआ, बहुत हुआ! अब बहको मत! आँय-बाँय मत बको' आँखी ने मीठी डाँट पिलाई, 'चटपट कहीं ले चलो! भयंकर भूख लगी है।'

'क्यों? तुम्हारे श्याम दा ने खाना नहीं खिलाया?'

'तुम्हीं लोगों की वजह से ही तो मेरा खाना नहीं हुआ। तुम्हारे और माँ की वजह से। ठीक उसी वक्त फोन पर फोन की धूम! माँ ने तो प्राय: पागल ही कर दिया।'

'वो कैसे?'

आँखी, झूमू के नवीनतम प्रेम-कहानी के बयान में मगन हो गई। ब्रतती किस हद तक बौखलाई हुई है—यह बताते-बताते वे दोनों किसी रेस्तराँ में दाखिल हुए। दोनों आमने-सामने जा बैठे।

चीनी भोजनालय में यह व्यस्ततम समय था। छाया-छाया रोशनी में औरत-मर्द अपने निशाहार में जुटे हुए थे। बैरे-वेटरों का झुंड व्यस्त कदमों से घूमता हुआ।

एक सुवेशी नौजवान उनके सामने खाने का मेन्यू रखकर चला गया।

अयन ने मेन्यू कार्ड पर नजर दौड़ाते हुए पूछा, 'क्या लोगी?'

'ठाट से एक प्लेट फ्राइड-राइस का ऑर्डर तो कर ही दो। दोपहर को आधा पेट खाया था, वह भी बिलकुल ठंडा-ठंडा! साथ में कैंटोनीज चाउ और गार्लिक चिकेन। एक सूप भी ले लो। दोनों जन हाफ-हाफ!'

अयन ने इत्मीनान से ऑर्डर दे डाला।

उसने शिथिल मूड में बात छेड़ी, 'यानी झूमू सही रास्ते पर आ गई? अक्ल आ गई उसे?'

'कहना मुश्किल है। जब तक जाँचें नहीं, भरोसा नहीं आएगा।'

'हाँ, बेहद फिसड्डी दिमाग है।' इतना कहकर अयन फिक् से हँस दिया, 'लेकिन केरालाइट लड़का उसके लिए परफेक्ट मैच है।'

'क्यों?'

'उन लोगों की ही मति-गति स्थिर नहीं है। हर पाँच वर्ष बाद सरकार बदल देते हैं।'

'यह तो एक तरह से अच्छा है। काई नहीं जमती। दीर्घ काल तक एक ही पार्टी का राज-पाट, कोई मतलब है भला! पावर सिर पर चढ़कर बोलने लगती है। तुम्हें तो पता है, पावर इनसान को भ्रष्ट कर देती है। चरम पावर चरम रूप से भ्रष्टाचारी बना देती है।'

अयन ने मुँह बिचका दिया। चीनी विनेगर में भीगा खट्टे-मीठे खीरे का टुकड़ा उठाकर वह कच-कच चबाता रहा।

आँखी होंठ दबाकर हँस पड़ी, 'क्यों, यह बात बाबू साहब को पसंद नहीं आई?'

'ना, ना, कहो! कहे जाओ। मत-प्रकाश का गणतांत्रिक अधिकार तुम्हें भी तो है।'

आँखी खिलखिलाकर हँस पड़ी।

सूप आ गया। बैरा दोनों के लिए दो कटोरों में बाँटकर मेज पर रख भी गया। चम्मच उठाकर आँखी गरम सूप पर फूँक मारने लगी।

अयन अपने सूप में सॉस मिलाने लगा।

सूप के कटोरे में चम्मच हिलाते-हिलाते अयन ने ही पूछा, 'तुम लोगों का फाइनल रिहर्सल कैसा हुआ, बताया नहीं?'

'बेहद टीडियस! थकान भरा! श्याम दा ने बिलकुल निचोड़ दिया। आखिर में प्रियंका तो बिलकुल ही हलाकान हो गई।'

'वह लड़की तो यूँ भी काफी दुबली-पतली है।'

'उस पर से वह बेचारी भयंकर तनाव में है। शादी होते-होते हो नहीं रही है। शौनक के परिवार में सैकड़ों झमेले चल रहे हैं। जादवपुर में उनके मालिक-मकान के अत्याचार से उन लोगों की जिंदगी भयंकर नरक बन गई है। वह हर पल धमका रहा है, बदतमीजी करता है।'

अयन का हाथ थम गया। उसकी भौंहें जुड़ गईं।

उसने जरा झुककर पूछा, 'जादवपुर में वे लोग ठीक कहाँ रहते हैं?'

'वहीं, इब्राहिम रोड में…क्यों?'

'अगर तुम कहो तो वहाँ की नागरिक कमेटी से कह सकता हूँ। वहाँ मेरी जान-पहचानवाले हैं।'

'हाय, गजब! अब तुम लोग मालिक मकान-किराएदार के झगड़ों में भी पड़ोगे?'

'अरे वाह! लोकल पार्टी के लड़के अपने इलाके की समस्या नहीं देखेंगे? यह तो उन लोगों का ही काम है।'

आँखी विस्मय से चिर हो गई। इसके बाद क्या ये लोग मियाँ-बीवी के झगड़ों में भी टाँग अड़ाएँगे? देश में आइन-कानून आखिर किसलिए है?

जाने क्यों तो आँखी का मन अचानक भारी हो आया। आजकल अयन क्या राजनीति से बहुत ज्यादा ही नहीं जुड़ गया है? धत्त तेरी की! अच्छा नहीं लगता! बिलकुल अच्छा नहीं लगता।

□

८

पुलिस हाथ में डंडा उठाए दौड़ रही है। लोगबाग धड़धड़ाते हुए बेतहाशा भाग रहे हैं। बूढ़े-बूढ़ी, जवान-बच्चे, बहू-बेटियाँ! कच्ची सड़क पर एक नौजवान ठोकर खाकर मुँह के बल गिर पड़ा है। उसे अपने काबू में पाकर पुलिस उसके सिर पर दनादन लाठियाँ बरसा रही है। नौजवान का सिर फट गया है और खून की तेज-तेज धार बह निकली है। इसके बावजूद उसे रिहाई नहीं दी गई है। पुलिस उसे लाठियों से धुआँधार पीट रही है, पीटती जा रही है। पाँवों में हवाई चप्पल पहने एक वरदीधारी मिट्टी की झोंपड़ी से किसी बहू को खींचकर बाहर निकाल लाया है। उसे खींचते-घसीटते आँगन में ले आया है। उस बहू की साड़ी कच्चे फर्श पर लोट-पोट रही है। उभारों पर से साड़ी खिसककर अस्त-व्यस्त हो गई है। वह वरदीधारी दनादन लातें मार रहा है। हिंस्र आक्रोश से मानो वह उसे कुचल-पीसकर भुरता बना डालेगा। एक जुलजुल बूढ़ा डंडा खाकर जमीन पर लोट गया है। बच्चे खौफ के मारे चीत्कार कर रहे हैं, और बत्तख-मुरगियों का झुंड भी विकट आवाज में उनका साथ दे रहे हैं।…

जया स्तंभित-सी टी.वी. पर ये सारे दृश्य देख रही थी। वह न्यूज चैनल था। वैसे समाचार वगैरह में उनकी कोई दिलचस्पी नहीं थी। सीरियल ही उनका प्रिय कार्यक्रम था। यह उनके मनपसंद सीरियल का वक्त था। इस वक्त उनका मनपसंद सीरियल आ रहा था—सोम से शुक्र तक। आज ऑफिस से निकलने से पहले प्रभास ने ही समाचार देखने के लिए टी.वी. खोला था। कल धनेरवाली में चेक बाँटने का पहला दिन था। ब्लॉक ऑफिस में कल का समूचा दिन बेहद उत्तेजना भरा गुजरा था। जमीन अधिग्रहण प्रतिरोध कमेटी के लोग वहाँ धरने पर बैठे थे। रात तक उन लोगों

को वहाँ से उठाया नहीं जा सका। उस घटना को लेकर प्रभास बेहद चिंतित थे। वे सुबह भी बार-बार टी.वी. ऑन करके देखते रहे थे कि कोई नई गड़बड़ी तो नहीं हुई। इस वक्त जया ने रिमोट दबाया तो उनके सामने भी वही दृश्य। सीरियल की सुध ही नहीं रही। उन दृश्यों से जया अपनी निगाहें ही नहीं हटा पा रही थी।

ऐन उसी वक्त आँखी स्कूल से लौटी।

दरवाजा खोलते ही जया ने कहा, 'कैसा भयंकर कांड हो रहा है जी, वहाँ।'

आँखी ने कुछ विस्मित मुद्रा में पूछा, 'कहाँ?'

'वहीं, धनेरवाली में! चड़कडाँगा में! कैसे भयंकर तरीके से पुलिस मार-पीट रही है।'

आँखी टी.वी. के सामने ठिठक गई। उसकी आँखें टी.वी. स्क्रीन पर गड़ी रहीं।

उसने अस्फुट आवाज में कहा, 'यह तो नृशंस अत्याचार है। गाँव के निरीह लोगों को पकड़-पकड़कर पीटा जा रहा है। ये सब कांड कब घटा?'

'आज ही! शायद थोड़ी ही देर पहले।'

आँखी सोफे पर ही ढह गई। काफी ध्यान से समाचार सुनती रही—

'आज सुबह ब्लॉक ऑफिस के सामने से धरने पर बैठे हुए जमीन अधिग्रहण प्रतिरोध कमेटी के लोगों को पुलिस ने मार-पीटकर खदेड़ दिया। उसके कुछ ही देर बाद पुलिस ने अचानक चड़कडाँगा गाँव पर हमला बोल दिया। उन लोगों ने निराधार ही असहाय गाँववालों पर अंधाधुंध लाठियाँ बरसाईं। पुलिस के मनमाने तांडव से घरों की बहू-बेटियों को निस्तार नहीं मिला। दुर्घटनास्थल पर ही एक युवक की मृत्यु हो गई। बेहद आशंकाजनक हालत में एक महिला समेत अन्य तीन लोग अस्पताल में भरती हैं। पुलिस ने दंगा मचाने का आरोप लगाकर चौबीस लोगों को गिरफ्तार किया है। गिरफ्तार लोगों में सात महिलाओं के अलावा बयासी वर्ष का एक वृद्ध और साढ़े तीन वर्ष का एक शिशु भी शामिल है। विरोधी पार्टी के नेता ने इस पूरी घटना की तीव्र निंदा करते हुए बयान दिया है।…'

आँखी मानो उस नेता के सुर में ही बोल उठी, 'इस घटना की निंदा क्या किसी भाषा में हो सकती है? छि:-छि:-छि: किसान अपनी जमीन नहीं देना चाहते, इसलिए उन लोगों को यूँ पकड़-पकड़कर पीटेंगे? औरतों पर हाथ उठाएँगे? यह क्या है? यह तो एक किस्म का राष्ट्रीय संत्रास है।'

जया ने कुछ हत्वाक मुद्रा में पूछा, 'बुरा हुआ न?'

'भीषण, भीषण बुरा हुआ, माँ! जो लोग ब्लॉक ऑफिस में धरने पर बैठे थे, वे

लोग कोई हंगामा नहीं कर रहे थे। न ईंट-पत्थर फेंक रहे थे, न तोड़-फोड़ कर रहे थे। सिर्फ चंद प्लेकार्ड लिये बैठे हुए थे। बिलकुल शांतिपूर्ण आंदोलन था। इसके बावजूद पुलिस…' आँखी ने जोर-जोर से सिर हिलाकर अपनी बात जारी रखी, 'नहीं माँ, इसका नतीजा हरगिज भला नहीं होगा। यह शायद किसी बड़े फसाद की आग की शुरुआत है।'

'क्या हो सकता है?'

'पता नहीं, लेकिन…! अयन ने यह खबर देखी?'

'नहीं! बबुआ की तो आज ग्यारह बजे क्लास थी। वह तो आज अपने बापी से भी पहले निकल गया था।' जया की आवाज में कुछ उद्वेग झलक उठा, 'तुम्हारे ससुर बेहद अपसेट हो जाएँगे।'

'स्वाभाविक है! किसी भी सेंसिटिव इनसान को बुरा लगेगा और बाबूजी तो उस जगह से थोड़ा-बहुत मानसिक तौर पर जुड़े हुए हैं।'

'पता नहीं क्यों ऐसी-ऐसी घटना होती हैं?'

आँखी ने कोई जवाब नहीं दिया। उसकी निगाहें फिर टी.वी. स्क्रीन पर जा लगीं। एक ही दृश्य, एक ही खबर बार-बार दिखाई जा रही थी। लगातार दिखाते रहे, वही बेधड़क प्रहार, खून-खराबा, भीषण रुलाई, आर्त्तनाद! आँखी कुछ देर पथराई आँखों से खबरें देखती रही। उसके बाद उठकर अपने कमरे में चली गई।

जया से भी वे दृश्य देखे नहीं गए। ज्यादा देर तक उस किस्म की मारपीट देखते हुए तन-मन कैसा तो शिथिल हो आता है! उन्होंने टी.वी. बंद कर दिया और रसोई में चली आईं। उन्होंने मेज पर खाना लगाया। आँखी के आने के बाद अभ्यास में यही एक बदलाव आया है। अब दोपहर को अकेले-अकेले नहीं खाना पड़ता। उन्हें अच्छा ही लगता है। अब वह किसी से दो-चार बातें तो कर सकती हैं।

कटोरे का ढक्कन उठाकर जया ने मछली के शोरबे की जाँच की। आज अरसे बाद गुरजावली मछली मिली थी। जया ने सरसों का मसाला डालकर मिर्च-मसालेदार लटपट व्यंजन बनाया था। रुई मछली छोड़कर अन्य किसी मछली में आँखी को अरुचि नहीं थी। सरसों-मिर्च में बनाई गई इस मछली का शोरबा उसे अच्छा ही लगेगा।

प्लेट में भात परोसते-परोसते जया ने आवाज दी—'आँखी!'

कोई जवाब नहीं मिला।

उन्होंने दुबारा आवाज दी, 'आँखी, खाने आओ।'

फिर जवाब नदारद।

कहीं वह नहाने तो नहीं चली गई? स्कूल से लौटकर तो वह पहले खाना खाती है। वह उठकर उसके कमरे में चली आई। आँखी पर नजर पड़ते ही वह ठिठक गई। आँखी ने अभी तक अपनी घड़ी भी नहीं उतारी थी। मोबाइल पर जाने किससे बातें कर रही थी। वह बातें करते हुए समूचे कमरे में चक्कर लगा रही थी। आवाज दबी-दबी, लेकिन चेहरे-मोहरे पर बदस्तूर उत्तेजना! बीच-बीच में उसकी मुट्ठी कस जाती थी, भौंहों पर बल पड़ रहे थे।

फोन के दूसरे छोर पर कहीं बबुआ तो नहीं है? जया दबे पाँव वहाँ से हट गई। उसकी छठी इंद्रिय कह रही थी, जरूर यह बबुआ ही है। आँखी कहीं उसे चड़कडाँगा की खबर तो नहीं दे रही है? उसे इतनी क्या हड़बड़ी थी कि घड़ी तक उतारने की फुरसत नहीं मिली? उसे लगा, उन दोनों में वाक्-वितंडा छिड़ गया है। आजकल अकसर बबुआ के साथ उसकी बहस होने लगती है। शादी को अभी साल भर भी नहीं गुजरा, अभी से बहसबाजी, तुन्न-भुन्न शुरू हो गई! यह सोच-सोचकर अचरज होता है। जिन दो प्राणियों में इतने सालों की जान-पहचान है···आपस में इतना प्यार है कि एक-दूसरे के अलावा वे किसी से विवाह नहीं करेंगे, धनुष भंग की प्रतिज्ञा लिये बैठे रहे···उन्हीं दोनों में अब बात-बात में इतना मतभेद? बहस चाहे जितनी भी धीमी आवाज में चले, इस छोटे से फ्लैट में कुछ-कुछ तो कानों तक पहुँचती ही रहती है। दोनों ही एक-दूसरे से काफी चुभनेवाली बातें करते हैं। अभी से जब यह हाल है, बाद में तो लट्ठम-लट्ठे होने लगेंगे या फिर आजकल का जो रिवाज है, शायद विच्छेद! तलाक!

न्ना, जया इतनी दूर तक नहीं सोचना चाहती। यह बबुआ आँखी को बे-हद प्यार करता है। अगर ऐसा कभी हुआ तो आँखी के बिना बबुआ पागल हो जाएगा। शादी से छह-सात महीने पहले उन दोनों में शायद कोई 'तू-तू, मैं-मैं' हो गई थी, उन दिनों बबुआ बेहद बुझा-बुझा-सा रहता था। जया देख चुकी है।

फोन खत्म! आँखी अब खाने की मेज पर आ पहुँची। उसने खाना शुरू किया। उसने खुद ही अपनी प्लेट में दाल-सब्जी डाली, जैसा वह रोज करती थी। लेकिन आज वह कुछ अनमनी नजर आई, बेहद चुप!

हिचकिचाहट के बावजूद जया ने पूछ ही लिया, 'किसका फोन था? बबुआ का?'

'नहीं, अयन ने नहीं, मैंने ही फोन किया था।'

'उसे शायद धनेरवाली की वारदात बताई?'

'हूँ।'

'सुनकर क्या कहा उसने?'

'उसकी अपनी कोई आवाज है क्या? पहले वह अपने शुभाशीष दा की राय लेगा या किसी और से मशविरा करेगा कि इस पर कैसा कमेंट करना चाहिए! उसके बाद ही न समझेगा कि इस घटना पर शॉक्ड होना या बौखलाना चाहिए अथवा नहीं।' आँखी के लहजे में व्यंग्य था? या उपेक्षा?

जया कुछ सिटपिटा गई। उसने कुंठित लहजे में फिर पूछा, 'बबुआ ने ऐसा कहा तुमसे?'

'न्ना, लेकिन बातों के लहजे से समझ में आ जाता है।'

'ओऽऽ!'

जया ने इस प्रसंग को और नहीं बढ़ाया। आँखी खाना खाकर उठ गई। उसके चले जाने के बाद जया को अचानक खयाल आया कि उससे यह पूछना तो रह ही गया कि सरसों में पकाई गई मछली उसे कैसी लगी? पूछना याद ही नहीं रहा या वे घबड़ाहट में भूल गई थीं?

उसी पल जया को अहसास हुआ कि अपनी पुत्रवधू से वे शायद जरा डरती भी हैं। वैसे यह लड़की काफी नरम-विनम्र है; आज्ञाकारिणी है; कभी भूले से भी अपने सास-ससुर से ऊँची आवाज में बात नहीं करती। अपनी जुबान से अगर कोई काम करने को कहो तो वह कभी 'ना' नहीं करती। फिर भी जाने क्यों उनके मन में ऐसा सहमा-सहमा-सा खयाल जागता है। इसलिए कि वह नौकरी-चाकरी करती है? या बबुआ पर उसका कोई प्रताप हावी है, और वही उसके मन में कोई परोक्ष दबाव डाले रहता है?

बरतन-भाँड़े सिंक में रखकर जया अपने कमरे में आकर लेट गईं। कुछ देर आँखे मूँदे लेटी रहीं। उसके बाद ही मानो संयत हो पाईं। क्या टी.वी. के आकर्षण में? लेकिन आज सीरियल देखने का भी मन नहीं हुआ, दिमाग में सैकड़ों तरह के खयाल चहलकदमी करते रहे।··· 'पूजा' आ गई, अब तो खरीद-फरोख्त निपटा लेना चाहिए। पहले पूजा-बाजार के लिए जाने के खयाल से मन में पुलक जागता था, लेकिन अब वे कोई उत्साह महसूस नहीं करतीं। जाने कहाँ से, कैसी तो निरासक्ति घिर आई है। क्या यह बढ़ती उम्र का लक्षण है? हो सकता है! लेकिन इस साल तो कुछेक और भी अतिरिक्त जिम्मेदारियाँ हैं। आँखी के माँ-बापी के लिए कोई अच्छी-सी चीज खरीदनी होगी। उस झूमू लड़की को क्या दिया जाए? जींस-टॉप? तब तो किसी दिन आँखी को साथ लेकर निकलना होगा। जाने कब तो वह वक्त दे पाएगी! आँखी के लिए भी साड़ी ही खरीदे या चूड़ीदार सलवार-कमीज? बस, इसी वर्ष तो आखिरी बार जी

खोलकर देना है। प्रभास के नौकरिया जीवन में यही तो आखिरी 'पूजा' है। वैसे जी खोलकर देने लायक जया-प्रभास में भला कितनी-सी औकात है! प्रभास के नौकरी में रहने या रिटायर होने में भला कितना-सा फर्क आएगा? चाव-आकांक्षा में क्या बहुत ज्यादा हेर-फेर होगा? लेकिन वह शख्स अब दफ्तर नहीं जाएगा, इस खयाल से ही जान सर्द हो आती है। बेटे और बेटे की बीवी दोनों ही अच्छी कमाई करते हैं, फिर चाहे जैसा भी हो, सिर पर एक छत तो है । इसके अलावा प्रभास ने तो हिसाब कसकर दिखा दिया है। उसे दफ्तर से जो एकमुश्त रुपए मिलेंगे, उसमें ब्याज और पेंशन के रुपए मिलाकर आमदनी में कोई खास कमी नहीं होगी। लेकिन, जाने क्यों मन की घबराहट नहीं जाती। अच्छा, उसके पास भी कोई अपना कामकाज होता तो क्या यह असुरक्षा-बोध कम हो जाता? धत्त, मरणकाल में हरिनाम करने से क्या फायदा? शादी के फौरन बाद से ही वह अगर थोड़ा-थोड़ा जमा करती तो··· ! उसके पास बी.ए. की एक अदद डिग्री तो थी। जाने क्यों तो उस वक्त नौकरी-चाकरी का खयाल उनके दिमाग में नहीं आया! गौरी के दूल्हे ने एक बार कहा भी था, 'मेरी बीवी की तरह नाकारा होकर मत रहिए, भाभी! अपनी रोटी खुद ही कमाइए। आप देखेंगी कि जिंदगी का अर्थ ही बदल गया है।' उस वक्त उसकी बातें सुनकर वह हँसते-हँसते लोट-पोट हो गई थी, अब अफसोस होता है। घर में जितने भी पैसे आते, जया को कम-से-कम बाहर का स्वाद तो मिलता। उसके कमाए हुए रुपए भी काम आते। जया जिंदगी में अपने कौन से साध आल्हाद पूरा कर पाईं? आँखी को ही लें। वह अपनी मरजी के मुताबिक सेंट-परफ्यूम, ये-वे चीजें खरीद लाती है, जो-सो देती भी रहती है। जया को तो सिर्फ दूसरों के रुपयों पर, नाप-जोखकर चलना पड़ता है। या तो पति के सामने हाथ फैलाओ या बेटे के सामने! आँखी क्या उसकी इस अक्षमता का मजा लेती है? कौन जाने?

जिंदगी की आखिरी दहलीज पर पहुँचकर इस किस्म की अतृप्ति, हाय-हाय, अफसोस में शायद कहीं कोई चोर-सुख भी छिपा होता है। बहरहाल, दुःख की एय्याशी में तैरते-तैरते जया को किसी वक्त नींद आ गई। आँखी की पुकार पर उनकी नींद खुली। आँखी उनके लिए चाय ले आई थी। जया आकर बैठ गईं।

आँखी ने छूटते ही कहा, 'आज जरा जल्दी निकल रही हूँ, माँ! बालीगंज फाँड़ी पर एक जरूरी काम है। वह काम निपटाकर रिहर्सल!'

कप-प्लेट हाथ में लेकर जया ने सिर हिला दिया, 'ठीक है।'

'लौटने में भी थोड़ी रात हो जाएगी। शो से पहले आज ही तो आखिरी रिहर्सल है।'

'शनिवार को ही न तुम लोगों का पहला शो है?'

'जी हाँ, लेकिन आप तो जा नहीं सकेंगी।'

'कैसे जाऊँ, बताओ? तुमने तो देखा, तुम्हारी चचिया सास घर आकर सत्यनारायण पूजा का निमंत्रण दे गई है।'

'चलो, ठीक है, अगले शो में चलिएगा। तेईस तारीख को।'

आँखी बाहर निकल गई। जया उदास बैठी रहीं। आज भी मन कैसा तो चिनचिना रहा था। बाहरी दुनिया में आँखी का क्या अनायास घूमना-फिरना है! वैसे आजकल की अधिकांश लड़कियाँ ही इसी तरह की होती हैं। बूँद भर भी झिझक नहीं, मजे से मर्दों के साथ होड़ लगाती हैं। उन लड़कियों के सिर के ऊपर का आसमान कितना बड़ा है! उनकी तुलना में जया? निहायत एक सँकरे दायरे में कैद एक जीव मात्र! इसके-उसके फ्लैट में घूमकर कुछ देर नीरस, दुनियावी गपशप या बँधे-बँधाए रिश्तेदारों के घर बँधा-बँधाया आना-जाना, छुटपुट बाजार-हाट, शायद ही कभी-कभी दीघा-पुरी-गैंटोक! बस, इतनी-सी ही तो उनकी दुनिया है! अब क्या किया जाए? जिसकी जैसी तकदीर! हाँ, प्रभास बता रहे थे कि इस बार लंबे सफर पर निकलेंगे। वे लोग अपने पिछ-खिंचाव से मुक्त होकर घूमेंगे-फिरेंगे। देखें, क्या होता है!

हलकी-सी उसाँस भरकर जया छत पर चली आईं। चौथी मंजिल पर फ्लैट होने की ही एक सुविधा है। छत अपनी मुट्ठी में है, प्राय: अपनी दखल में; जितना चाहे इस्तेमाल करो। मालती साड़ी-पेटीकोट-ब्लाउज पानी में डुबोकर यहाँ फैला गई थी; काफी देर पहले कपड़े सूख भी गए। जया ने रस्सी पर से सूखे हुए कपड़े उतारे। जाने क्या सोचकर एक बार वह छत की मुँडेर पर आ खड़ी हुई! कैसी मनोहर शाम है! नीले आसमान पर श्वेत-शुभ्र बादलों के छितराए हुए टुकड़े! धूप भी काफी नरम। आज मंद-मंद हवाएँ भी बह रही हैं। यानी शरद् सच ही आ पहुँची। इस शनिवार की पूर्णिमा है, उसकी अगली पूर्णिमा को लक्ष्मी-पूजा है। यानी पूजा में अब महीना भर भी नहीं है। न्ना, अब और आलस्य नहीं, बाजार-हाट में खरीद-फरोख्त निपटाना ही होगा।

अचानक ही जया की आँखों के सामने दोपहर के सारे दृश्य तैर गए। बेवजह ही! या पूजा करीब होने के खयाल से? जिस बहुरिया को पुलिस ने खींच-घसीटकर बाहर निकाला··· जिस परिवार का एक बेटा मर गया···उनके लिए इस बार की पूजा कैसी गुजरेगी? चड़कडाँगा में क्या सभी लोगों की जमीन ले ली गई है? अहा रे, जो लोग अपनी जमीन नहीं देना चाहते, उनकी जमीन न लें, झगड़ा खत्म! उन्हें खेती-

बारी करके ही जीने दें। कारखाना कहीं और बना लें। कैसे त्राहि-त्राहि करके बच्चे आर्त्तनाद कर रहे थे।''' उन लोगों को इस साल नए कपड़े शायद नसीब नहीं होंगे!

शायद अयाचित चिंता-फिक्र ही जया को छत से उतार लाई। उन्होंने दुबारा टी.वी. ऑन किया। न्यूज चैनल ही खोला। हाय माँ, अस्पताल में एक और बंदा मर गया! उम्र बासठ वर्ष! कोई मतलब होता है?

समाचार के बीच-बीच में इंटरव्यू भी दिखाए जा रहे थे। बहुतेरे गुणी-मानी लोगों की प्रतिक्रिया। कवि, कलाकार, साहित्यकार, नाटककार, गायक-गायिका, नेता, मंत्री'''। बहुतेरे लोग उस पुलिसिया अत्याचार को बेभाव धिक्कार दे रहे थे। कोई-कोई काफी सतर्क होकर बयान दे रहे थे। किसी-किसी की राय में ऐसी अप्रिय परिस्थिति न होने दी जाती तो बेहतर होता, लेकिन उद्योग-स्थापना में विघ्न न डालना भी तो जरूरी था।

किसी ने कहा कि निरीह इनसानों को सिर्फ भय दिखाने के लिए ऐसा नृशंस आक्रमण का आयोजन, इस किस्म की जुलुमबाजी अभी, इसी वक्त बंद हो। एक जन ने तो यहाँ तक कह डाला कि चड़कडाँगा में पुलिस के साथ-साथ मार-पीट करनेवाले फसादी भी घुसे थे। विरोधी पक्ष समूचे राज्य भर में विक्षोभ-जुलूस निकालने का आह्वान कर रहे थे। सरकार जनता से उन लोगों के भड़काने-उकसाने पर ध्यान न देकर शांत रहने की अपील कर रही थी। जाँच-कमेटी बिठाने का आश्वासन दे रही है।

क्रिया-प्रतिक्रिया का चढ़ाव-उतार देखते-देखते ही टेलीफोन झँकार उठा। टी.वी. की आवाज कम करके जया ने रिसीवर उठा लिया। विभास!

'हाँ जी, बोलो!' जया ने कहा।

'मैं क्या बोलूँ? बोलेंगे तो दादा!' विभास की आवाज में झुँझलाहट थी, 'कैसा हॉरीब्ल कांड कर बैठे, बताओ तो?'

जया सकपका गई, 'क्यों, उन्होंने क्या किया?'

'तुम्हें समझ नहीं आ रहा है? टी.वी. खोलो और देखो, धनेरवाली में क्या हो रहा है?'

'देख तो रही हूँ। पुलिस गाँव में घुसकर लोगों को मार-पीट''''

'नतीजा क्या होगा, इसका अंदाजा है तुम्हें?'

'किस बात का अंदाजा?'

'यही, जो हो रहा है। यह झूठ-झमेला अगर कहीं और बढ़ जाए?' विभास की आवाज में ढेर-ढेर झुँझलाहट झलक उठी, 'दादा ने तो अनर्थक ही टाल-बहाना

करके कागजात अभी तक जमा नहीं किए। अब अगर रोज-रोज ही वहाँ हुज्जत-हंगामा चलता रहा तो हमारे लिए कागजात जमा करवाना ही मुश्किल हो जाएगा।'

'क्यों? अभी तो महीने भर का समय है।'

'अच्छा? तो यही सोचकर दादा हाथ पर हाथ धरे बैठे हैं? वेरी बैड! वेरी बैड! जहाँ हम सबकी प्राप्ति जुड़ी हुई है, वहाँ दादा को इस किस्म का ढीलापन दिखाने का कोई हक नहीं है।'

'इतना नाराज क्यों हो रहे हो?' जया ने देवर को शांत करने की कोशिश की।

उन्होंने आत्मरक्षा के लहजे में दुबारा कहा, 'असल में उनकी तबीयत इन दिनों ढीली चल रही है, इसलिए'''। उस पर से यह उनका रिटायरमेंट-साल है, इसीलिए दफ्तर में भी फाइल वगैरह तैयार करनी पड़ रही है। गाँव की तरफ वे जा ही नहीं पा रहे हैं।'

'फालतू बकवास मत करो। दो-दो बार बेवजह रुद्रपुर की सैर कर आए और अब जरूरत के समय सैकड़ों बहाने बना रहे हैं।'

'उसी वजह से तो गए थे। इस बार तो साझा-किसान की मौत की खबर पाकर गए थे।'

'स्ट्रेंज! वह मर गया तो दादा को वहाँ जाने का क्या काम था? सच कहूँ तो वह दुलाल और चित्त—दोनों ही नंबरी मक्कार और फरेबी हैं। जिंदगी भर हमारे सिर पर बेल तोड़ते रहे, इसके बावजूद हमने उन दोनों पर दया दिखाई। इसके बाद भी अगर कोई आत्महत्या कर ले तो दादा का दिल क्यों बैठ गया? हाँफते-काँपते वहाँ क्यों पहुँच गए?' विभास की साँसें तेज हो आईं। वह तेज-तेज साँसें लेने लगा।

अगले ही पल वह दुबारा शुरू हो गया, 'ये सब 'सिली' मूर्खतापूर्ण सेंटिमेंट मुझे बिलकुल बरदाश्त नहीं होता। साथ ही मुझे यह भी कहना पड़ रहा है कि काम जैसा काम करने के बजाय दादा का यूँ शुतुरमुर्ग की तरह रेत में मुँह गड़ाए पड़े रहना सरासर अन्याय है। हम दादा पर विश्वास करते हैं, उनकी इज्जत करते हैं। आँखें मूँदकर उन पर सबकुछ छोड़ दिया है, उसका प्रतिदान क्या यही है।'

'इतनी बातें क्यों सुना रहे हो?' इस बार जया ने पलटकर आक्षेप जड़ा, 'तुम खुद भी तो जा सकते हो! सबकुछ दादा पर ही क्यों छोड़ रखा है? क्यों?'

'क्योंकि दादा इस काम में फिट आदमी हैं। सरकार में हैं, इसलिए सरकारी झंझट-झमेले समझते हैं। जरूरत पड़ी तो बी.डी.ओ. दफ्तर के स्टाफ को भी हैंडल कर सकते हैं। लेकिन दादा हमें इस तरह झुला देंगे, यह मेरी कल्पना से भी बाहर था।'

'तुम अपने दादा के बारे में बहुत ज्यादा अजूल-फिजूल कमेंट कर रहे हो, विभास!'

'क्यों? मैं क्या कुछ गलत कह रहा हूँ? खैर, छोड़ो। बस, तुम दादा से कह देना कि अब मैं कोई उज्र-आपत्ति नहीं सुनूँगा। चाहे जैसे भी हो, फौरन वे कागजात जमा कर आएँ। सरकार का जो कांड-कारखाना है, कुछ भी नहीं कहा जा सकता। अंत में देर से जमा किए जाने का बहाना बनाकर हमारे रुपए अनंतकाल तक के लिए न झुला दें!'

जया ने गंभीर लहजे में कहा, 'कह दूँगी।'

'हाँऽ, कह देना! दस-दस लाख रुपए हाथ आ रहे हैं, फिर भी तुम लोगों को कोई ताप-उत्ताप ही नहीं है। हैरत है!'

जया कुछ कहने जा रही थी, मगर विभास ने उस पर कान ही नहीं दिया।

'छोड़ता हूँ, बाद में फिर फोन करूँगा।'

विभास की बातें खत्म हो जाने के बाद भी कानों में जैसे गूँज रह गई। जया का तन-बदन गुस्से, अपमान और क्षोभ से खिसखिसा उठा। ऐसे भोलेनाथ दादा के बारे में क्या भाषा थी! जया भी अजीब है! कोई लगातार गालियाँ बरसाता रहे तो जाने क्यों तो उस वक्त उसके भेजे में मुँहतोड़ जवाब नहीं सूझता! वह भी जवाब सुना सकती थी— 'दादा की छाती पर पैर रखकर खूब तो नाच लिया, अब जरा अपने पैर पर खड़े हो! स्वावलंबी बनो।' बड़े अफसर की नौकरी पाने के बाद भी दादा की छाती पर बैठे-बैठे खाते थे और पाँच पैसे भी नहीं टिकाते थे, वे सब दिन क्या तुम भूल गए? कंपनी के आर.एम. बन गए, जी.एम. भी बन गए, इसलिए बात-बात में फुटानी झाड़ते हो; मगर कुल दस लाख रुपयों के लिए इतनी-इतनी दंड-बैठक! तुम्हारे दादा गरीब हो सकते हैं, लेकिन रुपयों की गंध पाकर वह हहाकर टूट पड़नेवाले बंदे नहीं हैं।'

जया मन-ही-मन गुस्से से खौलती रही, लेकिन उसके दिल की भड़ास कम नहीं हुई। जया अंदर-ही-अंदर उबलती रही। उसने खट्ट से टी.वी. बंद किया। अपने कमरे में चली आई। अगले ही पल वह दुबारा सोफे पर आ बैठी। विभास उसे कभी भी पसंद नहीं था। जब वह इस परिवार में आई थी, करीब-करीब हमउम्र इस देवर से उसकी दोस्ती हो जानी चाहिए थी; लेकिन कमबख्त विभास चालबाज निकला! दादा की नौकरी ऐसी कोई उच्च-पदस्थ नहीं थी, इसलिए विभास की बातचीत में उसके प्रति अति उपेक्षा और अवहेलना झलकती थी। वह अतिशय धंधेबाज भी है। उसने एक रईस ससुर की बेटी से अपनी पसंद की शादी कर ली और तीन ही महीने के अंत तक बीवी श्यामपुर से 'धाँ' हो गई। जया ने राहत की साँस ली। उस किस्म के

देवी-देवता से जितनी दूर रहा जाए, उतना ही मंगल है। प्रभास अपने भाई की भूल-त्रुटि बखूबी जानते हैं। इसके बावजूद जाने क्यों भाई के मामले में वह अभी भी कमजोर हैं। अगर वह आज की बातें सुन लें तो उन्हें भयंकर दुःख होगा।

इसके बावजूद उन्हें एक धक्का तो देना ही चाहिए। वह समझें तो सही कि उनका भाई उन्हें किस नजर से देखता है!

आज प्रभास नहीं, पहले अयन घर में दाखिल हुआ। अपने कमरे में न जाकर वह टी.वी .खोलकर बैठ गया। फिर वही समाचार चैनल।

जया ने पूछा, 'बड़ी जल्दी लौट आया?'

जवाब देने के बजाय अयन ने हुक्म झाड़ा, 'चाय तो पिलाओ'

'कपड़े तो बदल ले! हाथ-मुँह भी धो आ।'

इस बार भी वही हुक्म दुहराया गया, 'ओफ ओ, चाय दो न! सिर भारी हो रहा है।'

'क्यों रे?'

'जाने कहाँ-कहाँ की बेसिर-पैर की बहस कर रहे हैं।'

'कौन?'

'इतनी जिरह क्यों कर रही हो तुम?'

बबुआ का मूड ठीक नहीं था। मालती को दो प्याली चाय बनाने को कहकर जया बेटे की बगल में आ बैठी। टी.वी. पर घूम-फिरकर चड़कडाँगा की खबरें आ रही थीं। बेटा वे खबरें निगलता रहा।

जया ने धीमे से कहा, 'सुबह से ही यह सब दिखा रहे हैं। कैसे बीभत्स दृश्य हैं, देखा नहीं जाता!'

'यही तो मीडिया का खेल है। बार-बार न दिखाएँ तो सेंसेशन कैसे जागेगा? हलचल कैसे मचेगी?'

'केस ठीक क्या है रे? अचानक गाँव में घुसकर बेचारे लोगों को पीट क्यों रहे हैं? लड़के-लड़की, बहू-बेटी, बूढ़े-बूढ़ी किसी को भी नहीं छोड़ा।'

'जितना कुछ तुम देख रही हो, उतना कुछ नहीं हुआ। कहा न, एक ही तसवीर बार-बार दिखाने से एक अलग तरह का असर होता है। अति साधारण झूठ-झमेला भी बीभत्स लगता है।'

'नहीं रे, सच्ची, दो-दो लोग मर गए!'

'अरे, पुलिस को क्या मात्रा ज्ञान है? पकड़ लाने को कहो तो बाँधकर लाते हैं। कहा था तो लोगों को डरा-धमकाकर लौट आते…लेकिन नहीं!'

'पुलिस डराने-धमकाने गई थी?'

'और नहीं तो क्या!'

पल भर के लिए जया को आँखी का चेहरा याद आ गया। व्यंग्य में लिपटे उसके संवाद भी!

उसने आवाज धीमी करके कहा, 'तुझे कहाँ से पता चला?'

'सांध्य दैनिक में पढ़ा। धनेरवाली में कल से जिन लोगों ने धरना दिया था, उनमें चंद समाज-दुश्मन गुंडे भी थे। आज सुबह उन लोगों ने दंगा मचाने की कोशिश की, उस वक्त पुलिस ने उन लोगों को हटा दिया। सुनने में आया कि उसके बाद भी उन्हीं लोगों का एक गिरोह जाकर चड़कडाँगा में जमा हो रहा था। खबर पाकर पुलिस वहाँ पहुँची। पहले उन लोगों पर ईंट, कंकड़-पत्थर से निशाना लगाया गया, पथराव किया गया। उसके बाद ही पुलिस भड़क गई।' अयन ने जेब से तहाया हुआ सांध्य दैनिक निकाला।

जया की तरफ वह अखबार बढ़ाते हुए कहा, 'लो, देखो! पढ़ो! सरकार ने कितना जल्दी एक्शन लिया है। पुलिस की अतिशयता की जाँच के लिए एक कमेटी बिठा दी है।'

जया ने वह अखबार ले लिया, लेकिन खोला नहीं। टी.वी. के परदे पर फिर वही बहुरिया! हवाई चप्पल पहने पुलिस (!) उसे खींच-घसीटकर कोठरी से बाहर ला रही थी।

जया ने अस्फुट लहजे में पूछा, 'पुलिस चप्पल क्यों पहने है? जूते कहाँ हैं?'

अयन एकदम से हत्बुद्ध रह गया। वह आँखें सिकोड़े वह दृश्य देखता रहा।

जया शायद अनजाने में ही कह उठी, 'उस वक्त कोई बता रहा था कि पुलिस के साथ-साथ गुंडा फौज भी गाँव में घुसी थी। ये कहीं वे ही लोग तो नहीं हैं?'

अयन प्राय: झुँझला उठा, 'मुझे क्या पता!'

जया चुप हो गई। मालती चाय ले आई। अयन ने चाय की प्याली उठा ली। उसने रिमोट दबाकर अन्यान्य चैनलों पर खबरें देखीं और फिर क्रिकेट चैनल खोल लिया। वह भारत-ऑस्ट्रेलिया का कोई पुराना मैच देखने लगा।

जया ने जरा राहत महसूस की।

उसने पूछा, कुछ खाएगा? मालती को दो पराँठे सेंकने को कह दूँ?'

'कह दो।'

जया उठकर रसोई की तरफ ही जा रही थी। जाने क्या खयाल आया, वह ठिठक गई।

अपना चेहरा जरा भारी बनाते हुए उसने कहा, 'तेरे काका ने फोन किया था।'

'क्या जरूरत पड़ गई?'

'अभी तक कागजात जमा नहीं किए गए, इस बात पर खूब गुस्सा-गुस्सी कर रहे थे।'

'स्वाभाविक है। बापी तो बे-जरूरत ही देर कर रहे हैं। काका जैसी पब्लिक का टेंशन तो बढ़ ही सकता है।'

'इसलिए क्या वे तेरे बापी के बारे में जो-सो कहेंगे?'

'जिसका जैसा स्वभाव! काका को क्या तुम पहली बार देख रही हो?'

बेटा काका के खिलाफ खास कुछ नहीं बोला, इसलिए जया थोड़ा निराश हुई। रसोई में जाकर मालती से थोड़ा सा आटा गूँधने को कहा और खुद आलू काटने बैठ गई। उसने सोचा, कुछ ज्यादा आलू काट ले, प्रभास के लिए भी बन जाएगा।

प्रभास रात सात बजे के बाद लौटे। चेहरे पर चिंता की रेखाएँ साफ जाहिर थीं। वे चुपचाप अपने कमरे में चले गए। बाथरूम जाकर पैंट-शर्ट बदली और अपने कमरे में लौटकर सीधे बिस्तर पर लेट गए। उन्हें थोड़ा स्थिर होने का मौका देने के बाद जया कमरे में दाखिल हुई।

उसने धीरे से आवाज दी, 'नाश्ता नहीं करोगे?'

'मन नहीं है।'

'चाय लाऊँ?'

'बाद में!' प्रभास की निगाहें जया के चेहरे पर टिक गईं, 'चड़कडाँगा की खबर जरूर सुन चुकी होगी?'

जया यह प्रसंग अभी-अभी नहीं छेड़ना चाहती थी। वह बंदा अभी जल-फुँककर लौटा है, पता नहीं क्या प्रतिक्रिया हो!

लेकिन जब प्रभास ने खुद ही वह प्रसंग छेड़ दिया तो वह कह उठी, 'हाँ, टी. वी. में तो बार-बार वही-वही दिखा रहे हैं।'

जया की बातों पर प्रभास ने खास गौर नहीं किया। वे धीरे-धीरे उठकर बैठ गए।

काफी कुछ उन्होंने स्वगत भाव से कहा, 'मैंने परसमणि फोन किया था, ताकि विस्तार से जानकारी मिल सके। जो सुना, वह भयंकर मारात्मक है।'

'कैसे?'

'कहते हैं, सारा-का-सारा ऑपरेशन प्लान माफिक किया गया। कल दिन भर, रात भर चूँकि धरना पर बैठे लोगों को हिला नहीं पाए, इसलिए भोर-रात बेधड़क

लाठियाँ चलाई गईं, बिलकुल अचानक! लोगों को कुत्ते-बिल्ली की तरह दौड़ाते रहने के बाद भी बाबू लोगों का गुस्सा कम नहीं हुआ। जमीन देने को अनिच्छुक लोग अपनी रीढ़ सीधी करके खड़े न हो पाएँ, इसके लिए उन लोगों ने चड़कडाँगा गाँव चुन लिया। पुलिस और गुंडों का गिरोह···हाँ, पुलिस के जत्थे में बाहर के गुंडे भी शामिल थे। उन लोगों ने अचानक ही गाँव पर हमला बोल दिया। घर-द्वार तहस-नहस कर दिया, बच्चे-बूढ़े-जवानों को निर्ममता से पीटा, बहू-बेटियों की इज्जत लूटी। कुछ भी नहीं छोड़ा।'

जया ने पूछा, 'हाँ जी, एक बहुरिया को घसीटते-घसीटते यूँ लात चला रहे थे कि···'

'मीडिया आखिर कितना सा देख पाती है? कितना देख पाई? धनेरवाली की खबर पाकर रिपोर्टर लोग जब तक चड़कडाँगा पहुँचे, तब तक तो ऑपरेशन लगभग खत्म हो चुका था।···' प्रभास मारे उत्तेजना के हलके-हलके हाँफ उठे।

उन्होंने थोड़ा दम लेकर फिर कहा, 'जरा सोचो तुम, देश का क्या हाल हुआ है? शांतिपूर्ण ढंग से आंदोलन तक करने का अधिकार नहीं है?'

प्रभास इस घटना से कातर हो पड़ेंगे, यह तो जानी हुई बात है।

जरा देर खामोश रहने के बाद जया ने मीठी आवाज में कहा, 'लेकिन कारखाना होना भी तो जरूरी है, बताओ?'

'कारखाना बने न! लेकिन इस ढंग से? जोर-जुलुम बरसाकर?'

'सरकार शायद कुछ ज्यादा ही बेसब्र हो उठी है। अरसे से यहाँ कुछ नहीं हुआ। अच्छे-अच्छे काबिल लड़के-लड़कियाँ विदेश चले जा रहे हैं। नौकरी कहीं नहीं है। तुम देखना, कारखाना बन गया तो अच्छा ही होगा।'

'भरोसा नहीं होता, जी! आजकल अकसर मुझे यह खयाल आता है—उद्देश्य अगर महान् है तो वहाँ तक पहुँचने की राह कभी इतनी गंदी नहीं हो सकती। अगर गंदी राह से ही आगे बढ़ना हो तो उद्देश्य भी पूरी-पूरी तरह महान् नहीं रह सकता।' प्रभास ने आशा भरी नजरों से जया की ओर देखा, 'मेरी सोच क्या गलत है, जया?'

जया को कोई जवाब नहीं सूझा। उसने जिंदगी में खुद क्या कभी इस ढंग से सोचा है? लेकिन, प्रभास की बातों में कहीं कोई गहरा सच छिपा हुआ है, जया को अभी-अभी, इसी पल अहसास हुआ। मार-दंगे का तरीका अपनाकर इनसान का कल्याण क्या सच ही संभव है? कौन जाने!

जया ने कुछ हँसकर जवाब दिया, 'देखो, इतना सब मैं नहीं समझती। लेकिन तुम्हारा भाई इस चड़कडाँगा की घटना को लेकर बेतरह घबरा गया है।'

प्रभास ने पीछे मुड़कर देखा, 'क्यों?'

'उसे लगने लगा है कि चूँकि कागज-पत्तर जमा नहीं किए गए हैं, इस डाँवाँडोल के बाजार में तुम लोगों का रुपया शायद अटक गया।'

'क्या? क्या कहा?' प्रभास की आवाज दन् से चढ़ गई, 'आज के ऐसे दिन रुपयों का जिक्र तुम लोग उठा सके?'

'मैंने तो कुछ नहीं कहा।' जया ने गले तक आया थूक निगलकर कहा, 'तुम्हारा भाई कह रहा था।'

'अरे, वे लोग तो नीचों के भी हद नीच हैं।' प्रभास दहाड़ उठा, 'जिंदगी में रुपए के अलावा वह और कुछ पहचानता है? दो-दो जिंदगियाँ बेवजह मौत की नींद सो गईं! उन्हें मार डाला गया! लगभग खून कर दिया! ऐसे दिन-काल में भी वह अपने रुपयों को लेकर उतावला हो रहा है? ऐसी अमानवीयता! यह विभू मेरा सगा भाई है, यह सोचते हुए भी मुझे हिकारत होती है।'

प्रभास की दहाड़ सुनकर अयन भी दौड़कर आ पहुँचा।

दरवाजे पर खड़े-खड़े ही उसने पूछा, 'क्या हुआ? अचानक गरज क्यों रहे हो?'

'सुना तूने? सुनी अपने काका की बात?'

'हाँ, सुनी! उन्होंने कुछ गलत तो नहीं कहा। चाहे जो भी हुआ हो, जैसा भी हुआ हो, एक फिजूल की अनचाही कलह तो आज छिड़ गई न!'

'चो-प! एकदम चोप!' अयन अभी अपनी बात पूरी भी नहीं कर पाया था कि प्रभास दहाड़ उठे, 'जैसा भी हुआ हो—क्या मतलब? आदमी की जिंदगी क्या खिलौना है?...फेंक देने की चीज है? प्लान करके, गुंडेबाजी करके आतंक का माहौल तैयार करना—सिर्फ फिजूल की, अनचाही अशांति है?' मारे गुस्से के प्रभास की नाक की पोपटें फूल आईं। वे उत्तेजना से थरथर काँपने लगे।

उन्होंने तर्जनी उठाकर कहा, 'सुनो, सुन रखो! अपने काका को भी बता देना। प्रभास चक्रवर्ती इन रुपयों के लिए लालायित नहीं है। वह कोई कागज-पत्तर जमा करने नहीं जाएगा। नहीं जाएगा! हरगिज नहीं जाएगा, समझे?'

प्रभास का चेहरा-मोहरा पूरी तरह बदल गया। उनके अंग-अंग में तीखा आक्रोश मानो फूट-फूटकर झरने लगा।

जया की धड़कनें दहशत से तेज हो आईं। उनका दिल धक्-धक् कर उठा।

प्रभास की ऐसी रुद्र मूर्ति उन्होंने पहले कभी नहीं देखी थी।

□

१

कॉलेज स्ट्रीट के मोड़ तक पहुँचकर अयन ठिठक गया। किसी अधेड़ व्यक्ति के साथ शुभाशीष दा इधर ही आ रहे थे। कंधे पर वही चिर-परिचित शांति निकेतनी झोला। उँगली की दरार में सिगरेट दबी हुई।

शुभाशीष ने भी अयन को देख लिया।

उसने दूर से ही हाथ उठाकर अयन से पूछा, 'क्या जी, किधर चले?'

करीब आकर अयन ने जवाब दिया, 'समिति कार्यालय में।'

'कोई फायदा नहीं। मैदान बिलकुल खाली है। अभी तक सिर्फ हम दोनों ही मक्खी उड़ा रहे थे।' इतना कहकर उसने अपने संगी की ओर इशारा करके पूछा, 'इनसे परिचय है?'

'जी नहीं, मतलब…।'

परिचय होने में ज्यादा देर नहीं लगी। उन सज्जन का नाम था—अभ्युदय जाना। पूर्वी मेदिनीपुर के चंडीपुर कॉलेज में रसायन के प्रोफेसर! आज वह कलकत्ता में अपनी बेटी के यहाँ रहेगा। अपने पुराने मित्र शुभाशीष से भेंट करने के लिए समिति कार्यालय आया था।

शुभाशीष ने हँसते-हँसते कहा, 'अभ्युदय, अयन काफी काम का लड़का है। समिति में आजकल वह तरक्की कर रहा है। ही इज ऑन द राइज! अभी उसे जॉइन किए ढाई साल भी नहीं हुए, इतने से दिनों में ही वह जनरल कमेटी का मेंबर बन गया है।'

अयन ने कुछ गर्व महसूस किया। अभी हाल ही में वह समिति की कॉलेज शाखा में जनरल कमेटी का सदस्य चुना गया था। वह पद कोई आलतू-फालतू नहीं

था। अब वह जिला शाखा की मीटिंग में भी भाग ले सकता था। समिति के चुनाव में भी उसे वोट का अधिकार प्राप्त हो गया था। आज बसईपुर कॉलेज में उन लोगों की जिला शाखा की एक मीटिंग थी। वहाँ ग्रहण किए गए एक प्रस्ताव की खबर पहुँचाने के लिए वह समिति कार्यालय जा रहा था। वह प्रस्ताव अगली नवंबर में समिति की वार्षिक आम सभा में पढ़ा जाएगा।

काम की बात बताते ही शुभाशीष हाँ-हाँ कर उठा, 'धत्त, धत्त, अब वहाँ जाने की जरूरत नहीं है। मुझे दे दो। कल मैं जमा करा दूँगा।'

'तब तो अच्छा ही है। आप अगर इसकी जिम्मेदारी ले लें तो मैं निश्चिंत हो जाऊँगा।'

'तो चलो, जरा चाय-शाय हो जाए। जमकर अड्डा-वड्डा मारें। तुम्हें कोई जल्दी तो नहीं है?'

'जरा भी नहीं! चलिए! कहाँ बैठा जाए?'

'मार्केट के अंदर। अपने अड्डे पर। बाजार तो तोड़ा जा रहा है, जितने दिन कुछ टिका हुआ है, हम बैठ लें।'

शाम के वक्त कॉलेज स्ट्रीट मार्केट में ठसाठस भीड़। पैदल-पैदल चलते हुए, कदम-कदम पर आभास हो रहा था कि 'पूजा' आ गई है। दो कदम आगे बढ़ते ही बाकायदा ठोकर खा जाते थे। किसी तरह पुराने रेस्तराँ में पहुँचकर सब निश्चिंत हो गए।

इत्मीनान से एक मेज के सामने बैठते हुए शुभाशीष ने पूछा, 'क्या रे, अभ्युदय, क्या खाएगा, बता?'

अभ्युदय ने हथेली उलटकर जवाब दिया, 'कुछ भी मँगा ले! खास भूख भी नहीं है।'

'या रात को दामाद का अन्न ध्वंस करेगा, इसलिए पेट खाली रखने के चक्कर में है?'

शुभाशीष ने ठहाका लगाकर कहा, 'हाँ, तो अयन, तीन फिश-फ्राइ लाने को कह दूँ? साथ में चाय?'

शुभाशीष का यह सीधा-सादा बरताव ही अयन को मुग्ध कर जाता है। कितनी मशहूर हस्ती है, शिक्षक समिति का बड़ा नेता है, एक बार पार्लियामेंट चुनाव में भी खड़ा हुआ, फिर भी बूँद भर अहंकार नहीं है।

जवाब का इंतजार न करके शुभाशीष ने ऑर्डर दे डाला।'

उसने दुबारा एक सिगरेट सुलगाकर पूछा, 'तुम लोगों का यह प्रस्ताव किस बारे में है, अयन?'

'सरकार की वर्तमान औद्योगिकीकरण नीति···'

'अच्छा? सुनाओ तो एक बार।'

अयन ने फोलिओ बैग खोलकर वह कागज निकाल लिया।

गला खँखारकर उसने पढ़ना शुरू किया, 'यह मीटिंग सरकार के वर्तमान उद्योग-प्रयासों का पूरे दिल से समर्थन करती है। सभा को यह भी लगा है कि सरकार के इस कर्म-यज्ञ में सर्वतोभाव से मदद करना शिक्षक समाज का नैतिक कर्तव्य है।'

शुभाशीष आँखें सिकोड़े ध्यान से सुनता रहा।

'आगे?' उसने सवाल किया।

'आगे और क्या? बस इतना ही!'

'बस? हैरत है!' शुभाशीष मानो आसमान से गिरा, 'यह तो अधूरा प्रस्ताव है। इन दिनों की परिस्थिति का इसमें कोई उल्लेख नहीं है!'

'और क्या होगा?'

'यह भी बताना होगा? अरे, वही···चेक बाँटने के दिन से गड़बड़ी की साजिश शुरू हुई। ऐसी स्थिति तैयार की गई, जिसमें पुलिस को कड़ा एक्शन लेना पड़ा। दुर्भाग्यवश दो लोगों की जान चली गई···और उसे ही मूल पूँजी बनाकर विरोधी लोग मैदान में उतर पड़े···इस प्रस्ताव में क्या इन बातों का उल्लेख किया गया है? इसके अलावा अनिच्छुक किसानों का मामला भी पूरी-पूरी तरह विरोधियों द्वारा सजाया गया है, अब तो यह भी प्रमाणित हो चुका है।'

अयन ने अचकचाकर पूछा, 'वह कैसे?'

'अनिच्छुक किसानों के पक्ष में कौन लोग गला फाड़ रहे हैं, बताओ? इन दिनों जो सभा-समावेश हो रहे हैं, वे सब भी प्रायः विरोधियों के बैनर तले। वह 'जमीन अधिग्रहण प्रतिरोध समिति' तो अब विरोधियों की बातों पर उठ-बैठ रही है। उन लोगों ने ऐसी स्थिति तैयार की है कि सरकार को १४४ धारा जारी करनी पड़ी।'

कुछेक पलों के लिए अयन के मन में खयाल जागा—विरोधी लोग पहले तो इस आंदोलन में शामिल नहीं थे। उन लोगों का आविर्भाव तो चड़कडाँगा में पुलिसिया हमले के बाद हुआ है। प्रतिरोध कमेटी में भी कोई राजनीतिक रंग नहीं है। लेकिन जब शुभाशीष कह रहे हैं तो···

शुभाशीष ने अयन का कशमकश शायद पढ़ लिया।

सिगरेट की राख झाड़ते-झाड़ते उन्होंने कहा, 'सुनो, प्रतिरोध कमेटी का वह जो पंडा है···क्या नाम है उसका? ···हाँ, जोगेन खामरुई···वह तो विरोधी पार्टी का आदमी है, यह बात सभी लोग जानते हैं। वैसे भी, श्रेणीगत ढंग से यही स्वाभाविक

भी है। बुनियादी तौर पर वह शख्स है तो जोतदार? उसके सभी भाई अपने-अपने धंधे में हैं···आई मीन···वे लोग पूरी तरह प्रतिष्ठित हैं और वह बंदा अकेले ही टोटल जमीन का सुख भोगता है। सरकार जब लैंड टेकओवर करेगी तो खामरुई के लेह-लामड़, उसके सभी भाई अपनी-अपनी नकदी बटोर लेंगे। इसीलिए उस बच्चू ने जौ-चारे की कठौती में कुक्कुर-नीति का अनुसरण करते हुए पूरे मामले को ही उखाड़ फेंकने की पॉलिसी अपनाई है। इस तरह भाइयों को भी उनके रुपयों से वंचित कर दिया गया और खुद भी रातोरात नेता बन गया। इसके अलावा, खामरुई के जरिए विरोधियों को भी वहाँ जगह मिल गई। अब वे लोग भी खुश-खुश गँदले पानी में मछलियाँ पकड़ेंगे।'

अभ्युदय काफी ध्यान से अपने दोस्त का वक्तव्य सुन रहा था।

अचानक वह बोल उठा, 'इसका मतलब तू यह कहना चाहता है कि धनेरवाली में किसानों की उग्र-आपत्ति पूरी-पूरी तरह धोखा है? झूठ-मूठ सजी-सजाई बात है? किसान लोग जोगेन खामरुई या विरोधी पक्ष की साजिश का शिकार हो रहे हैं?'

'अलबत्ता, विरोधी लोग सरकार को रांग-फुट पर धकेलकर अपना पावर बढ़ाना चाहते हैं।' शुभाशीष ने अपनी दोनों हथेलियाँ मेज पर रखकर अपनी बात जारी रखी, 'वरना तू खुद ही देख, सरकार का इतना बढ़िया मुआवजा-पैकेज ये गरीब किसान भला छोड़ सकते हैं! बता, छोड़ सकते हैं? सच तो यह है कि हमारे पास खबर है कि बहुतेरे किसानों को डराया-धमकाया भी गया है, ताकि वे लोग अनिच्छुकों की सूची में अपना नाम लिखाएँ।'

'तो तुम लोग इसकी अनुमति क्यों दे रहे हो?'

'हम हरगिज अनुमति नहीं दे रहे हैं। हम तो जी-जान से लगे हैं कि सभी लोग सही राह पर आ जाएँ। जहाँ-जहाँ कायमी स्वार्थ बाधा दे रहा है, वहाँ-वहाँ आम लोग प्रतिवाद कर रहे हैं और मीडिया को कहीं 'संघर्ष' नजर आ रहा है। लेकिन सौभाग्य से उन सब अ-प्रचारों का कोई असर नहीं होगा, क्योंकि जन-गण हमारे साथ है। उन लोगों ने विपुल वोट से बार-बार हमें चुना है। अपनी तरफ से काम करने का अधिकार दिया है। इन नगण्य विरोधी पक्ष को हम अहमियत ही क्यों दें? ज्यादा दाएँ-बाएँ करेंगे तो आम जनता ही उन लोगों को उठाकर नदी-नाले में फेंक देगी।'

गरमागरम फिश-फ्राई आ गई। सलाद और सरसों का पेस्ट भी! अयन ने अपनी प्लेट सामने खींच ली। गरम व्यंजन में नमक-मिर्च छिड़का! शुभाशीष दा के साथ बैठो तो एक अलग किस्म का उत्साह जाग उठता है। ढेरों रहस्य एकदम से पारदर्शी हो उठते हैं।

अचानक प्रशांत राय की वक्रोक्ति उसके दिमाग में चिनक जगा गई। आहार शुरू करते-करते भी अयन ठिठक गया।

उसने सवाल किया, 'एक बात कहूँ, शुभाशीष दा?'

'हाँ, कहो!'

'बहुत से लोग कई-कई तरह के चिढ़ानेवाले कमेंट कर रहे हैं! बेहद टीजिंग! वे कहते फिर रहे हैं—सरकार सकूरा की चमचागिरी कर रही है···उस उद्योगपति को जमीन दिलाने के पीछे सरकार की कोई गुप्त दिलचस्पी है। पार्टी-फंड में स्पेशल 'माल्लु'···खास दौलत आने वाली है।'

'देखो, कोई अच्छा काम-वाम करने जाओ, तो ढेरों बुरे-बुरे जुमले और फिकरे सुनने पड़ते हैं। राममोहन-विद्यासागर जैसों को लोगों ने क्या छोड़ दिया था? और इस वजह से क्या वे दोनों अपने लक्ष्य से हट गए थे?' शुभाशीष ने छुरी से फिश-फ्राई काटी। काँटे में फँसाकर, छोटा सा एक टुकड़ा काटकर मुँह में भर लिया।

उसने मछली का वह टुकड़ा चबाते-चबाते कहा, 'सुनो, कई एक बातें साफ-साफ समझ लो। पूँजीवादी लोग कभी भी हमारे दुश्मन नहीं थे, अभी भी नहीं हैं। हमारी जंग पूँजीवाद के विरुद्ध है। चाहे जिस भी वजह से हो, इन दिनों दुनिया में समाज-तंत्र जरा पिछड़ गया है, पूँजीवाद का ही बोलबाला है। उसके एकच्छत्र अग्रासन से हम लोग कुछ 'बैक फुट' हो गए हैं! लेकिन ऐसी हालत में भी हमें लोक-हित का काम करते रहना होगा। हम सब किसी विच्छिन्न द्वीप में निवास नहीं करते, इसलिए थोड़ा-बहुत समझौता तो जरूरी है। सिर्फ इसी वजह से हम सब पूँजी को आमंत्रित करने को विवश हैं और यह पूँजी ही अधिक पूँजी खींच लाएगी। अब, तुम यह सवाल कर सकते हो कि पूँजी खींचते-खींचते क्या हम लोग ही पूँजीवादी नहीं हो जाएँगे?'

शुभाशीष ने अगला जुमला जोड़ा, 'नो! पूँजीवाद खुद ही अपने भीतरी संकट से किसी दिन मुँह के बल गिर पड़ेगा और हम लोग अगर अपने विश्वास पर अटल रहे तो निश्चित रूप से हम जन-गणतांत्रिक विप्लव लाने में कामयाब होंगे। हाँ, रास्ता लंबा है! समझे? दो-पाँच दिनों में कुछ भी होने वाला नहीं है और जितने दिनों वह परिस्थिति नहीं आती, हमें जन-गण की संचालन-शक्ति बनकर विद्यमान रहना होगा। यह हमारे लिए जरूरी शर्त है, जरूरी दायित्व है! साथ ही एक बात और याद रखो कि पूँजी को जब बुलाकर लाए हैं तो और कोई दुविधा-द्वंद्व की गुंजाइश नहीं है। उन लोगों की शर्त मानकर ही अब उन लोगों को आमंत्रित करना होगा। जरूरत पड़ी तो उन लोगों की रक्षा भी करनी होगी। टिल द डे ऑफ रिवोल्यूशन!'

अयन ने सिर हिलाया। अब जाकर वह सरकार के उद्देश्यों की सम्यक् उपलब्धि कर पाया। आँखी, बापी, सहकर्मी लोग—सभी लोगों ने मिलकर उसके सामने जो कुहासा रच दिया था, अब धीरे-धीरे छँट रहा था। या अयन के मन में कोई गहनतम कुहासा पूरी तरह उस पर दखल जमाता जा रहा है?

ना, अयन नहीं जानता!

अभ्युदय सिर झुकाए खाने में मगन था। शुभाशीष की व्याख्या पूरी होते ही उसने सिर उठाया।

उसने धीमी आवाज में क़हा, 'तुम लोग चाहे जो भी कहो, बिरादर, तुम लोग थोड़ी-बहुत अतिशयता कर रहे हो। कोई भी सामाजिक एक्टिविस्ट अगर धनेरवाली के विभिन्न गाँव घूम-घूमकर देखना चाहे, वहाँ की बहू-बेटियों से मिले तो तुम लोग बाधा क्यों पहुँचाओगे?'

'तू सुधा टंडन की बात कर रहा है?'

'अलबत्ता, उस महिला को तो धनेरवाली जाने ही नहीं दिया गया। कैसे फूहड़ तरीके से उन्हें बीच रास्ते में रोक दिया गया! वह महिला सड़क पर ही बैठ गई। उन्हें देख-देखकर फूहड़ अंग-भंगी की गई···बेहद अश्लील सीन था।'

'कोई उपाय नहीं था, रे! वह जनता का स्वतःस्फूर्त प्रतिवाद था। जनता नहीं चाहती थी कि औद्योगिकीकरण में कोई रुकावट आए!' फ्राई के टुकड़े पर कासुंदी (सरसों का सॉस) लगाते-लगाते शुभाशीष ने कुछ तिरछी आँखों से देखते हुए कहा, 'इसके अलावा, यह सुधा टंडन है कौन? उसका मकसद क्या था? हजार माइल से उड़कर अचानक यहाँ क्यों आ धमकी?'

'इनसान का दुःख-दर्द सुनने के लिए, उनके साथ खड़े होने के लिए।'

'अच्छा? तो यह सुधा टंडन जो प्लेन में चढ़कर घूमती-फिरती है, उसका खर्च कौन जुटाता है? विरोधी पार्टी के साथ उसका इतना हेल-मेल क्यों है?' शुभाशीष मंद-मंद हँसता रहा, 'असल में चक्कर क्या है, जानता है? कोई एक अंतरराष्ट्रीय चक्र हम लोगों के खिलाफ सक्रिय है। यहाँ किसी भी तरह का विकास हो, वे लोग बिलकुल नहीं चाहते। ये लोग किसी भी किस्म के आंदोलनकारियों को फिनांस करते हैं। ये 'काम न हो तो खील भूनो' जैसे लोग समाज-सेवी लोगों को भेजकर शांति की आबोहवा को दूषित कर देते हैं। साम्राज्यवाद का यही तो काम है। चाहे किसी भी कीमत पर हो, हमें ध्वंस करने में व्यस्त रहते हैं। ये लोग तरह-तरह के भेष में आते हैं। ये कभी खेत-मजदूर यूनियन के लीडर बन जाते हैं, कभी तथाकथित मानवाधिकार के···'

'लेकिन, इन लोगों में से बहुतेरे तो चिरकाल से ही तुम लोगों के भाई-बिरादर के तौर पर जाने जाते हैं, रे! ये सुधा टंडन भी तो बहुत से मामलों में तुम लोगों के साथ कंधे से कंधा मिलाकर लड़ी है।'

'अरे बाबा, इसी वजह से तो उसे इस्तेमाल किया जा रहा है, ताकि हमें बदनाम करने में सहूलियत हो।' शुभाशीष की हँसी कुछ और फैल गई, 'यह बहुत गहरी साजिश है रे! इसका उत्स भी काफी दूर-दूर है। नंगी आँखों से तू इन्हें देख भी नहीं पाएगा। इतिहास की गति-प्रकृति जानने के बाद ही इनका स्वरूप पहचान में आता है। क्यों, ठीक कह रहा हूँ न, अयन?'

अयन ने टुप् से सिर हिला दिया। लेकिन, उसने सिर क्यों हिलाया? लेकिन शुभाशीष दा जब बोल रहे हैं तो दुविधा जाहिर करने का सवाल ही नहीं उठता। वह अपनी दौड़ जानता है। दुविधाहीन भक्ति ही तो उसकी तरक्की का सोपान बन सकता है, है कि नहीं?

शुभाशीष ने अभ्युदय की तरफ देखकर अयन की सम्मति की ओर इशारा किया। अर्थात् यह सिर्फ उसकी बात नहीं है, इतिहास का प्रोफेसर भी उससे सहमत है। खाने की प्लेट साफ!

शुभाशीष ने चम्मच-काँटे आड़े-तिरछे रखते हुए दुबारा कहा, 'यहाँ के इतिहास को ही लें न! सन् ६७, ६९, ७२ का संत्रास! कितने मुश्किल-मुश्किल दौर से हमें गुजरना पड़ा है! हमने वह दर पार कैसे किया? हमें इतिहास-चेतना विद्यमान था, इसलिए। हमें पता है, जो जनता के साथ होता है, उसे कोई उसके आसन से हिला नहीं सकता। इसलिए धनेरवाली तुच्छ-तुच्छ बाधाओं को भी हम अनायास ही पार कर जाएँगे।'

अभ्युदय रूमाल से मुँह पोंछ रहा था।

उसने कनखी मारकर कहा, 'यानी औद्योगिकीकरण होकर ही रहेगा!'

'रोकेगा कौन स्साला?'

अभ्युदय ठठाकर हँस पड़ा।

उसने हँसते-हँसते ही कहा, 'सुना है कि हमारे वहाँ भी कुछ बन रहा है। हल्दिया के करीब!'

'अरे, वह तो काफी बड़ा प्रोजेक्ट है।' शुभाशीष की आँखें चमक उठीं, 'केमिकल हब बनने वाला है। दुनिया की धाकड़-धाकड़ इंडस्ट्री आएगी। धनेरवाली में तो कुल तीन-चार मउजा ही लगेगा, वहाँ तो करीब दस मउजा तो जरूर लगेंगे।'

'मिल जाएगा? जमीन को लेकर फिर कोई समस्या नहीं होगी?'

'नो चांस! उस तरफ तो धनेरवाली की तरह खेती-बारी भी नहीं होती। देख लेना, एक नोटिस तो पड़ने दे, लोग उछल-उछलकर अपनी जमीन देंगे। जमीन देकर धन्य हो जाएँगे। बस, दो-तीन वर्ष का वक्त दें, समूची जगह की सूरत बदल जाएगी।'

'बड़ा लंबा हाथ मारा है, माँ कसम! सेंट्रल को सपोर्ट देकर टपाटप प्रोजेक्ट झाड़कर ला रहा है।'

'जनता का मुँह देखकर इतना सब तो करना ही होगा, भइए। पार्लियामेंटरी डेमोक्रेसी में हूँ, देन-लेन का हिसाब तो देखना ही होता है। इस हाथ दे, उस हाथ ले।'

चाय आ गई! शुभाशीष ने दुबारा सिगरेट सुलगा ली।

लंबा कश खींचकर वह अयन से मुखातिब हुआ, 'क्या? खूब तो आँखें गोल-गोल करके सुन रहे हो, काम की बात याद है न?'

अयन ने सकपकाकर पूछा, 'कौन सा काम, शुभाशीष दा?'

'तुम लोगों की जिला कमेटी का प्रस्ताव! उसका क्या होगा? अब तक जो-जो मैंने कहा, वह सब भी तो इसमें शामिल करना होगा। यह जरूरी है।'

'इतना कुछ?' अयन ने सिर खुजलाते हुए कहा, 'तब तो महाभारत बन जाएगा।'

'उँहः! सिर्फ एक वाक्य···कुछेक अशुभ ताकतें इस औद्योगिकीकरण की प्रक्रिया में रुकावट डालने में सचेष्ट हैं। शिक्षक समाज उन लोगों को तीव्र धिक्कार देता है।'

अयन मुग्ध! कुल एक वाक्य में शुभाशीष दा ने कितना कुछ समझा दिया। न्ना! इस इनसान की शागिर्दी सच में ही सार्थक है।

शुभाशीष ने कहा, 'देखना, किसी शब्द में कोई हेर-फेर न हो। जिला कमेटी से कहना, यह वाक्य जोड़कर, कोई पिछली तारीख देकर यह प्रस्ताव भेज दे।'

चटपट वह वाक्य लिखकर अयन ने अपने फोलिओ बैग के हवाले कर दिया और चाय की प्याली उठाकर होंठों से लगा ली।

शुभाशीष अभ्युदय से बातें करने लगा। निहायत व्यक्तिगत बातचीत। बेटी-दामाद, नाती-नातिनों की बातें! अभ्युदय बताने लगा। उसकी बीवी इन दिनों काफी मुटिया गई है। इसी बात को लेकर कुछ देर हँसी-मजाक चलता रहा। इधर कुछ दिनों से शुभाशीष ढाकुरिया लेक के किनारे सुबह-सुबह टहलने जाने लगा है। अब, वह सुबह के कुछेक छोटे-मोटे तजुरबे सुनाने लगा। खालिस अड्डा! वक्त धीमे लय में सरकता रहा।

अचानक शुभाशीष अयन की तरफ मुड़ा और उसने हलके-फुलके लहजे में

पूछा, 'हाँ, भाई, तुम्हारी पत्नी की क्या खबर है? उसका नाटक-वाटक कैसा चल रहा है?'

अयन हँस दिया, 'जैसा चलना चाहिए। पूजा में तो दिल्ली जाने का कार्यक्रम है। कॉल-शो है।'

'अपना वह नया नाटक लेकर?'

'यही तो बताया उसने।'

'उस नाटक की रिपोर्ट क्या है?'

जवाब देने में अयन ने थोड़ा वक्त लिया। सच तो यह है कि वह नाटक उसे बिलकुल अच्छा नहीं लगा। शुरू से लेकर अंत तक; परोक्ष रूप से लोगों की आलोचना है! वह भी चलो, हजम कर लिया जाता, लेकिन शो के अंत में कैसा विचित्र कांड किया! परदा हटाकर कलाकार-अभिनेता दर्शन दे रहे थे, अचानक-श्याममोहन ने घोषणा की, 'धनेरवाली में निहत किसान भाइयों की याद में हम दो मिनट का मौन-पालन करेंगे। उम्मीद है, दर्शक हमारा साथ देंगे।'

हुँह, नाटक के साथ इस घटना को जोड़ने में कोई तुक है भला! उस दिन आँखी के माँ-बापी भी गए थे। वे लोग बेटी का नाच-कूद देखकर परम आह्लादित थे। उन दोनों के सामने उसी वक्त कुछ कहा नहीं गया, लेकिन घर लौटकर अयन ने बेहिचक अपना असंतोष जाहिर कर दिया। वैसे आँखी से जीतने का उपाय है भला!

आँखी ने फट से सवाल दागा, 'कौन सी बात तुम्हें ज्यादा बुरी लगी? उन दोनों किसानों का निधन या दो मिनट का मौन-पालन?'

इसके बाद अयन के पास कोई जवाब हो सकता था भला!

बहरहाल, इस वक्त अपनी नाराजगी को छिपाते हुए अयन ने अस्पष्ट लहजे में कहा, 'प्रोडक्शन के नजरिए से बुरा नहीं है; लेकिन श्याममोहन से मैंने इससे बेहतर की उम्मीद की थी।'

'हूँऽऽ, मेरे कानों में भी खबर आई है! क्या सब राजा-खाजा, मुकुट-टुकुट··· ! सुना है कि बेहिसाब नाटकीयता दिखाई है श्याममोहन ने?'

'हाँ, जरा एसर्ड टाइप का है।'

'लेकिन यह भी सुना है कि उस राजा को पहचाना जा सकता है? यह श्याममोहन समझता क्या है? हम लोग घास में मुँह डालकर चलते हैं।' शुभाशीष की आँखों की पुतलियाँ पल भर के लिए स्थिर हो आईं।

अगले ही पल उसकी पुतलियाँ चंचल हो उठीं, 'उस आदमी में कभी प्रतिभा थी, मगर अब वह भदेस हो गया है। नाटक में गलत-सलत राजनीति खींच लाता है।'

अयन ने सहमति जताई, 'मुझे भी कुछ-कुछ ऐसा ही लगा था।'

'खैर, छोड़ो, श्याममोहन और उसके संगी-साथी जो अच्छा समझें, करें। जनता को उनका नाटक अगर पसंद नहीं आएगा तो बंद कर देंगे।' एकाध पल ठहरकर शुभाशीष ने पूछा, 'लेकिन तुम्हारी बीवी उस नाट्य-दल में क्यों है? इतना अच्छा अभिनय करती है, लेकिन उस तरह का स्कोप कहाँ मिल रहा है उसे?'

अयन ने झिझकते हुए जवाब दिया, 'असल में वह शुरू से ही 'विकल्प' में है न। इसके अलावा, श्याममोहन मैत्र को वह अपना गुरु मानती है।'

'नहीं, नहीं, उस आदमी का सान्निध्य हरगिज कल्याणप्रद नहीं है। उसका तो प्रभाव ही बहुत बुरा है। करिश्मा दिखाकर वह कम उम्र लड़के-लड़कियों का दिमाग डैमेज कर देता है।' शुभाशीष फिर किसी सोच में डूब गया।

अगले ही पल उसने आँखें सिकोड़कर कहा, 'अपनी बीवी से कहो, कोई अच्छा ग्रुप जॉइन करे। उसे श्याममोहन से दूर रखो।'

इस तरह की योजना तो अयन के दिमाग में भी घूम रही थी; लेकिन इस वक्त अभ्युदय के सामने शुभाशीष का उपदेश देना, जाने क्यों उसे पसंद नहीं आया। शुभाशीष उसे अलग से समझा सकता था या उसने जान-बूझकर अभ्युदय के सामने कहा, मानो उसने अभ्युदय को भी समझा दिया कि अयन पर उसका कितना नियंत्रण है!

उसकी सोच में कहीं चोर-असंतोष जाग उठा। धीरे-धीरे वह असंतोष झुँझलाहट में बदल गया। घर लौटते-लौटते वह झुँझलाहट क्रोध में बदल गई और हैरत है कि अब वह आक्रोश धीरे-धीरे आँखी पर केंद्रित हो गया, मानो शुभाशीष ने नहीं, आँखी ने उसका अपमान किया हो। उसकी बीवी अगर 'विकल्प' में न होती तो आज उसे यह बात न सुननी पड़ती।

बस से उतरते ही सामने छोटी-मोटी भीड़। जैसाकि अकसर घटता है—किसी वृद्ध दंपती के साथ किराए को लेकर ऑटोवाले की बहस। ऑटोवाले की जुबान से व्यंग्य-तानों और लानत-मलामत की ऐसी झड़ी कि कानों में उँगली डालनी पड़े। वृद्ध व्यक्ति उत्तेजित लहजे में ऑटोवाले को धमका रहा था। उसकी संगिनी महिला उसे चुप कराने की जी-जान से कोशिश करती हुई। उन्हें घेरे हुए चारों तरफ तमाशबीनों की भीड़! लेकिन ऑटोचालक को कोई कुछ नहीं कह रहा था। आजकल ऑटो-रिक्शावालों की भयंकर धौंस होती है, यूनियन के दम पर सबके सब हेंकड़ीबाज! सटीक जगह पर वे लोग नियमित भेंट चढ़ाते हैं, शायद इसीलिए उन लोगों को यात्रियों से मनमाने लहजे में बात करने का अधिकार मिल गया है।

अयन को बुरा लगा, लेकिन उसने भी उन दोनों के झगड़े में टाँग नहीं अड़ाई।

भीड़ को लाँघकर वह अपने घर की तरफ चल पड़ा। चौथी मंजिल पर पहुँचकर उसने दरवाजे की घंटी बजाई।

दरवाजा जया ने खोला।

उन्होंने हड़बड़ाकर पूछा, 'चाय-शाय पीएगा?'

अयन का सिर भन्ना रहा था, लेकिन उसने मना कर दिया।

'बचा लिया तूने! आज हम पर मुश्किल-ही-मुश्किल है। मालती और गोपाल की माँ दोनों ही डूब मार गईं! मैं और आँखी किसी तरह मैनेज कर रही हैं।'

समस्या ने अयन को स्पर्श ही नहीं किया।

उसने टालने के लहजे में कहा, 'ओ!'

'अब मुझसे नहीं होता। रात की रसोई आँखी पर ही छोड़ दी है। ऊपर से शाम के वक्त लोड शेडिंग! अभी आधे घंटे पहले ही तो करेंट आया है।'

अयन ने उनकी बातों पर कान ही नहीं दिया।

प्रभास हस्बेमामूल टी.वी. देख रहे थे। अयन उन्हें लाँघकर कमरे में जाने लगा।

अचानक पीछे से पुकार—'सुनो!'

बापी की आवाज सुनकर अयन ठिठक गया, 'कुछ कहोगे'?

'आज एक और किसान ने आत्महत्या कर ली, जामतला में!'

अयन सन्न!

उसने अस्फुट आवाज में कहा, 'अच्छा!'

'उस आदमी के पास साढ़े पाँच बीघा जमीन थी। चूँकि वह देने को राजी नहीं था, इसलिए बाइक-फौज रोज आकर उसे डरा-धमका रही थी। मानसिक दबाव सह नहीं पाया, इसलिए भरी दोपहर गले में फंदा डालकर झूल गया।'

कुछेक पल अयन जहाँ-का-तहाँ ठिठका रहा। थोड़ा ठहरकर उसने अपने कमरे की तरफ कदम बढ़ाया।

प्रभास की आवाज दुबारा गूँज उठी, 'क्या हुआ? खबर देखकर जाओ।'

अयन ने कुछ ऊँची आवाज में जवाब दिया, 'देखने को क्या है? सुन तो लिया।'

'उँहु, इसकी जरूरत है। तुम और तुम्हारे काका धनेरवाली जाकर कागज-पत्तर जमा कर आए। इस आदमी का बेटा नौकरी करता है। क्षतिपूरण के बाबत करीब पंद्रह लाख रुपए तो मिल ही जाते। बेटे की नौकरी और वे रुपए मिलाकर बड़े सुख-आराम से रह सकता था। इसके बावजूद वह अपनी जमीन नहीं छोड़ना चाहता था।

इस इनसान का सेंटिमेंट क्या तुम लोग समझते हो?'

अयन ने मृदु लहजे में जवाब दिया, 'इसके जैसे बहुतेरे किसानों ने अपनी जमीन दे भी दी है, बापी!'

'जो लोग राजी नहीं हुए, उनकी भी संख्या कुछ कम नहीं है। कम-से-कम आठ सौ परिवार! इनमें से सभी लोग अगर एक-एक करके अपनी जान विसर्जित करता रहे तो कैसा नर-संहार होगा, कुछ अंदाजा है?'

अयन फट से फुत्कार उठा, 'नेताओं ने गुदगुदाया और किसान नाचने लगे तो इस किस्म की दुर्घटना तो घटेगी ही; लेकिन तुम्हारा जोगेन खामरुई आत्महत्या नहीं करेगा। रुपयों का मगरमच्छ बनकर वह आराम से मजे लूट रहा है और भोले-भाले लोगों को उकसा रहा है।'

'बदनाम मत करो, बबुआ! अफवाह मत फैलाओ। जोगेन संपन्न किसान है, उसका भाई अमेरिका में रहता है—यह सब सच है। लेकिन इससे भी बड़ा सच यह है कि उसे जमीन से प्यार है।' दो-एक पल खामोश रहने के बाद उन्होंने फिर कहा, 'और तुम यह कह रहे हो कि किसानों के मन में क्षोभ-विक्षोभ नहीं है? सबकुछ उकसाने का नतीजा है?'

'थोड़ा-बहुत दुःख तो हो सकता है। लेकिन वृहद्तर स्वार्थ के लिए न हो, इतना-सा त्याग कबूल कर लें।'

'और अगर कबूल न करें तो तुम लोग छीन लोगे, यही न?' प्रभास के चेहरे पर उदास-सी मुसकान झलक उठी, 'जानते हो, मुझे क्या बुरा लगा है? तेभागा आंदोलन के नेता, स्वरूप चक्रवर्ती के भतीजे, आज किसानों के बारे में सोचना तक नहीं चाहते। सिर्फ चंद रुपयों के लिए अतिशय उपेक्षित ढंग से किसानों के सेंटिमेंट की बलि चढ़ा दी।'

अब अयन असहिष्णु हो आया। पिता का पिनपिनाता लेक्चर आखिर वह कब तक सुने? जिन लोगों ने संघर्ष करके कभी आम किसानों को जमीन दिलाई थी, समाज-कल्याण की खातिर वह जमीन वापस लेने का भी उन्हें हक है—यह बात बापी क्यों नहीं समझते?

अयन सट से अपने कमरे में समा गया। उसके सिर की दपदपाहट जैसे और बढ़ गई। अपने को संयत करने के लिए वह कुछेक छुटपुट काम निपटाने में जुट गया। घर में एक कंप्यूटर होना बेहद जरूरी है। किसी स्थानीय मेकैनिक के साथ बातचीत भी हो चुकी है। वह अच्छे-अच्छे पाट्‌र्स लगाकर बना देगा। अयन ने फोन पर उस शख्स को तकाजा लगाया। कुछ देर समिति के जिला सचिव से बातचीत होती रही।

इस बीच आँखी एक बार कमरे में आई, तेज-तेज चाल में कमरे से बाहर भी चली गई। उसके साथ कोई बात ही नहीं हुई। इस वक्त आँखी लक्ष्मी-बहू थी। उसे भी इतनी फुरसत कहाँ थी कि पल-दो पल अपने दूल्हे के पास भी बैठती!

अयन को आँखी रात के वक्त मिली।

कपड़े बदलकर आँखी ने नाइटी पहन ली। उसके बाद वह बिस्तर झाड़ने में व्यस्त हो गई।

बाथरूम से वापस लौटकर अयन ने पूछा, 'बापी के साथ इतना क्या गुजगुजा रही थी?'

'बस, ऐसे ही। इधर-उधर की ढेरों बातें।' आँखी जरा चिंतित नजर आई, 'बाबूजी को कोई मानसिक प्रॉब्लम हो गया है, समझे? वे डिप्रेशन के शिकार होते जा रहे हैं। एक ही बात बार-बार रटे जा रहे हैं। उनकी बौखलाहट और उदासी बिलकुल जाने का नाम ही नहीं ले रही है।'

'हर वक्त धनेरवाली की खबर खोजते फिरेंगे तो ऐसा ही होगा!'

'अरे वाह! उस जगह से बाबू का मानसिक लगाव जो है।'

'बिलकुल निरर्थक! मीनिंगलेस!' तकिया खींचकर अयन पलंग की बाजू पर टिक गया।

उसने अगला जुमला जोड़ा, 'इधर अपनी जमीन हाथ से निकली जा रही है, लेकिन उनके प्राण चित्त और दुलाल के दु:ख में रो रहे हैं! चलो, यह मान भी लें, लेकिन कहाँ, किस गाँव जाने कौन, किसी किसान ने फाँसी लगा ली, बस उसके शोक में हम अधमरे हो जाएँ?'

'कितनी आसानी से तुम ऐसी बातें कर रहे हो, अयन!' आँखी ने उसकी तरफ अजीब निगाहों से देखा, 'किसी इनसान की मौत तुम्हारे लिए इतनी ही तुच्छ है?'

'बिलकुल भी नहीं; लेकिन अप्रासंगिक जरूर है। दुनिया की हर मौत के साथ अगर अपने को जोड़ने लगें तो मैं तो भयंकर पगला जाऊँगा।'

'सच्ची, बाबूजी ठीक ही कहते हैं।' आँखी ने एक लंबी उसाँस लेकर कहा, 'तुम लोगों की अनुभूतियाँ, संवेदना सब भोथरे हो गए हैं।'

'कमाल है! कोई इनसान अगर मूर्खों की तरह जान दे दे तो हम क्या कर सकते हैं? हम क्या करें?'

'कुछ नहीं।' आँखी के लहजे में व्यंग्य उतर आया।

उसने अपने होंठ, दाँतों से दबाते हुए दुबारा कहा, 'तुम बल्कि यह करो कि १४४ धारा का प्रयोग और सख्त कर दो। धनेरवाली के उन गाँवों में कोई मीटिंग-

जुलूस-समावेश मत होने देना। किसानों की गरदन दबाकर उन लोगों को जमीन बेचने के लिए मजबूर कर देना। वे लोग अगर चूँ-चपड़ करें तो या तो गरदनिया देकर उछाल फेंकना या फूहड़ गाली-गलौज बरसाना।...'

'रुको, रुको! ये सब डायलॉग तुमने कहाँ सीखे? यह किसकी स्क्रिप्ट है? तुम्हारे श्याम दा की?'

'ओ! श्याम दा अब शायद बिलकुल भी बरदाश्त नहीं हो रहे हैं? नया नाटक बदन को बुरी तरह चुभ गया है?'

'धत्त! नाटक-फाटक को हम कोई अहमियत ही नहीं देते। लेकिन... श्याममोहन भयंकर धूर्त इनसान है। वह कितना बड़ा पाखंडी है! लोगों को सौ-पचास रुपयों के टिकट काटने को कहता है, एयरकंडीशन हॉल में बिठाकर किसानों की मौत के लिए शोक-पालन की शौकिया मजबूरी दिखाता है—यह सब कभी गहराई से सोच देखा है? ऐसे मक्कार आदमी का पिछलग्गू होकर रहते हुए तुम्हें लाज नहीं आती?'

'तुम हद से बाहर जा रहे हो, अयन! हमने एक-दूसरे से वादा किया था कि हममें से कोई भी किसी के व्यक्तिगत काम में बाधा नहीं डालेगा।'

'वादा तो तुमने ही पहले तोड़ा है। बात-बात में मुझे अमानुष कहकर छेड़ती हो।'

'गजब है! अमानवीय आचरण देखकर भी बरदाश्त कर लेना होगा? अरे, सबसे पहले हम इनसान हैं, बाद में पति-पत्नी। यह सच है या नहीं? तुम लोग बाबूजी को इतनी तकलीफ दे रहे हो, यह भी बोलने का मुझे हक नहीं है?'

अयन गुम! वह गुस्से में फुफकारता रहा, लेकिन उसकी जुबान से कोई शब्द नहीं फूटा। उसे अंदाजा होने लगा था कि आँखी से उसकी राय कभी भी नहीं मिलेगी। मिलना संभव भी नहीं है! वे दोनों कभी एक-दूसरे से सहमत नहीं होंगे, बल्कि विभाजन-रेखा दिनोदिन और उजागर होती जाएगी। इसके बावजूद वह आँखी पर कभी भी अपना जोर नहीं डाल सकेगा।

अयन की गरमागरम साँसें उबल पड़ीं।

न्ना, एक-दूसरे को बरदाश्त करते रहना ही शायद उनकी नियति है।

□

१०

'जबरदस्त बन गई है, रे भोम्बोल, जबरदस्त बन गई है।

'कैसे?'

'जब तक तू अपनी आँखों से नहीं देखेगा, तुझे विश्वास नहीं होगा। चेक मिलते न मिलते, बैंक में एकाउंट खोलने की धूम मच गई है। अँगूठा-छाप लगानेवालों की भी लाइन लग गई है। रुपए हाथ में आते ही दे छूट! कोई धनेरवाली, कोई भंडारहाटी, कोई चुंचुड़ा-चंदननगर! रंगीन टी.वी., फ्रिज, वी.सी.आर., महँगे-महँगे मोबाइल···जिसे जो मिल रहा है, खरीद रहा है। हमारे रुद्रपुर में ही और पाँच-पाँच बाइकें नजर आने लगी हैं।'

प्रभास चुपचाप ढाकू द्वारा दिया गया विवरण सुनते रहे। जमीन-बिक्री के रुपयों से गरीब किसान अगर अपने छुटपुट साध-आह्लाद पूरी कर रहे हैं तो यह बुरा नहीं लगना चाहिए; लेकिन फिर भी जाने कहाँ तो तीखी चुभन होती रही।

उन्होंने प्रश्न कर ही डाला, 'यह तू क्या कह रहा है? सारे रुपैइए इसी तरह उड़ा-पड़ा रहे हैं?'

'हाँ, घर में अचानक लोटा आ जाए तो पानी जरा ज्यादा ही पीएँगे, भाई जी! ये लोग कोई विश्वास या मन्ना नहीं हैं, जो रुपए कब्जे में आते ही पहले बैंक के खड्ढे में चालान कर दें। जिन लोगों ने जनम भर पाँच-दस लाख रुपए कभी अपनी आँखों से नहीं देखे, उन लोगों का तो बस अब एक ही काम है—फुरती, फुरती, बेभाव फुरती! भंडार खाली हो रहा है या नहीं, इसका हिसाब करे उनकी बला!'

ढाकू की दुकान पर दो ग्राहक कचौरियाँ उड़ा रहे थे। ढाकू ने अपनी आवाज जरा ऊँची करके उन दोनों से यह जानना चाहा कि वे लोग मिठाई भी लेंगे या नहीं।

अगले ही पल उसने काली को उनकी प्लेट में दो-दो रस कदम परोस देने का हुक्म दिया।

वह दुबारा प्रभास से मुखातिब हुआ।

अपनी आवाज धीमी करके उसने दुबारा बताना शुरू किया, 'रुपइए की गंध पाकर बड़े-छोटे मगरमच्छ भी हाजिर हो गए हैं, समझा? चारों गाँव में ही वे मँडरा रहे हैं। खासकर जामतला और रुद्रपुर में! परसमणि और चड़कडाँगा में भी जा रहे हैं, लेकिन जरा डरे-सहमे हुए!'

प्रभास यह सारा मामला ठीक तरह समझ नहीं सके। उन्होंने गरमागरम इमरती खत्म करके प्लेट रख दी।

उन्होंने आँखें सिकोड़कर कहा, 'अब, वे लोग कौन हैं?'

'फिनांस पार्टी! कोई एक वर्ष में रुपए उनके डबल कर देगा, कोई महीने में चार पर्सेंट ब्याज नचा रहा है। जरा सोच, एक लाख रुपए उनके पास रखे तो महीने में चार हजार और साथ में तीन महीने का ब्याज अग्रिम। लोग टूट नहीं पड़ेंगे? अपने को रोक पाएँगे?'

'यह तो बड़ा खतरनाक है। सारे-के-सारे रुपए तो चाट हो जाएँगे!'

'तू कुछ बोलने जा न, मार-मार करके मारने दौड़ेंगे। अरे, खूब मस्ती में जो हैं!'

प्रभास सिहर उठे। जोगेन खामरुई की भविष्यवाणी अक्षर-अक्षर सच होती जा रही है। उसने परिचय के शुरू दिन ही कहा था, 'देख लीजिएगा दादा, जो लोग रुपए लेंगे, उन लोगों का क्या हाल होता है। अर्थ-संचय, अर्थ का इस्तेमाल, यह भी तो सीखना पड़ता है। हमारे किसानों में कितने लोग इसके जानकार हैं? ये लोग रुपए लगाने की सीधी-सीधी राह खोजेंगे और तत्काल ही धन-प्राण दोनों से खत्म!' ढाकू जो सुना रहा है, ये लोग तो उसी राह पर जा रहे हैं।

ढाकू के बदन का ऊपरी हिस्सा आज वस्त्रहीन नहीं था। आज उसने लुंगी पर खुली-छातीवाला फतुआ पहन रखा था। उसने जेब से एक बीड़ी निकालकर सुलगा ली।

फुक्-फुक् धुआँ छोड़ते हुए उसने पूछा, 'हाँ, तो भोम्बोल बाबू, इस बार रुद्रपुर में···क्या सोचकर?'

प्रभास अस्पष्ट ढंग से हँसे, 'हर वर्ष ही तो पूजा के बाद एक बार आता हूँ, रे!'

'हाँ, यह तो सच है। तूने यह रीत अभी तक कायम रखी है।' ढाकू ने आँखें

नचाकर पूछा, 'इस बार भी तू बहूरानी को नहीं लाया!'

हाँ, उसे लाने का प्रभास का मन तो था, मगर संभव कहाँ है? 'पूजा' में 'शो' करने वह दिल्ली गई थी। लौटते ही बुखार ने दबोच लिया। बिस्तर से उसके उठते-न उठते उसकी सास पड़ गई। अभी भी जया खों-खों खाँस रही है। उसे अकेली छोड़ना मुश्किल था, उस पर से आँखी का स्कूल भी खुल गया था।

खैर, ढाकू के सामने इतनी सारी व्याख्या की जरूरत नहीं थी।

प्रभास ने कुछ हँसकर जवाब दिया, 'संभव नहीं हो सका, रे!'

'अब मेरा तेरी बहूरानी को देखना हुआ! अब इस गाँव में तेरा जमीन-जमा तो उठ गया। इसके बाद कब तो छठे-छमासे इस अंचल में तू कदम रखेगा, कोई ठीक-ठिकाना है!' इतना कहते हुए ढाकू ने आँखें पिटपिटाईं, 'हाँ रे, तेरे बेटे और भाई की कैसी अक्कल है? धनेरवाली ब्लॉक ऑफिस तक आए, मगर एक बार भी रुद्रपुर में पैर नहीं रखा!'

प्रभात कुछ सिटपिटा गए। बेहद अप्रिय प्रसंग है।

उन्होंने निस्पृह लहजे में कहा, 'काम रहा होगा, वक्त नहीं मिला होगा।'

'छोड़ तो! इच्छा हो तो उपाय भी हो जाता है।' बुझी हुई बीड़ी को रगड़कर ढाकू ने एक ओर उछाल दिया।

अगले ही पल उसने कुछ करीब झुककर पूछा, 'हाँ, तो चेक मिल गया?'

यह तो और ज्यादा अप्रिय प्रसंग है।

बमुश्किल उन्होंने जोर-जोर से सिर हिलाते हुए पलटकर सवाल जोड़ दिया, 'तेरा वह होटल का कारोबार कितनी दूर बढ़ा?'

'होटल खारिज!'

'अरे! मिठाई की दुकान ही चलाएगा?'

'न्ना!' यह कहकर ढाकू ने अपनी आवाज बिलकुल खड्डे में उतारकर कहा, 'मैं कोई दूसरा कारोबार शुरू कर रहा हूँ। तू मेरा दोस्त है, इसलिए तुझे बता रहा हूँ। किसी को बताना मत। मैं यहाँ विलायती दारू की दुकान खोलूँगा।'

'छूट है?'

'बेशुमार माल-कौड़ी भी लगाया है, जल्दी ही परमिट भी मिल जाएगा।'

'रुद्रपुर में लिकर शॉप?'

'क्यों नहीं! यह जगह अब क्या ऐसी ही रहेगी? कितने ही हाउसिंग-टाउसिंग के प्लान शुरू हो गए हैं, तुझे अंदाजा भी है? बैंक, ऑफिस-टॉफिस से यह जगह छा जाएगी। बस-स्टैंड पर देखा नहीं? वहाँ तो एक बैंक खुल भी गया है। हाँ, तो जब

बाबू-बीवी यहाँ जुटेंगे तो ढक्-ढक् की तलब भी तो लगेगी न, बिरादर!'

'हाँ, सो तो है!' प्रभास का चेहरा कड़वा आया। उन्होंने जरा टेढ़ी भंगिमा में कहा, 'यानी रुद्रपुर तरक्की कर रहा है, आगे बढ़ रहा है।'

'रुक न! कारखाने का काम जरा बढ़ने दे, तब देखना। अभी तो सिर्फ परसमणि, चड़कडाँगा की तरफ से खूँटी गाड़ना शुरू हुआ है।' इतना कहते-कहते ढाकू कुलकुलाकर हँस पड़ा, 'खासा मजेदार कांड हो रहा है, भइए। दिन के वक्त खट-खट, खट-खट खूँटी गाड़ते हैं और रात के वक्त गाँववाले चुपके-चुपके खूँटी उखाड़ देते हैं। जाने कितनी ही बार गाड़ा-उखाड़ा गया।...'

'यानी उस तरफ के लोग अभी भी भड़के हुए हैं?' प्रभास ने चालाकी से ढाकू को पैसे चुका दिए।

'हाँ, भड़के हुए तो हैं। वहाँ जो कांड हुआ...दो-दो मौतें! सुना है, एक औरत तो पंगु हो गई है। लेकिन परसमणि ही असली जगह है, जोगेन खामरुई का अड्डा! विरोधी पार्टियों का भी वहाँ आना-जाना है। १४४ धारा लगाने की वजह से मीटिंग-जुलूस तो बंद है, अब खामरुई के घर पर ही सलाह-मशविरा होता है।'

'अब किस बारे में सलाह-मशविरा? जमीन तो सरकार के दखल में चली गई।'

'फिर भी, कुछ तो चल रहा है! रुका नहीं है।' ढाकू की आँखें गोल-गोल घूम गईं, 'इधर जमीनों के दाम तड़तड़ाकर बढ़ गए हैं। दूर-दूरांतर की पब्लिक तक यह समझ गई है कि कारखाना बनाए बिना ये लोग भी दम नहीं लेंगे। इसलिए लोग बेतहाशा जमीन खरीद रहे हैं। किसी-किसी दिन तो गाड़ियों की कतार लग जाती है। सूट-पैंटधारी बाबू लोग चारों तरफ मँडराते रहते हैं। उन्हीं लोगों ने तो कीमतें और बढ़ा दीं। हमारे रुद्रपुर में जमीन का क्या दर चल रहा है, बताओ तो? सरकार तो किसानों को हर कट्ठे पर पंद्रह हजार दे रही है और यहाँ आसपास जमीन हँस-खेलकर तीस-पैंतीस के भाव जा रही है। लगता है, इसी बात से किसान और ज्यादा खार खा गए हैं। मैं ही साला, जाने क्यों दो-एक बीघे जमीन खरीदकर नहीं रख छोड़ी! उस वक्त जमीन कितने कम में मिल जाती!...'

ढाकू की बकबक जारी थी। प्रभास को इतने विस्तार से राम कहानी अब भली नहीं लग रही थी। चाय पीकर वे उठ खड़े हुए। पिछले दिन आसमान मानो झूल आया था, आज फिर काफी-काफी ऊँचाई पर चला गया था। बादलों का कहीं कोई नामोनिशान नहीं था। ऊपर नजर डालो तो घना नीला आसमान! कार्तिक का महीना शुरू हो गया था, धूप अब उतनी कड़ी नहीं थी। अनाडंबर शुभ्र केतन काश फूलों के दिन अब

खत्म हो चुके थे। अब सोना बरसानेवाले हेमंत की बारी थी।

प्रभास पैदल चलते-चलते अपने खयालों में खोए हुए थे। वे इस बार रुद्रपुर आए ही क्यों? सिर्फ वार्षिक नियम-रक्षा? या अभी भी उन्हें कौतूहल खींच रहा है? टी.वी. और अखबारों में वे नियमित जो देख-पढ़ रहे थे, हकीकत से मिला लेना चाहते थे। लेकिन यह भी तो मूल्यहीन है। सबकुछ तो खत्म हो गया, तो क्या अपराध-बोध की ताड़ना उन्हें यहाँ ले आई है? इस अंचल के बहुतेरे किसान जबड़े पर जबड़ा दबाए निरंतर संघर्ष कर रहे थे। मन-ही-मन उन लोगों के हमदर्द होते हुए भी उन्होंने चेक की अरजी पर दस्तखत कर दिया? वैसे दस्तखत किए बिना और उपाय भी क्या था? गौरी और विकास दोनों ही रुपया चाहते हैं। मन-ही-मन शायद जया भी। प्रभास में इतनी क्षमता कहाँ है कि अकेले ही उनके विरुद्ध काँटा बन जाएँ? लेकिन हाँ, चित्त की मौत के बाद उन्हें बीच में एक बार आना चाहिए था; लेकिन उन्होंने क्या खोज-खबर ली? वैसे वे दुलाल से कह गए थे कि चित्त की बहुरिया को फसल में हिस्सा नहीं देना होगा, खाद-कीटनाशक का खर्च भी न हो, तो वे ही दे देंगे। चेक मिलने पर एक हिस्सा तो उसका है ही! प्रभास इससे ज्यादा और क्या कर सकते थे?

उनकी दुविधामयी सोच में बाधा पड़ी। प्रबल गर्ज के साथ पीछे से एक मोटरबाइक आ रही थी। प्रभास से आगे निकलते ही एकदम घच्च, ब्रेक!

बाइक की सीट पर लालू बैठा था।

उसने भर गाल हँसी बिखेरते हुए पूछा, 'अभी-अभी आए हैं, काका बाबू?'

प्रभास भी हलके से मुसकरा दिए, 'तू, इस वक्त? शनिवार को क्या स्कूल में छुट्टी होती है?'

'पूजा की छुट्टियाँ जो हैं। स्कूल भइया दूज के बाद खुलेगा।'

इसके बाद अभ्यस्त कुशल-समाचार।

'क्या हाल-समाचार है?' उन्होंने पूछा।

'फर्स्ट क्लास! आपने देखा ही होगा कि सीमा की निशानदेही करने का काम शुरू हो चुका है। आधी सीमा तक खूँटी गाड़ी जा चुकी है।'

'इधर खबरें तो हर पल ही देखनी पड़ती हैं। खूँटी गाड़ने को लेकर कैसा सब फसाद भी तो हो रहा है?'

'वे लोग बदमाशी कर रहे हैं। अपनी कुचेष्टाओं में वे टिकेंगे नहीं। रुद्रपुर की तरफ धान की फसलें अभी कटी नहीं हैं। फसल कटते ही इस तरफ भी बेड़ा पड़ जाएगा। बस, उसके बाद ही कंस्ट्रक्शन स्टार्ट!'

'ओ, अच्छा!'

'आप लोगों की जमीन पर अभी भी धान की फसल लहलहा रही है?'

'हाँ, लहलहानी तो चाहिए। आउस धान अब कितना-सा रह गया है, अमन की फसल ही ज्यादा है।'

'हाँ, मैंने भी देखा।' यह कहते-कहते लालू की भौहें सिकुड़ आईं, 'एक बात कहूँ, काका बाबू!'

'क्या?'

'आपके दुलाल को अब पंख लग गए हैं, हद से ज्यादा आगे बढ़ता जा रहा है।'

'क्यों?'

'अब तो वह विरोधियों का झंडा लिये घूम रहा है। पहले वह सिर्फ खामरुई का ही चेला था, अब तो बदस्तूर नेता जैसा हाव-भाव है। उसका इतना साहस कि एक दिन उसने मेरे मुँह पर कह दिया कि चित्त खैरा को तो आप लोगों की वजह से ही अपनी जान देनी पड़ी। हरामजादा कहीं का! हमारी मेहरबानी से ही तेरे नसीब में आहार जुट रहा है और तू हमारी ओर उँगली उठा रहा है? कलकत्ता से नेता-नेत्रियाँ आ-आकर पिन चुभोते रहते हैं, इसलिए इन लोगों का भी रोब-दाब बढ़ रहा है। अरे भइए, जब हल-बैल को पानी नहीं मिलेगा तो वे लोग काट-मार देंगे, तब तुम लोग कहाँ जाओगे? धोबी-नउआ तक तुम्हारे लिए बंद हो जाएँगे, यह तुम लोग नहीं समझते? उस वक्त क्या तुम्हारे जोगेन दादा का दम-खम भी तुम लोगों को बचा सकेगा? तुम लोगों को 'शेल्टर' दे सकेगा?'

उफ! सीधे-सीधे कैसी भयंकर धमकी?

दुलाल की बातें सोच-सोचकर प्रभास को अब जरा-जरा डर ही लगने लगा। वे मन-ही-मन झुंझला भी उठे। यह कमबख्त दुलाल तो महा-बेअक्कल है। जमीन के बारे में आपस में गला फाड़ रहा है, चलो ठीक है; लेकिन इसमें राजनीति का रंग क्यों मिला रहा है? यह तो जान-बूझकर मुसीबत को न्योता देना हुआ!

गाँववाले अपने घर में दाखिल होते ही उन्होंने सबसे पहले दुलाल के बारे में पूछताछ की।

उन्होंने लक्ष्मीमणि से कहा, 'जरा दुलाल को खबर कर दो तो!'

लक्ष्मीमणि जरा फजीहत में पड़ गई।

उसने अटक-अटककर कहा, 'किसके जरिए खबर भेजूँ, दादा? गोपाल का

बप्पा तो अभी मन्ना लोगों के यहाँ है। वहाँ वह धान झाड़ रहा है। आउस धान अभी-अभी ही तो पका है।'

'तो गोपाल को बुला भेजो। वह तो आस-पास ही है, विश्वास के यहाँ।'

'अब वहाँ नहीं है वह, दादा! केबल का काम उसने छोड़ दिया है।'

'क्यों?'

'रुपया-पैसा बिलकुल नहीं देता। महीने में कुल सौ-दो सौ रुपए टिका देता है।'

'तब भी···कुछ तो पैसे आ रहे थे, अब वह चप्पल चटखाते घूम रहा होगा!'

'नहीं दादा, मेरा गोपाल अब किसी दूसरे काम में लग गया है।' लक्ष्मीमणि के चेहरे पर कुछ गर्व झलक आया, 'अब पार्टी लोगों को जमीन दिखाता है।'

'मतलब?'

'आजकल इस तरफ जमीनों की खूब खरीद-फरोख्त हो रही है। आपने नहीं सुना, बाजार में जमीन-बिक्री का एक ऑफिस खुल गया है?'

'नहीं तो!'

'आपने खयाल नहीं किया होगा। एजेंट आ गए हैं। एक नहीं, दो-दो! हाइवे तक की सारी जमीनों का हिसाब उनकी उँगलियों की पोर पर है। बाबू लोग जब जमीन की खोज में आते हैं तो मेरा गोपाल उन्हें जमीन दिखा लाता है। कोई अगर घर-मकान बनाने के लिए जमीन देखना चाहता है तो वैसी जमीन दिखाने के लिए गोपाल को मिलते हैं बीस रुपइए। कारोबार के लिए जमीन दिखाने पर पच्चास रुपइए मिलते हैं। अब तो वह एक-एक दिन में ही अस्सी-सौ रुपए पीट लेता है।'

'वाह-ह, तब तो तुम्हारा गोपाल ठिकाने से लग गया।'

'और भी एक इंतजाम किया जा रहा है।' लक्ष्मीमणि की आँखों की चमक और बढ़ गई, 'लालू दादा के लोग ईंट-बालू-सीमेंट का कारोबार शुरू कर रहे हैं। घर-कारखाना बनाने का सारा सामान वे ही लोग देंगे। उसके लिए कैसी 'सन्निकेट' बन रही है। लालू दादा ने कहा है कि गोपाल और गोपाल के बप्पा को वहीं लगा देंगे। तब हफ्ते-हफ्ते रुपइए···'

यानी सच में ही रुद्रपुर बदल रहा है! यानी जमीन की दलाली, बिल्डिंग सामानों का बिजनेस, प्रमोटरी—सभी कुछ घुस आया है और तारक हलवाई भी अब वाइन मर्चेंट बन बैठा! लेकिन वे दो सौ सब्जीवाले, चार सौ वैन चालक, पाँच सौ दिहाड़ी मजदूर, डेढ़ हजार भूमिहीन, चौदह हजार कोल्ड स्टोरेज के लोग, साठेक

आलू आढ़त के लोग…हर परिवार में पाँच-पाँच सदस्य! कुल मिलाकर प्राय: सत्तर-पचहत्तर हजार लोगों की क्या गति होगी? ये नए पेशे कितने लोगों को आश्रय देंगे?

प्रभास से और अधिक सोचा नहीं गया। उनके तन-बदन में झुरझुरी फैल गई। वे शिथिल चाल में ऊपर जा रहे थे, जाने क्या सोचकर वे दुबारा ठिठक गए।

उन्होंने आवाज ऊँची करके सवाल किया, 'अरे हाँ, चित्त के घर की कोई खबर जानती हो?'

'थोड़ा-बहुत सँभल गए हैं, दादा! आँखों से सिर्फ आँसू बहाकर तो गृहस्थी नहीं चलेगी, दुनिया भी रुकी नहीं रहती। दुनिया तो अपने नियम मुताबिक चलती रहेगी। वसंती अब इस-उसके घर चाकरी कर रही है।'

'उनकी खेती-बारी का क्या हाल हुआ?'

'दुलाल दादा देखरेख कर रहे हैं। दोनों बेटियाँ खेत में काम करने जाती हैं। अभी तो छोटी ने खेती के धान की कटाई की है।'

शुक्र है, दुलाल ने प्रभास की इतनी-सी बात तो निभाई और अपना वादा पूरा किया। प्रभास शायद थोड़ा-बहुत निश्चिंत हो आए। अब खर्चा-पानी जान लेना होगा, दुलाल को चुकाना भी होगा।

दूसरी मंजिल पर पहुँचकर प्रभास ने दरवाजा खोला। दुलाल से भेंट करने का खयाल मन में लिये-लिये कुछ देर बिस्तर पर लेटे-लेटे प्रभास ने आराम भी कर लिया। उनका माथा जरा टिप्-टिप् कर रहा था। मौसम बदल रहा है। जरा सावधान रहना ही बेहतर था। फिर भी उन्होंने कुएँ के पानी में ही नहाना-धोना निपटाया। उसके बाद दोपहर का आहार भी पूरा कर लिया—भात-दाल, आलू की भुजिया, तला हुआ अंडा! उन्होंने पूरी तृप्ति से खाना खाया, उसके बाद संक्षिप्त-सी नींद! आँखें खुलने पर भी उनका हिलने-डुलने का मन नहीं हुआ। कहीं कोई आलस्य भी उन्हें जकड़े रहा। जब वे कलकत्ता में होते हैं, एक अजीब-सी उत्तेजना में उनकी नसें तनी रहती हैं, रुद्रपुर में पहुँचकर उनकी देह शायद जवाब दे जाती है। किसी चीज को दूर से देखने और करीब जाकर महसूस करने—इन दोनों में काफी फर्क तो है ही।

लेटे-लेटे ही प्रभास को आहट मिली, गोपाल लौट आया है। लक्ष्मीमणि से उसकी बातचीत उनके भी कानों तक पहुँच रही थी। उनके आवाज देने पर वह दूसरी मंजिल पर हाजिर हो गया। उसके बदन पर सस्ती जींस, रंग-बिरंगी टी-शर्ट! कान खड़े-खड़े। मरगिल्ले गोपाल के चेहरे पर काफी चिकनाई फूट आई थी। उसकी आँखों से भी एक किस्म की धूर्तता टपक रही थी।

प्रभास ने पूछा, 'दुलाल कहाँ मिलेगा, बता तो?'

नाक-मुँह सिकोड़कर गोपाल पल-दो पल सोचता रहा।

उसने सिर हिलाकर कहा, 'खेत में तो शायद नहीं है। रोज ही दोपहर के वक्त वह परसमणि चला जाता है।'

'ओऽऽ।'

'वैसे आज वह मेले के मैदान में भी हो सकता है।'

'मेला क्यों?'

'कालीतला के मेले में! आज ही तो मेला शुरू हुआ है।'

इस रुद्रपुर में काली बाड़ी का काफी नाम-डाक था। डेढ़ सौ वर्ष के पुराने मंदिर में काली पूजा से पहले हर साल मेला बैठता था। नागरझूला, मैजिक शो वगैरह का आयोजन होता है, असंख्य दुकान-पाट लगाए जाते हैं। आसपास के गाँव-गंज के लोगों की भीड़ लग जाती है यहाँ। कई दिन उस जगह काफी धूमधाम रहती है। प्रभास जब रुद्रपुर में होते हैं तो वे भी एकाध बार वहाँ गए हैं। वहाँ घूमना-फिरना, सैर करना अच्छा लगता है।

प्रभास ने दुबारा पूछा, 'वहाँ दुलाल का क्या काम?'

'विशु दा ने वहाँ पकौड़ों की दुकान लगाई है न! आज पहला दिन है। दुलाल काका शायद वहीं गए होंगे।'

दुलाल का बड़ा बेटा विशु और विशु की बहुरिया रुद्रपुर बाजार में शाम को पकौड़े बेचते थे। नहीं, कोई दुकान-वुकान नहीं थी, उठौवा चूल्हे पर कारोबार! कहीं हाट लगता था या मेला बैठता था, मियाँ-बीवी वहाँ पर चले जाते थे।

कुछेक पल सोचकर प्रभास ने कहा, 'चल तो मेरे साथ, जरा देखूँ।'

कालीतला कुछ ज्यादा दूर नहीं था। लताएँ झूलती हुई, बाबा आदम के जमाने का बरगद का पेड़ पार करके दाहिनी तरफ कायस्थ पाड़ा के अंतिम छोर पर कालीतला! वहाँ पहुँचकर प्रभास ने देखा, मेला अभी भी नहीं जमा था। अभी तो आधा दुकान-पाट भी नहीं बसा था, लोगबाग भी खास नहीं उमड़े थे। नागरझूला लगाने का काम अभी चल ही रहा था। हाँ, गुब्बारेवाले, बाँसुरीवाले वगैरह यथारीति वहाँ मौजूद थे। वे लोग ही हाँक-डाक, पुकार लगाकर मेला जमाने की कोशिश कर रहे थे। विशु और विशु की बहुरिया भी वहीं मिल गए। उन्होंने अभी-अभी चूल्हे में आँच दी थी। प्याज, मिर्च और बैंगन काटे जा रहे थे।

करीब जाकर प्रभास ने पूछा, 'क्या रे, तेरा बप्पा कहाँ है?'

प्रभास को देखकर विशु काफी चकरा गया। विशु की बहुरिया ने भी सिर पर आँचल खींच लिया।

विशु ने विनीत लहजे में बताया, 'बप्पा तो धनेरवाली गए हैं, जेठू!…'

'क्यों रे?'

'कह रहे थे, जाने कौन-कौन सा तो काम है! पेस्टिसाइड भी खरीदना था।'

'मेले में आएगा?'

'लगता तो नहीं!'

'उससे कहना तो रात को मुझसे मिल ले। जरूरी काम है।'

'जी, कह दूँगा। जरा देर रुक जाएँ न, जेठू, कुछेक आलू-चॉप और पियाजी तल दूँ।'

'अरे बच्चे, पकौड़े खाने की अब क्या मेरी उम्र है रे? पेट में जाते ही बदहजमी!'

प्रभास हँसते-हँसते वहाँ से हट गए। अचानक उनकी निगाह उलटी तरफ के स्टॉल पर जा पड़ी। जगमगाता बोर्ड झूल रहा था—एस.एम. फिनांसियर्स! अंदर भी खासा सजा हुआ, देखने लायक! चमचमाते काउंटर पर कंप्यूटर! छोटी-छोटी पुस्तिकाएँ! गाँव के मेले में भी टाई बाँधे सेल्समैन! साथ में सुवेशिनी सुंदरियाँ! स्टॉल के पीछे विशाल रंगीन टी.वी.! स्क्रीन पर एक सूट-बूटधारी अंग्रेज साहब, कैसी दुर्बोध अंग्रेजी में कुछ-कुछ बोलता जा रहा था। स्टॉल में बहुतेरे लोग ताक-झाँक कर रहे थे। वह तरुणी उन लोगों को बुला-बुलाकर लीफलेट पकड़ाती जा रही थी।

प्रभास ने भी एक पुस्तिका हाथ में ले ली। रुपए जमा करने के सैकड़ों आकर्षक प्रस्ताव! ढाकू क्या इन्हीं एजेंटों की बात कर रहा था? ये लोग अब मेले में भी हमलावर हो गए हैं?

गोपाल उनके आते ही हड़बड़ा गया।

उसने घरघराती आवाज में पूछा, 'आप क्या अभी यहाँ रुकेंगे?'

प्रभास ने अनमनी मुद्रा में जवाब दिया, 'रुकता हूँ, थोड़ी देर…जरा देखूँ।'

'तो मैं चलूँ?'

'कहाँ जा रहा है?'

'दफ्तर।'

भयंकर चिंता-फिक्र में होते हुए भी प्रभास एकबारगी हँस पड़े। जमीनों के दलाल का ठेका भी अब दफ्तर हो गया! कमाल है! वाकई रुद्रपुर तरक्की कर रहा है।

गोपाल के जाने के बाद प्रभास स्टॉल के अंदर दाखिल हुए। करीब दो मिनट

तक खड़े-खड़े उन्होंने टी.वी. पर उस सूटधारी का वक्तव्य सुना। वह निवेश, पूँजी, मनी मार्केट वगैरह के बारे में समझा रहा था।

गाँव-गंज के अधिकांश लोगों को ही उसका एक भी शब्द समझ नहीं आ सकता था। लेकिन यही कौशल था शायद! ठाट-बाट दिखाकर इनसान को चमत्कृत करना! इस ढंग से गाँव के सीधे-सरल इनसानों के मन में एक किस्म की विश्वसनीयता भी लाई जा सकती थी।

काउंटर पर मौजूद लड़का डबर-डबर आँखों से प्रभास को ही देखे जा रहा था।

उसने जरा झुककर पूछा, 'मे आइ हेल्प यू, सर? मैं मदद करूँ?'

प्रभास ने गरदन टेढ़ी करके पूछा, 'आप लोग आ कहाँ से रहे हैं?'

'कलकत्ता से, सर! एन.एस. रोड से!'

'नेताजी सुभाष रोड? या नेताजी सुभाषचंद्र रोड?'

'जी, क्या पूछा आपने, सर?'

'मैं पूछ रहा हूँ, टॉलीगंज से या डलहाउसी से?'

'जी, बी.बा.दी. बाग से!' लड़के ने अपनी टाई की नॉट कसते हुए जवाब दिया, 'आप अपनी जरूरत अगर हमें बता दें सर, तो…'

'आपकी कंपनी कितने दिनों की है?'

'एक्चुअली, हम इस 'ट्रेंड' में तीस साल से हैं, सर! आप अगर हमारी वेबसाइट पर जाएँ, जो हमारे ब्रोशर में दिया गया है, तो विस्तृत जानकारी मिल जाएगी सर! पार्टी का निवेश हमने कुछेक मेजर ब्लू-चिप कन्सर्न में…'

वह लड़का बेहद आत्मविश्वास के साथ बोले जा रहा था, लेकिन रट्टू तोते की तरह! इस किस्म का 'डेमो' देने से अचानक रुपए पाए हुए अबू हसन जैसे लोगों के पक्ष में प्रलोभन से बचना बेहद मुश्किल है। मुमकिन है, कुछ दिनों बाद ही यह पता चलेगा कि यह कंपनी ही फुर्र हो गई!

वैसे प्रभास ने उस लड़के से और कोई बात नहीं की। वह तो निहायत एक सजा-सजाया मोहरा भर था और यह महज उसकी नौकरी थी। मुमकिन है, वह बेहद मामूली तनख्वाह पर तैनात नौकर भर हो! वह दैनिक मजदूरी पर काम करता हो, यह भी असंभव नहीं है। अगर इस नजरिए से सोचा जाए तो यहाँ कार्यरत लड़का-लड़की दोनों ही शहरी हैं और दैनिक मजदूरी पर काम करते हों। इन दोनों को शिखंडी बनाकर उनकी आड़ में रुपए-पैसे लूटेगा कोई दक्ष शिकारी!

प्रभास ने एक लंबी उसाँस छोड़ी।

ऐन उसी वक्त उनके कानों को महीन-सी आवाज सुनाई दी, 'काका बाबू, आप यहाँ?'

मुड़कर देखते ही प्रभास का मूड ठीक हो गया। परसमणि की वही लड़की—श्यामली दलुई! वह अपनी साइकिल थामे स्टॉल के बाहर खड़ी थी। बदन पर चूड़ीदार कमीज! लंबी चोटी पीठ पर झूलती हुई!

स्टॉल के बाहर निकलकर प्रभास ने कहा, 'आज ही आया हूँ। अरसे बाद आज यह मेला भी देखा। लेकिन तुम…हमारे मुहल्ले में?'

'यहाँ तो मैं ट्यूशन पढ़ाने आती हूँ। यहाँ मैं दो बहनों को पढ़ाती हूँ।'

'अरे वाह! अच्छा है, बहुत अच्छा! तुम लोगों को तो इन दिनों रुपए-पैसों की भी जरूरत है।'

'सिर्फ जरूरत नहीं, बेहद, बेहद जरूरत है। जितना भी' कम ही सही, गृहस्थी की थोड़ी सी तो मदद हो सके। आजकल घर की जो बदहाली है…' श्यामली के चेहरे पर कमजोर-सी हँसी तिर आई।

उसने बुझी-बुझी मुद्रा में कहा, 'गाँव में जब से खूँटी गाड़ी जाने लगी, मेरे बप्पा का पागलपन और बढ़ गया है। अब वे बिलकुल जड़वत् हो गए हैं। घर से निकलते ही नहीं, किसी से बात भी नहीं करते ऊपर से माँ भी चिंता-फिक्र में हर पल झुँझलाई रहती हैं। बिलकुल आग हुई रहती हैं। मामूली कारण पर भाइयों को मारती-पीटती हैं, उन पर चीखती-चिल्लाती हैं।'

'हूँऽऽऽ, ऐसी परिस्थिति में दिमाग ठीक रखना भी तो मुश्किल है।'

'इश्श्! काश, मैं झटपट बी.ए. कर लेती…काश, कोई एक नौकरी जुटा पाती…! अगर मैं अपने पैरों पर खड़ी नहीं हो पाई तो अपने दोनों भाइयों को इनसान कैसे बना पाऊँगी? बड़ा अभी नौवीं में है और दूसरा पाँचवीं में…अभी भी उन दोनों को कितनी दूर जाना है।'

प्रभास फट से बोल उठे, 'तो चेक ले ही लो न, श्यामली! फिलहाल, थोड़ी सी तो सहूलियत होगी। दस-बारह लाख…जो भी मिले, उससे अगले तीन-चार साल तक…जितने दिनों तुम्हें कोई नौकरी…'

'यह आप कैसी बातें कर रहे हैं, काका बाबू? भला यह कहीं संभव है? मैं ऐसा कर सकती हूँ?' मारे उत्तेजना के श्यामली की आवाज जरा तेज हो उठी। अगले ही पल अपने आसपास नजर पड़ते ही उसकी आवाज दुबारा धीमी हो आई।

उसने धीमी लेकिन दृढ़ आवाज में दुबारा कहा, 'जिन लोगों ने हमें इनसान ही नहीं समझा, उनके रुपए तो छूना भी पाप है। इसके बजाय ऊपर से भूखे रहकर मर जाना ढेर-ढेर बेहतर है।'

यही जवाब तो प्रत्याशित था। शुक्र है, यह लड़की अभी भी नहीं झुकी।

प्रभास ने फिर उसे छेड़ते हुए कहा, 'देख रहा हूँ, तुम तो हद जिद्दी हो।'

'मेरी जिद भला कितनी सी है! काश, आप एक-एक को देखते! हमारा तो तब भी चल जाता है, उन लोगों की क्या दीन-हीन हालत है! आधे दिन तो हाँड़ी तक नहीं चढ़ती। इस बार खेती नहीं कर पाए, एक पैसे का भी रोजगार नहीं, फिर भी आँखें जैसे चमकती रहती हैं! वे लोग भी यही कहते हैं—अपमान का अन्न गले से उतरेगा ही नहीं। अपने मान के साथ चिता पर चढ़ सकूँ, बस, इतना भर… !' श्यामली की आवाज रुँध आई, मानो गले में भाप जमी हो।

उसने सिर झटककर अगला वाक्य जोड़ा, 'हमारे परिवार के साथ तो तब भी जोगेन काका खड़े हैं, काकी माँ हैं। जरूरत पड़ी तो उनकी मदद मिल जाएगी, लेकिन जोगेन काका लोगों के लिए भी सबका लालन-पालन तो संभव नहीं है। चड़कडाँगा के लोगों के बारे में जरा सोचें! एक-एक बंदे ने कितनी-कितनी मार खाई। उनमें कितनों को वे लोग डिगा पाए? हद-से-हद आठ-दस जन को! इससे ज्यादा हरगिज नहीं। चमेली भउजी तो अब लाठी के बिना चल ही नहीं पातीं! पेट में ऐसी लात जमाई कि कृष्णा भउजी की कोख का बच्चा ही जाता रहा। वे लोग भी आज जोर आवाज में कहती हैं—'जमीन के बदले रुपइए हमें नहीं चाहिए।' यहाँ तक कि जो लोग मर गए, उन लोगों के परिवारों ने भी अपना फैसला नहीं बदला। मैं तो बस, इन लोगों के साथ-साथ हूँ। है कि नहीं, काका बाबू?'

प्रभास को पल भर के लिए अयन और विभास का चेहरा याद आ गया। जाने क्यों याद आया?

लगातार बोलते-बोलते श्यामली शायद कुछ थक आई। वह दम लेने को खामोश हो गई। धीरे-धीरे उसकी जानी-पहचानी मीठी मुसकान उसके चेहरे पर दुबारा लौट आई।

उसने उन्मुक्त लहजे में कहा, 'आज शाम को एक बार आइए न, काका बाबू! जोगेन काका आपको देखकर खुश होंगे, जरा-बहुत बातचीत भी करेंगे।…'

'मैं जाकर क्या करूँगा? तुम लोगों में तो अब राजनीतिक पार्टियाँ घुस गई हैं।' दुलाल से कहनेवाली बात उन्होंने श्यामली के आगे ही उगल दी, 'तुम लोग

अपने आंदोलन को राजनीति से दूर भी रख सकते थे, श्यामली!'

'क्यों, काका बाबू?'

'वे लोग तो पहले अपना ही फायदा खोजते हैं।'

कुछेक पल श्यामली खामोश रही।

थोड़ा ठहरकर उसने बेहद धीमी आवाज में कहना शुरू किया, 'आपने शायद ठीक ही कहा, काका बाबू! लेकिन हमारे पास और कोई रास्ता भी क्या था, बताएँ? अत्याचार, डाँट-दुत्कार, धमकी, बाहर से आई बाइक-फौजों के तांडवों ने हमारी पीठ दीवार से लगा दी है। इस समय अगर कोई बचाने आए तो उसे दुरदुरा दूँ? बल्कि सिर पर कोई छतरी मिल जाती है हमें, तो हमारी ताकत बढ़ जाती है। जंग जब सरकार के साथ है तो ये विरोधी लोग ही तो हमारे आसरा-भरोसा हैं। इसके अलावा, हममें इतना सामर्थ्य कहाँ कि जाकर दुनिया भर को अपना दुखड़ा सुनाएँ, अपनी शिकायत सुनाएँ। अब, अगर विरोधियों का आंदोलन ही जोरदार हो सके…अगर हम सबके पक्ष में एक जनमत तैयार हो सके! सरकार अगर हमारा आवेदन-निवेदन, क्षोभ-दुःख समझती तो क्या हमारी यह हालत होती? परसमणि आकर देखिए न, तमाम खेतों में पुलिस जैसे छा गई है! डंडा ताने हुए पुलिसिया फौज दिन-रात खेतों में पहरा दे रही है। चड़कडाँगा में भी वही तसवीर! धान के खेतों में पुलिस ने कैंप गाड़ लिया है। इस प्रशासनिक ताकत से लड़ने के लिए साथ में किसी जोरदार शक्ति का होना जरूरी है।'

श्यामली के गले में जैसे नेत्री-नेत्री सुर! प्रभास उसके तर्कों को उड़ा नहीं पाए, मगर कबूल करने में भी जाने कैसा असमंजस! यह कैसा संस्कार है? मन के अंदर कई-कई ऐसी धारणाएँ यूँ बस जाती हैं कि सहज ही मिटाए नहीं मिटतीं। अपनी आँखों से देखे गए सैकड़ों क्रूर सच भी सहसा उन्हें हटा नहीं पाते।

प्रभास ने संक्षिप्त-सी उसाँस भरी। शायद अंदर जड़ जमाए संस्कारों की अक्षमता को ही उन्होंने लानतें भेजीं। इन लोगों के तुगलकी आचार-आचरण देखकर मन में विरक्ति आती है, फिर भी जाने क्यों तो…

श्यामली स्थिर निगाहों से प्रभास का चेहरा पढ़ती रही।

उसने फिर पूछा, 'तो फिर शाम को आप आ रहे हैं न, काका बाबू?'

प्रभास ने मुसकराने की कोशिश की, 'मुझे छोड़ ही दो, श्यामली! इसके अलावा मैं तो तुम लोगों के साथ हूँ नहीं, मैं तो चेक ले रहा हूँ।'

'तो क्या हुआ?'

'फिर भी···'

'ओफ ओ, आप कोई किसान तो हैं नहीं। इसके अलावा, चेक लेने भर से आपको विरोधी पक्ष कैसे समझ लूँ? जिन लोगों ने स्वेच्छा से अपनी जमीन दे दी, वे लोग क्या हमारे दुश्मन हैं? कब्भी नहीं! हमारे दफ्तर में आकर देखें, हम सब भी उन लोगों के दुश्मन नहीं हैं। उन लोगों में और हममें आपसी गलतफहमी पैदा करने की कोशिश भी महज एक गंदा खेल है। अंग्रेजों के 'डिवाइड एंड रूल'—आपस में बाँटो और राज करो की नीति की तरह।'

भारी-भारी बातें करते हुए श्यामली का चेहरा भी कैसा तो भारी हो आया। प्रभास के मन में उस लड़की के लिए असहनीय तकलीफ जाग उठी। अहा रे, कितनी-सी तो बच्ची! इतनी कच्ची उम्र में चोट खा-खाकर बाकायदा विज्ञ हो उठी है।

श्यामली का मन हलका करने के लिए प्रभास ने जरा उसे छेड़ने के इरादे से कहा, 'हाँ, जरा यह तो बताओ कि यह नीति आखिर किसकी है?'

'कौन सी, काका बाबू?'

'यही कि कोई खूँटी गाड़ी जाए तो चोरी-छिपे उसे उखाड़ फेंको?'

श्यामली हँस पड़ी, 'अगर चहारदीवारी भी बनाएँ तो वह भी तोड़ दिया जाएगा।'

'कितनी बार तोड़ोगे? अंत में क्या इसकी नींव ढहा पाओगे?'

'देखते हैं, बाघ के साथ हिरण कितने दिन लड़ सकता है!'

हँसते-हँसते ही श्यामली अपनी साइकिल पर रवाना हो गई। प्रभास भी लौट चले। लेकिन उस विशाल बरगद के पेड़ तक पहुँचकर अचानक पत्थर हो आए। यहाँ सड़क दो हिस्सों में बँट गई है। बगल की कच्ची सड़क सीधे जामतला तक चली गई है। उसी तरफ प्रभास लोगों की जमीन थी। प्रभास क्या एक बार वहाँ हो आएँ? जाकर अपनी जमीन देख आएँ?

प्रभास ने कदम बढ़ाया। उस ऊबड़-खाबड़ सड़क पर आगे और आगे चलते गए। बीचवाली पुलिया पर पहुँचकर उनकी चाल रुक गई। नीचे सरकारी नहर, फिलहाल सूखी हुई! पुलिया के दोनों ओर दूर-दूर तक धान के खेत! आउस धान की फसल कट चुकी थी, खेतों में अमन धान की फसलें लहलहा रही थीं। वह रहा विश्वास लोगों का खेत? वहीं मन्ना लोगों का भी खेत। उसी खेत से लगा हुआ भट्टाचार्य लोगों का···

धीरे-धीरे उनकी निगाह करीबतर होती गई। बिलकुल सामने ही प्रभास का खेत!

प्रभास उस पुलिया पर बैठ गए। शाम लगभग ढल चुकी थी। दूर-दूर तक दिशा-दिशाओं में एक अपरूप रोशनी फैली हुई थी। धान की बालियों पर भी सुनहरी छुअन! बालियाँ हवा में हौले-हौले लहरा रही थीं, मगर सिर कुछ झुका हुआ।

अचानक ही प्रभास के तन-बदन में काँटा उग आया। अवनत होकर धान की लहलहाती बालियाँ क्या उनसे आखिरी विदा माँग रही थीं? सिर के ऊपर फिरोजी रंग का आकाश! आकाश में चक्राकार एक चील उड़ती हुई! काफी ऊँचाई पर मँडरा रही थी। उसकी तीखी निगाहें क्या रुद्रपुर पर गड़ी थीं? साथ ही जामतला, परसमणि, चड़कडाँगा पर भी?

प्रभास एकटक उस चील को देखते रहे।

□

११

इस बार दिसंबर की शुरुआत में ही गुलाबी ठंड पड़ने लगी थी। बीच में कुछेक दिन बादल छाए रहे। आकाश साफ होते ही तापमान झट से नीचे उतर आया। शहर में मानो उत्तरी बयार दाखिल हुई थी। लोग खुश-खुश उसका मजा ले रहे थे। आजकल तो सर्दी का मौसम प्राय: हर वर्ष ही अकारथ चला जाता है। इस बार शायद शॉल-स्वेटर-कार्डिगन के ढेर काम आ जाएँ।

रिहर्सल से निकलकर हवा की हलकी-हलकी चुभन आँखी ने महसूस की। अब तक रिहर्सल के अंदर जैसी गरमागरम चर्चाएँ चल रही थीं, वहाँ शायद ठंड ने भी घुसने की हिम्मत नहीं की। रास्ते में उतरते ही मानो झप् से ठंड ने लपेट लिया।

नक्शेदार दुपट्टा बदन पर कसकर लपेटते हुए आँखी ने कहा, 'अगर पूरे साल भर ऐसा ही मौसम बना रहता तो मजा आ जाता, है न, दीपायन दा?'

दीपायन सिगरेट सुलगा रहा था।

उसने अनमने लहजे में जवाब दिया, 'पता नहीं, कभी सोचा नहीं।'

उत्पल भी साथ था। उसे मजाक सूझा। उसने कहा, 'सोचेंगे कैसे? आप तो अभी भी किसी और खयाल में गुम हैं।'

'गलत कहा तुमने! गुम नहीं, चिंतित हूँ।' दीपायन अपनी दीर्घ देह जरा झुकाकर चल रहा था। वह उत्पल और आँखी के साथ ताल मिलाकर, चाल धीमी करके उन दोनों के साथ-साथ आगे बढ़ता रहा।

उसने गरदन घुमाकर कहा, 'विकल्प के भविष्य को लेकर मैं सच में ही चिंतित हूँ। हमारे जैसे ग्रुप के लिए एक के बाद एक, दो शो कैंसिल होना बिलकुल भी सुखद बात नहीं है। खासकर दुर्गापुर में शो! पिछले तीन वर्षों से हम उनके

नाट्योत्सव में हिस्सा लेते रहे हैं। इस बार पत्र लिखकर दावत दी, लेकिन आखिरी पल हमें खारिज कर दिया।'

'बोलपुर का भी शॉकिंग है! इतने उत्साह से आमंत्रित किया और…'

'मुझे तो लगता है कि श्याम को आत्म-दर्शन, आत्म-निरीक्षण जरूरी है। अब, वह खुद तय करे, वह क्या चाहता है? 'विकल्प' चलेगा या बंद हो जाएगा?

आँखी ने जवाब दिया, 'यह आप क्या कह रहे हैं, दीपायन दा? श्याम दा क्या 'विकल्प' को कभी नुकसान पहुँचाना चाहेंगे?'

'लेकिन, नुकसान हो रहा है और वह भी श्याम की वजह से। तुमने देखा नहीं, श्याम मेरे आक्षेप को पूरी-पूरी तरह उड़ा सका?' दीपायन शायद उत्पल, आँखी की प्रतिक्रिया जानने के लिए पल-दो पल रुका रहा।

उसके बाद उसने आँख नचाकर दुबारा कहा, 'तुम व्यक्तिगत तरीके से सरकार की समालोचना कर रहे थे, चलो, वह भी ठीक है। तर्क-वितर्क, लड़ाई-झगड़ा—जो कर सकते हो, कागज-कलम में करो। अचानक एक समूचा-का-समूचा संगठन खड़ा करने का क्या तुक है? इसके अलावा, इस मामले के बारे में तुम्हें 'विकल्प' को पहले सूचित करना चाहिए था या नहीं?'

उत्पल ने कहा, 'ऐसा क्यों, दीपायन दा? व्यक्ति-इनसान के तौर पर श्याम दा को प्रतिवाद-मंच गढ़ने का हक है।'

'वह हक तभी तक मिलता है, जब तक वह हमारे ग्रुप को आघात न करे। तुम मंच की तरफ से टी.वी. पर अपना चेहरा दिखा रहे हो।' रिपोर्टरों को 'बाइट' दे रहे हो; लेकिन नुकसान तो 'विकल्प' का हो रहा है। जो लोग तुम्हारे संगी-साथी हैं, तुम उन लोगों का पक्ष नहीं देखोगे?' आदत के मुताबिक साँस लेने के लिए दीपायन कुछेक पल खामोश हो रहा।

छाती में साँस भरकर वह दुबारा शुरू हो गया, 'अब, देखो न, आज अर्धेंदु दादा ने अचानक ही जो फरमान जारी किया, यह भी तो श्याम की खामखाह जिद का नतीजा है। इतने दिनों से हम सब रिहर्सल कर रहे हैं, कभी किसी दिन कोई बात उठी है? आज हमें यह सुनना पड़ा कि हमारे रिहर्सल से मुहल्लेवालों की शांति में बाधा पड़ती है। रात दस-ग्यारह बजे तक इतने लोगों को मिलकर हो-हल्ला न करना ही बेहतर है। इसका मतलब समझ में आया?'

'मतलब बिलकुल साफ है। लोकल प्रभु बेतरह भड़क गए हैं।'

'यानी दूसरी घंटी भी बज गई। श्याम क्या इसके बाद भी सजग नहीं होगा? यूँ भी तुमने नाटक में काफी छौंका लगाया है। उस पर से अब, यह मंच-टंच बनाने की

क्या जरूरत?' दीपायन ने जोर से सिर झटकारा, 'न्ना! यूँ प्रत्यक्ष तरीके से श्याम के जुड़ने को मैं हरगिज 'सपोर्ट' नहीं कर सकता।'

'लेकिन···श्याम दा के प्रतिवाद के सारे कारण तो असली हैं। पिछले कई महीनों से जो सारे अन्याय हो रहे हैं, वे सब आँख में उँगली घुसेड़कर दिखाना भी तो जरूरी है।'

'देखो, न्याय-अन्याय तर्क-सापेक्ष मामला है। मैं उस प्रसंग में नहीं जाऊँगा। लेकिन तुम्हारी बात अगर मान भी लूँ तो भी अंत में क्या नतीजा निकलेगा, मालूम है? श्याम जैसे लोगों की आवाज को कोई दूसरी राजनीतिक पार्टी इस्तेमाल करेगी और वे लोग कौन हैं? श्याम क्या चाहता है, पुराने संत्रास के वे दिन दुबारा लौट आएँ?'

आँखी उसकी बातों से सहमत नहीं हो पाई। लेकिन प्रतिवाद का मौका कहाँ था? गड़ियाहाट मोड़ तक पहुँचते ही लंबे-लंबे डग भरते हुए दीपायन बस पकड़ने के लिए दौड़ पड़ा।

उसने बस के पायदान से ही चीखकर कहा, 'अक्खड़ मत बनो। जो कुछ मैंने कहा, जरा गहराई से सोचना! सोचकर देखना!'

क्रमशः दूर जाती हुई बस की ओर देखते-देखते उत्पल ने जोर का ठहाका लगाया।

उसने आँख मारकर पूछा, 'क्या रे, मुद्दा मामला क्या है, आया कुछ समझ में?'

आँखी ने मुँह बिगाड़कर जवाब दिया, 'धत्त! यह दीपायन दा भी जाने कैसा होता जा रहा है! यह बच-बचकर चलने का करतब मुझे बिलकुल पसंद नहीं है।'

'अरे, बच-बचकर चल रहा है या हट रहा है।'

'शायद हटना ही चाहता है।' आँखी ने बुरा-सा मुँह बनाकर कहा, 'हैरत है! जो लोग कल-काठी घुमाकर हमारा शो कैंसिल करा देते हैं; रिहर्सल तक छाँटने का प्लान कर रहे हैं, उन्हीं के डर से हमें किसी गड्ढे में छिपकर रहना होगा!'

'अरे, डर के मारे ही तो लोग समझौता करते हैं, री! हाँ, मुमकिन है, दीपायन का कोई इरादा हो।'

'वह कैसे?'

'पहली बात, ग्रुप का इतना पुराना आदमी प्रधान-प्रधान रोल वगैरह भी करता है, फिर भी श्याम दा की तरह लाइमलाइट में नहीं है और इस वजह से मन की पीर! प्लस, श्याम दा इन दिनों पब्लिक फिगर हैं, इसलिए ईर्ष्या की चुभन! इसके अलावा, हो सकता है कि कोई दद्दू पुरजा हिला रहे हों। इसलिए उन्होंने अलग ग्रुप बनाने का

लालच दिया हो और उसके पीछे उनका लंबा हाथ हो और अभयदान दिया हो। जरा सोच देख, हम कितनी छोटी-छोटी बातों के लिए ललचाते रहते हैं, छुक्-छुक् करते रहते हैं।'

पल भर के लिए आँखी की आँखों में क्या अयन का चेहरा तैर गया? वह कमेटी का मेंबर बनेगा, इस वजह से उसके कितने बड़े-बड़े पंख लग जाएँगे, वह इस बात से अनजान है; फिर भी वह कोई पद पाकर ही खुश हो जाता है। किसी बड़ी हस्ती का दामन थामे रहो तो हद-से-हद कलकत्ते के किसी बड़े कॉलेज में आने का रास्ता आसान हो जाएगा या सुदूर भविष्य में प्रिंसिपल किस्म का कोई आसन हाथ लग जाए—बस, इतना-सा ही तो प्राप्त होगा। इतनी मामूली-सी आशा में ही अयन की आँखों में नशा छाया रहता है।

आँखी ने नजर सिकोड़कर पूछा, 'दीपायन दा क्या ग्रुप से निकल जाएँगे?'

'नहीं री, नहीं, मुझे तो जरूर ऐसा लगा, इसलिए बोल गया। दीपायन दा में उतना जोश नहीं है।' उत्पल ने घड़ी पर नजर डाली, 'लेकिन अपना बता, आज इतनी देर तक गपिया रही है? नौ तो बज गए।'

'लौट जाऊँगी। आजकल मैं गड़िया में हूँ।'

'अचानक? असमय में पीहर?'

इसका सटीक जवाब खुद आँखी भी नहीं जानती थी। इन दिनों अयन से बेतहाशा खिट्-खिट् होने लगी है! अयन ऐसे बेसिर-पैर की बहस करने लगा है कि आँखी का दिमाग गरम हो जाता था; जुबान हमेशा काबू में नहीं रहती थी। उसके बाद छोटे-छोटे कारणों से दोनों में बहस होती रहती थी, अनबन होती रहती थी। अकसर ही कलह और अनबोला चलता था—मेरी कनिंघम की किताब किसने हटाई? लिपस्टिक फर्श पर क्यों गिरी है? जब इस्तेमाल नहीं करतीं तो कंप्यूटर ऑफ रखने में क्या जाता है? मेरी चूड़ीदार की इस्त्री क्यों बिगाड़ दी? चढ़ाव-उतार, चढ़ाव-उतार…कभी-कभी तो आँखी को लगने लगा था कि वह पागल होती जा रही है। धीरे-धीरे मन पर ही कीचड़ जमता जा रहा था। इसलिए आजकल वह अकसर गड़िया चली आती थी। काली-पूजा के वक्त वह पूरे चार दिन वहीं रुक गई थी। पिछले महीने भी हफ्ते भर यहीं रही। इस बार भी तीन दिन से…। गड़िया से स्कूल, रिहर्सल सब पास था, इसलिए किसी के पास कहने को कुछ नहीं था। आँखी आराम से चलाए जा रही थी। इस वजह से आपसी मलिनता का जमा हुआ ढेर जरा तल में बैठ जाता था।

आँखी ने आँखें तरेरकर कहा, 'ए-इ, पीहर में रहने के लिए समय-असमय क्या होता है रे? बाप का घर अपना घर होता है। मेरा जब मन करे, मैं जा सकती हूँ।'

'यह तो अच्छी बात है।' उत्पल जोर-जोर से हँस पड़ा, 'गोल पार्क से ऑटो पकड़ेगी न? मैं यहीं से खिसकता हूँ।'

'टा-टा!'

घर लौटकर आँखी अवाक्!

माँ को धता बताकर आज बापी ने टी.वी. पर कब्जा जमा लिया था। बड़े ध्यान से खबरें देख रहे थे।

उनकी बगल में बैठते हुए आँखी ने मजाक उछाला, 'देख रही हूँ, तुम भी मेरे ससुरजी बन गए हो! तुम्हारी भी आँखें टी.वी. स्क्रीन पर से हटतीं ही नहीं।'

तीर्थंकर ने कुछ बौखलाई हुई आवाज में कहा, 'धनेरवाली में फिर क्या कांड हो गया है, देख! फिर एक आत्महत्या!'

आँखी ठिठक गई। बीच में कुछ दिनों वह जगह बिलकुल निस्तरंग थी। इधर पंद्रह दिनों से फिर उत्ताल हो उठी है। पुलिसिया पहरे में, तार-काँटे से खींचकर, सकूरा की सीमा घेरी जा रही थी। १४४ धारा की उपेक्षा करते हुए झुंड-झुंड औरत-मर्द उस काम में बाधा डाल रहे थे। गिरफ्तारी और निर्मम मार-पीट भी उसी रफ्तार से जारी थी। अब कंक्रीट की चहारदीवारी का काम शुरू हुआ था। उसमें भी रोज-रोज व्याघात डाला जा रहा था। फावड़ा-कुल्हाड़ी गँइती उठाए गाँव के निवासी उस चहारदीवारी पर अचानक-अचानक हमलावर हो जाते थे। बहुतेरे लोग पकड़े भी गए हैं। उन लोगों की किस्मत में जो बदा है, वह बयान लायक नहीं है। समूचा कलकत्ता भी सोया हुआ नहीं है। यहाँ भी मीटिंग-जुलूस जोर-शोर से चल रहा था। पुलिसिया जुल्म बंद करने के नारे लगाए जा रहे हैं।

ऐसे समय में फिर एक मौत!

तीर्थंकर लगभग बुदबुदा उठे, 'उस आदमी की उम्र थी—छप्पन वर्ष! मेरा ही हमउम्र!'

आँखी ने अस्फुट आवाज में पूछा, 'फाँसी लगा ली?'

'उँहु, फाँसी नहीं, जहर।'

'कौन सा गाँव?

'परसमणि!'

तीर्थंकर ने टी.वी. बंद कर दिया।

उन्होंने माथे पर बल डालकर कहा, 'मैंने एक विचित्र घटना पर गौर किया है, समझी? पता नहीं यह अलग से जोड़ा गया है या नहीं! वहाँ तीन लोगों ने आत्महत्या की, तीनों ही पचास के ऊपर थे।'

'तुम्हारा ध्यान इस पर भी लगा होता है?'

'जाने कैसे तो, यह मेरे खयालों में बस गया है। इस उम्र में जिंदगी से जी उचटने की कोई वजह नहीं होती, री! बल्कि इसी उम्र में माया-मोह ज्यादा बाँधता है। फिर भी, ये लोग हैं कि पट-पट मरते जा रहे हैं! ये लोग अभाव की ताड़ना में मर रहे हों, ऐसा भी तो नहीं है। ये लोग अगर चाहें तो ब्लॉक ऑफिस से चेक ले सकते हैं! दस-दस, पंद्रह-पंद्रह लाख रुपए तो मिल ही जाएँगे। लेकिन ये लोग किसी शर्त पर भी वहाँ जाने को राजी नहीं हैं। ये लोग मौत को ही बेहतर मान रहे हैं, मौत को ही गले लगा रहे हैं।'

'हऽऽ, उस घर में भी बाबूजी कहते हैं कि वहाँ के प्रायः हर किसान में आत्म-मर्यादाबोध बहुत ज्यादा है। रुपयों को वे लोग छूकर भी नहीं देखेंगे।'

'लेकिन, मौत को क्यों गले लगाते हैं? मरते क्यों हैं?' तीर्थंकर ने अपने बालों में उँगलियाँ फेरते हुए कहा, 'मुझे क्या लगता है, जानती है? इस उम्र में इनसान अपनी कार्य-क्षमता पूरी-पूरी तरह तो खोता नहीं और नया कुछ करना भी उसके लिए बेहद मुश्किल होता है। इस तरह के ऐसे समय में उसकी सबसे बेशकीमती चीज अगर उसके हाथ से फिसल जाए तो मुमकिन है, वह जीने का उत्साह ही खो बैठता है।'

'इस मामले में वह बेशकीमती चीज है—जमीन।...'

'बेशक! रुपए इन लोगों के खेत का अभाव पूरा नहीं कर सकते। प्रभास बाबू अगर घूम-घूमकर वहाँ के गाँवों का अध्ययन करते तो मैं गारंटी के साथ कह सकता हूँ, उन्हें नजर आ जाएगा कि वहाँ घुटन के शिकार लोगों में अधिकांश की उम्र पचास से ऊपर है।'

आँखी के चेहरे पर मानो बादल उतर आए थे। उनकी इस बात पर उसके होंठों पर टुकड़ा भर हँसी तैर गई, 'देख रही हूँ, तुमने तो बाकायदा रिसर्च शुरू कर दिया है।'

'मजाक मत कर! यह वाकई सोच का विषय है। हम शहरी लोगों का तो किसी भी चीज, किसी भी जगह से वैसा खास अटूट लगाव नहीं है। हम लोगों ने यह पक्के तौर पर सोच लिया है कि कोई भी चीज या सभी चीजें...सबकुछ रुपए से नहीं खरीदी जा सकती हैं, इसीलिए हम उन लोगों की समस्या ठीक तरह से समझ नहीं पा रहे हैं।

इस बीच व्रतती जाने कब पीछे आकर खड़ी हो गई थीं। उन्होंने खरखराती आवाज में कहा, 'अब यह तथ्य कथा बंद करो। माइक्रोवेव पर रोटियाँ गरम कर रही

हूँ। दया करके खा लो और मेरा उद्धार करो।'

'अपनी छोटी बेटी को तो बुलाओ।'

'अभी तो वे जनाब नींद में बेसुध हैं। देखूँ, उन्हें उठा पाती हूँ या नहीं!'

पिछले कई महीनों में झूमू का उन्नीकृष्णन से वैद्युतिक प्रणय अभी तक नहीं टूटा था, बल्कि और गहरा गया था। उस लड़के के पेशे की जानकारी मिल चुकी थी। वह विमान-सेवक था। स्क्रीन पर तैरती हुई तसवीर अगर ठीक-ठाक हो तो वह देखने में भी सुदर्शन था। झूमू से उसकी जोड़ी खूब फबेगी। लेकिन, अभी भी झूमू ने हरी झंडी नहीं दिखाई है; लेकिन अकसर ही खिड़की के सामने खड़ी-खड़ी आसमान जरूर निहारने लगी है।

उनींदी आँखें मिचमिचाती हुई झूमू भी आ पहुँची। वह आई, चुपचाप खाने की मेज पर बैठ गई। चुपचाप खाना खाया और झटपट अपनी कोठरी में लौट गई। आँखी चोर निगाहों से उसके सारे राग-रंग देखती रही, लेकिन उसे छेड़ा नहीं। जब वह उठकर चली गई तो माँ और बड़ी बेटी की निगाहें मिलीं, अर्थपूर्ण विचार-विनिमय हुआ। उन्नीकृष्णन क्या झूमू को मॉनीटर पर मिल नहीं रहा है? श्रीमान उन्नी क्या इस वक्त गगन-विहार कर रहे हैं?

तीर्थंकर ने खाते-खाते दुबारा धनेरवाली का प्रसंग उठाया।

उन्होंने मुरगी की हड्डियाँ चबाते-चबाते कहा, 'प्रभास बाबू अब फिर अपसेट हो जाएँगे।'

'हूँ! बाबूजी परसमणि तो जाते रहते हैं। अब तक तो शायद वहाँ फोन भी कर चुके होंगे।'

'यह क्या हो रहा है वहाँ? सरकार ने यह काम शायद ठीक नहीं किया। एक के बाद एक भूल किए जा रही है! गलती पर गलती!'

ब्रतती की भौहें चढ़ गईं, 'फिर तुम अपनी पंडिताई बघारने लगे?'

'नहीं जी!' तीर्थंकर हँस पड़े, 'कोई भी आदमी अगर खुली हुई आँखों से देखे तो···! पहली बात तो यह है कि जगह के चुनाव में ही कहीं गलती हुई है। ऐसी फसलदार खेती-बारी के बारह बजाने का कोई तुक ही नहीं है। दूसरी बात, जमीन अधिग्रहण का तरीका भी गलत है। जोर-जबरदस्ती करने के बजाय आपसी बातचीत, सलाह-मशविरा के साथ आगे बढ़ना चाहिए था। तीसरी बात, अधिग्रहण की जो वजह बताई जा रही है, वह भी काफी संदेहास्पद है।'

'क्यों?' ब्रतती ने विरोध किया, 'जन-स्वार्थ की खातिर सरकार जमीन ले ही सकती है।'

'अरे भई, एक उद्योगपति कारखाना बनाएगा, इसमें तुम्हें जन-स्वार्थ कहाँ दिख गया?'

'अरे वाह, हज़ारों-हजार लोगों को नौकरी मिलेगी।'

'हजारों-हजार मत कहो, मर-काटकर हजार लोगों को। उनमें अधिकांश लोग काफी ज्यादा प्रशिक्षित हैं। इसलिए हजार में से छह-सात सौ बाहर से आएँगे। इस तरह चंद लोगों को नौकरी मिल जाना जन-स्वार्थ नहीं होता। तब तो एक विलायती दारू की भट्ठी खोलने के लिए भी सरकार...'

'भई वाह, गाड़ी का कारखाना और दारू की भट्ठी क्या एक है?'

'एक है भी और नहीं भी है। दोनों ही बिजनेस है। दोनों में ही नौकरी मिलेगी। दोनों को ही कानून की मान्यता मिली हुई है।'

तीर्थंकर ने एक घूँट पानी पीया, उसके बाद अगला संवाद शुरू किया, 'जन-स्वार्थ का मतलब है—रास्ता-घाट तैयार करना, रेलवे-लाइन बिछाना या स्कूल-कॉलेज-यूनिवर्सिटी, अस्पताल बनाना या फिर पावर प्लांट लगाना। किसी उद्योगपति का विशुद्ध मुनाफा लूटना भी जन-स्वार्थ होता है, यह तो मैंने इस छप्पन साला उम्र में आकर जाना! और वह कारखाना तैयार करने में सरकारी तंत्र को जिस तरह इस्तेमाल किया जा रहा है, वह तो और ज्यादा दृष्टि-कटु है। पुलिस वगैरह मानो सकूरा के प्यादे और अंगरक्षकों में परिणत हो गई है। उसके बाद...'

'ए-इ, अपना यह भाषण बंद करो तो! हर वक्त बकबक-बकबक!' ब्रतती ने तीर्थंकर को मीठी-सी डाँट पिलाई।

अगले ही पल वह आँखी से मुखातिब हुई, 'हाँ री, तेरी ससुराल के चेक की क्या खबर है?'

'आँखी ने निस्पृह लहजे में जवाब दिया, 'पता नहीं।'

'देरी क्यों हो रही है? जमा तो कभी पड़ गया था।'

'मैं क्या बताऊँ, माँ? ज्यादा कौतूहल हो तो जाओ, बेलेघाटा फोन करके पूछ लो।'

बेटी के अचानक आक्रोश से ब्रतती सिटपिटा गई।

उन्होंने भारी चेहरे से कहा, 'मेरा क्या? तुम लोगों की भलाई के लिए ही...। इधर फ्लैट के दाम किस तरह उछल-उछलकर ऊपर चढ़ते जा रहे हैं, तूने देखा? अभी ही बुकिंग करा लिया जाता तो...'

'मुझे ये बातें बिलकुल अच्छी नहीं लग रही हैं, माँ! प्लीज, यह टॉपिक बंद करो।'

आखिरकार ब्रतती को रुकना ही पड़ा। वह मुँह बिगाड़कर उठी और मेज के सामने से हट गई। तीर्थंकर ने एक बार उसे जाते हुए देखा। उसके बाद चश्मे की दरार से बेटी का चेहरा पढ़ते रहे। वे शायद आँखी के असंतोष की वजह तलाश रहे थे।

खाना निपटाकर आँखी उठ खड़ी हुई। उसने सोचा था कि अपने 'विकल्प' की समस्या के बारे में बापी से बात करेगी। किसी जमाने में तीर्थंकर भी नाटक किया करते थे। लेकिन वक्त के चक्कर में वह बहुत पहले ही राह छोड़ चुके थे। लेकिन, अभी भी ग्रुप थिएटर की खबरों में उनकी यथेष्ट दिलचस्पी थी। खैर, छोड़ो, आज उनसे बक-बक करने का मन नहीं हो रहा है। कमरे में आकर उसने बेड कवर उठाया और दोनों बहनों के लिए बिस्तर लगाया। वैसे रूमू अभी कंप्यूटर पर ही रहेगी, रात एक-डेढ़ बजे से पहले उसके सोने की संभावना काफी कम थी। लेकिन आँखी का तो सुबह स्कूल था, वह खामखाह क्यों जागे?

आँखी ने तकिए से अपना सिर टिकाया ही था कि मोबाइल बज उठा।

हाँ, अयन था! अयन का यह भी एक अजीब ढंग बन गया है। जब वह गड़िया में होती है, फिर उसी तरह रात ग्यारह बजे के बाद···

'एइ, तुम कब आओगी, बताओ तो?'

'अचानक तुम हड़बड़ी क्यों मचाने लगे?'

'अगले बुधवार का दिन याद है न?'

'तुम्हें क्या लगता है? मेरी याददाश्त के कोश बिलकुल ही दम तोड़ चुके हैं? बिलकुल 'डेड' हो चुके हैं?'

'तो फिर पैर पर पैर जमाए तुम वहाँ किस अक्कल से बैठी हो? हमारी पहली विवाह-एनिवर्सरी है, जरा कुछ इंतजाम तो करना होगा न!'

'यह कौन सा बड़ा काम है? चंद लोगों को निमंत्रण देना, कैटरर को मेन्यू का ऑर्डर देना, बस!'

'और कोई काम नहीं है? प्रोग्राम होगा कहाँ? जरूर घर में तो नहीं!'

'फूल बगान के मोड़ पर एक पार्टी-हॉल है न!'

'मैं वहीं गया था, मैडम। वहाँ का इंतजाम वगैरह अच्छा है। लेकिन वहाँ चालीस-पचास लोगों से ज्यादा की जगह नहीं है।'

'हमारा तो उतने में ही चल जाएगा। हम कोई तीन सौ लोगों को तो बुला नहीं रहे हैं!'

'तुम्हारे-मेरे रिश्तेदारों को मिलाकर पचास तो हो ही जाएँगे।'

'इतने लोग होंगे?'

'गिन डालो न! चलो, गिनो! तुम्हारे-मेरे घरवाले, मेरे काका और बुआ, तुम्हारी मासियाँ, उनके परिवार समेत…'

आँखी हिसाब करते हुए भी एकदम से हँस पड़ी। यह क्या बचपना हो रहा है? या अमीरी का दिखावा? वे दोनों क्या इतने बुढ़ा गए हैं कि दिन ढलने के बाद रात के वक्त फोन पर बातचीत में आमंत्रितों की गिनती की जाए? या सिर्फ काम की ही बातें की जाएँ?

लेकिन इन बातों के अलावा बातचीत के लिए और बचा भी क्या है? आँखी के नाटक के बारे में अयन भूलकर भी कोई सवाल नहीं पूछेगा और अयन की दुनिया के प्रति आँखी के मन में जाने कब ही अनासक्ति जन्म ले चुकी थी।

बीवी को खामोश जानकर अयन की आवाज फिर तैर आई, 'क्या हुआ जी? कितने लोग हुए?'

'छोड़ो तो! बाद में गिन लेना!' आँखी की आवाज कोमल हो आई, 'कोई और बात करो।'

'और क्या बात करूँ? अरे हाँ, कंप्यूटर बार-बार हैंग कर जाता है। एक भी जरूरी डाटा डाउनलोड नहीं कर पा रहा हूँ।'

'मुझे क्यों बता रहे हो, अयन? मेकैनिक को बुला लो।'

'अरे, सच ही तो! तुम क्या कर सकती हो!' अयन ने शायद गले में अटका हुआ कुछ अंदर निगल लिया, 'अच्छा, मेरा ब्ल्यू पुलओवर क्या लॉण्ड्री से मँगा लिया गया था?'

'यह क्या मेरे जानने की बात है? माँ से पूछो न!'

'अरे हाँ, लॉण्ड्री का बिल तो माँ के पास होता है। और जाने कौन सी बात करनी थी तुमसे! पता नहीं, क्या बात… ?'

आँखी मन-ही-मन बोल उठी, 'और क्या जानना चाहते हो, अयन? विवाह-एनिवर्सरी पर मुझे कौन सा उपहार दोगे?' आँखी ने करवट बदली।

उसने आँखें मूँदकर कहा, 'सोचो! सो-चो।'

'धत्त! याद नहीं आ रहा? चलो, छोड़ो! तुम एक काम करो, कल ही चली आओ। शाम को तुम भी फ्री हो, मैं भी खाली हूँ। चलो, हम दोनों मिलकर झटाझट कुछ खरीदारी कर डालें। तुम डायमंड का कुछ खरीद लेना और मेरे लिए कुछ भी…'

प्रत्याशित सवाल इतनी नीरस भंगिमा में भी आ सकता है, आँखी की कल्पना से भी बाहर था।

आँखी ने मुलायम लहजे में फिर हुँकारी भरी, 'हूँऽऽ।'

'तो तुम कल आ रही हो न? मैं तुम्हें बेहद-बेहद मिस कर रहा हूँ, समझीं?'

सेल फोन रखकर आँखी हौले-हौले हँस पड़ी। यही तो है अयन! ऐसा ही है! उस पर गुस्सा या मान करना, आँखी को क्या शोभा देता है? इनसान के तौर पर अयन काफी दुर्बल चित्त है, यह बात क्या आँखी ने आज समझी है? शादी के बाद? वह जो यूनियन रूम में, जिस दिन पहली बार अयन ने आँखी का हाथ झट से थाम लिया था। बेहद कसकर थामा था और अगले ही पल छोड़ दिया था, उसी दिन तो···अयन जीवन में कदम-कदम पर समझौता करेगा, सीढ़ी खोजेगा···क्या आँखी की समझ में नहीं आया था? उसने तो सारा कुछ जान-सुनकर ही अयन को प्यार किया है। अच्छा, अयन में क्या वे सब कमजोरियाँ भर हैं? अयन में कैसी अद्‌भुत सरलता भी है! आँखी को तो उसी सरलता ने सबसे ज्यादा खींचा था।

तो अब क्यों आँखी उदास है?

चलो, अयन न हो, अयन जैसा ही रहे। आँखी, आँखी जैसी रहे। हो सकता है, उन दोनों के बीच का फाँक-फोकर···उनके बीच की दरार किसी दिन भर जाए! समय की परत सब ढँक दे!

उम्मीद करने में क्या दोष है?

□

१२

प्रभास एक-एक करके सीढ़ियाँ चढ़ते रहे। दूसरी मंजिल की लैंडिंग पर आकर वे जरा थम गए। उन्होंने साँस ली। दुबारा सीढ़ियाँ चढ़ने लगे। सीढ़ियों की संख्या वही थी, लेकिन इन दिनों वे अड़तालीस सीढ़ियाँ बहुत ज्यादा लगती हैं। देह अब नहीं चलती। चौथी मंजिल का फ्लैट मानो दुरूह पर्वत-शिखर हो! प्रभास की नौकरी की मियाद अब कुल चालीस दिन रह गई है। उनके हर अंग-प्रत्यंग को मानो इसका अहसास हो गया है।

ऊपर पहुँचकर प्रभास एक बार फिर ठिठक गए। वे हाँफ रहे थे। उन्होंने दम लेते-लेते घंटी दबाई।

जया ने दरवाजा खोला। उन्होंने प्रभास के हाथ से बाजार से खरीदे गए सौदे का थैला ले लिया।

उन्होंने पूछा, 'कौन सी मछली लाए?'

'भेटकी! सात पीस हैं।'

'किस चीज से खाओगे? सरसों-पेस्ट में या प्याज-लहसुन में?'

चप्पल बदलकर अपने कमरे में जाते-जाते प्रभास ने जवाब दिया, 'जिसमें चाहो, पका लो, बस एक पीस झटपट तलकर मुझे खिला दो।'

'बाजार में इतनी देर क्यों कर दी?'

'देर हो गई।' प्रभास दरवाजे पर ही ठिठक गए, 'सड़क पर पुलक ने पकड़ लिया था।'

'ये पुलक कौन है?'

'अरे वही, सामने के फ्लैट में चंदन के दोनों बच्चों को पढ़ाने आता था। इन

दिनों उसने ट्रेवल एजेंसी खोल ली है।'

'अच्छा?'

'उससे मैंने कहा था कि फरवरी-मार्च में हम पहाड़ पर जा सकते हैं। यह सुनकर ही वह गले से यूँ झूल गया कि···! कहने लगा, अगर हम उनके साथ जाएँ तो हमें काफी सुविधा मिलेगी। हम जहाँ चाहेंगे, वह हमें सैर करा देगा। काफी सारे दर्शनीय स्थल वह हमें फ्री दिखाएगा। मैंने उससे बार-बार कहा कि यह मेरे दफ्तर का समय है, मगर···'

जया रसोई में चली गई।

उसने आवाज ऊँची करके वहीं से कहा, 'लेकिन, मैं वह सब कंडक्टेड टूर-फूर में नहीं जाऊँगी।'

'मुझे भी पसन्द [illegible] है। अगर हम सैर पर निकलेंगे तो अपने ढंग से घूमेंगे-फिरेंगे, सैर-तफरीह करेंगे। [illegible] जी चाहा तो पाँच-सात दिन कहीं रुक भी जाएँगे।'

'हाँ, दौड़-धूप मुझसे न हो[illegible]'

प्रभास अपने कमरे में चले आए। भ्रमण की चाह अभी भी प्रबल थी, लेकिन उनके तन-बदन में कहीं एक अवसाद भी घर कर गया था। उनका मन होता था, सिर्फ लेटे रहें, लेटे ही रहें। संक्षिप्त-सी साँस छोड़कर उन्होंने अपने बदन पर लिपटी हुई शॉल उतारी। खद्दर का मोटा कुरता भी उतार दिया।

वहाँ से चलकर वे रसोई के दरवाजे तक आए और जया से पूछा, 'थोड़ा सा गरम पानी मिलेगा?'

'बस, दो मिनट! जरा भात उतार लूँ।'

'तो फिर रहने दो! ठंडे पानी में ही नहा लेता हूँ।'

'नहीं, नहीं, बिलकुल नहीं। जैसी सर्दी पड़ रही है···' जया ने अपनी आवाज जरा धीमी कर ली, 'बबुआ तो गीजर लगाना चाहता था। मैंने कहा, अपने बापी से पूछ ले।'

'गीजर-वीजर न लगाए तो बेहतर है। पुरानी लाइन है, बाबा आदम के जमाने का मीटर है···कहाँ, क्या उड़-उड़ा जाए।···'

'अरे भई, इसके लिए तो मिस्त्री है। यहाँ तो कितने ही फ्लैट के बाथरूम में गीजर लगा है। दूसरी मंजिल के मीनू के यहाँ तो इस साल ए.सी. तक लगाया गया है।'

'तुम लोगों के मन में जो आए, सो करो? जब मेरी बात का कोई मोल ही नहीं है तो उसे बताने की भी क्या जरूरत है?'

जया ने एक बार पलटकर प्रभास की ओर देखा। उसने अन्य बर्नर पर कड़ाही चढ़ाई थी, उसे उतारकर पानी चढ़ा दिया।

मछली में तेल-नमक लगाते-लगाते उन्होंने स्वगत लहजे में कहा, 'मोल देने लायक बात कही जाए तो लोग जरूर मोल देंगे।'

'ओऽऽ, तुम भी खोंचा मार रही हो?'

'नहीं, तर्कसंगत ढंग से सोच रही हूँ। दुनिया में अकले तुम ही परम दयालु हो और बाकी सब पत्थर दिल हैं! ऐसी अजीबोगरीब धारणा की भी मैं कोई वजह नहीं देखती।'

इशारा बिलकुल स्पष्ट था। पिछले हफ्ते विभास तीनों भाई-बहन का प्राप्य चेक ले आया था। परसों शाम को वह घर आकर अपने दादा का चेक उन्हें थमा गया था। उस वक्त उसने यह भी दरयाफ्त किया कि चित्त और दु_ल के रुपए कब भेजे जाएँ। कोई जवाब न देकर प्रभास उठकर कमरे से बाहर निकल गए। जया को अपने पति का यह आचरण बेहद दृष्टि कटु लगा। मौका पाते ही वे बात-बात में बात सुना देते हैं।

प्रभास ने बात आगे नहीं बढ़ाई। वे जो कहना चाहते हैं, कोई भी नहीं समझेगा। वैसे प्रभास क्या खुद भी समझ पाए हैं?

गरम पानी लेकर प्रभास नहाने चले गए।

उन्होंने छोटी सी उसाँस भरकर सोचा—सच ही तो, रुपए जब आ ही गए हैं तो उनका फर्ज है कि चित्त, दुलाल के भी रुपए पहुँचा दें। चित्त की बहुरिया रुपए शायद ले भी ले, मगर दुलाल? वह तो अभी भी कमर कसकर एक असमान जंग चलाए जा रहा है।

हाँ, असमान जंग तो है ही! अब घेरने का काम खत्म हो चुका है। अब तो पक्की चहारदीवारी भी बन गई है। आजकल उस विशाल इलाके में कारखाने की बुनियाद तैयार करने का काम काफी तेजी से चल रहा है। मिट्टी खोदकर अब तो वहाँ लोहा, बालू, सीमेंट भी डाल दिया गया होगा। अब, इसके बाद किसानों के लिए और कुछ करने को भी क्या है? चोरी-छिपे दो-चार जगहों से चहारदीवारी तोड़कर आखिर होगा भी क्या? गोलियाना ने तो डेविट को पीस ही डाला। अब तो सिर्फ आखिरी विजय का उल्लास भर बाकी है।

बालों में कंघी फेरकर प्रभास खाना खाने बैठे और प्लेट में भात-दाल सानने लगे।

जया उनके सामने ही खड़ी थी।

उसने पूछा, 'कल की फूल गोभी की सब्जी अभी थोड़ी सी बची हुई है, गरम कर दूँ?'

'न्ना! वह सब्जी रोटी के साथ ही अच्छी लगती है।'

'आज याद से अपने डलहाउसी मुहाल की चाय लेते आना। यहाँ की चाय-पत्ती में बूँद भर भी खुशबू नहीं होती।'

'ले आऊँगा।'

'चेक क्या ले लिया है?'

पल भर के लिए प्रभास की नसें तन गईं। अगले ही पल स्वाभाविक हो आईं।

'हाँ, बैग में पड़ा है।' उन्होंने जवाब दिया।

'हाँ, आज याद से जमा करा देना! दामी चेक बैग में रखकर घूमना-फिरना सही नहीं है।'

'हूँऽऽ!'

अयन अपने कमरे से बाहर निकल आया। हाथ में अखबार, बदन पर आँखी की सुर्ख लाल शॉल!

उसने सोफा पर बैठते हुए आवाज दी, 'और एक कप चाय पिलाओगी, माँ?'

'लाती हूँ! तेरा कॉलेज आज कितने बजे है?'

'कोई जल्दी नहीं है! आज मैं देर से निकलूँगा।' अयन ने टी.वी. का रिमोट उठा लिया। उसने अनमने ढंग से बटन दबाया।

गरदन घुमाकर उसने प्रभास से पूछा, 'बापी, तुम लोगों के दफ्तर मुहाल में कोई अच्छी सी डायरी मिल जाएगी?'

'ढेरों बिकती हैं! बेहद सस्ती!' प्रभास ने धीमी आवाज में कहा, 'तुझे चाहिए?'

'कोई लंबी-चौड़ी डायरी देखकर ले आना तो! क्लास के नोट्स सारे बिखरे पड़े हैं, एक जगह कंपाइल कर लूँगा।'

'अच्छा।' कहते-कहते भी प्रभास का स्वर सहसा रुद्ध हो आया।

टी.वी. के परदे पर ब्रेकिंग न्यूज चमकता हुआ। बड़े-बड़े हर्फ में यह कौन सी खबर उभरी हुई है?

- सकूरा मोटर्स की सीमा के अंदर एक तरुणी की लाश।
- मृतक का नाम—श्यामली दलुई, घर—परसमणि।
- वह तरुणी शायद सामूहिक बलात्कार का शिकार हुई थी।

प्रभास पत्थर हो आए। आँखें धुँधला आईं, कान बहरे हो आए।

रुद्रपुर में अँधेरा उतर आया था।

निर्जन अँधेरा! दु:खी अँधेरा! हड्डियाँ सर्द कर देनेवाला अँधेरा!

प्रभास चलते-चलते कैनाल की तरफ आ पहुँचे। सामने ही काँटा-तार का बेड़ा! उसके पार खड़ी प्राचीर! किसी सख्त निषेध की तरह! सुनने में आया, किसी ऐसी ही जगह श्यामली की लाश पड़ी हुई थी। करीब ही उसकी साइकिल भी। लोगों ने बताया, शाम के वक्त वह ट्यूशन से लौट रही थी।

वह चहारदीवारी आँकी-बाँकी होकर दृष्टि-सीमा के बाहर चली गई थी। समूची शस्य भूमि को कंक्रीट की बाँहों ने घेर लिया था। कुछ दूर पर ऊँची-ऊँची सर्चलाइट! कुहासे ने उन तीखी आलोक-रश्मियों को तरल कर दिया था। अतिकाय मशीनों का सिरा नजर आता हुआ! किसी दानव की तरह! क्रेन! या खुदाई-मशीन! हृतपिंड उखाड़ने में इतनी बड़ी-बड़ी मशीनें लगती हैं?

प्रभास पुलिया पर बैठ गए। अभी कुछ ही देर पहले वे परसमणि से वापस लौटे थे। सुभाष दलुई के पास आज नहीं जा पाए। उनकी हिम्मत ही नहीं पड़ी। वे श्यामली के माँ-बाप का किस मुँह से सामना करेंगे? जोगेन खामरुई का घर भी आज सूना पड़ा था। श्मशान की मातमी शून्यता लिये घर में सिर्फ जोगेन खामरुई की बीवी मौजूद थी। अपनी कोई बेटी नहीं थी, इसलिए श्यामली को ही जोगेन की बीवी ने अपनी बेटी बना लिया था। उसी बेटी को उन लोगों ने चीर-फाड़कर, अंत में गला दबाकर मार ही डाला। अब, यह अफवाह फैलाई जा रही है कि जोगेन की बीवी ने ही श्यामली का खून करा दिया।

उफ! किस कदर भयंकर है! कितना नृशंस! इनसान इतना नीचे भी गिर सकता है? या सिर्फ इनसान ही इतना नीचे गिर सकता है, या यह संघ-शक्ति है?

प्रभास ने अपनी दोनों हथेलियों से अपना चेहरा ढँक लिया। बर्फीली हवाएँ मंद-मंद झूम रही थीं। अँधेरा कँपकँपाता हुआ!

सहसा हवा में एक जानी-पहचानी आवाज गूँज उठी—'काका बाबू!'

प्रभास चौंक उठे। इधर-उधर देखा।

'हार गईं, श्यामली?'

'नहीं, काका बाबू! हारे तो वे लोग हैं। वे लोग डर गए हैं, तभी तो डराने के लिए इस कदर पगला उठे हैं।'

हवा की आवाज ने प्रभास की छाती पर धक्का मारा। वे बातें मानो बज उठीं। जाने किस गहराई में उतरकर प्रभास को आलोड़ित करने लगीं।

अपना बैग खोलकर उन्होंने वह सरकारी चेक निकाला। पल भर के लिए उनकी आँखों में जया का चेहरा तैर गया; अयन का भी। प्रभास के जबड़े कस गए। उन्होंने वह चेक फाड़ डाला। फाड़कर टुकड़े-टुकड़े कर डाले और उस काँटा-तार की तरफ उछाल दिया।

काफी-काफी देर बाद उन्होंने हवा में गहरी-गहरी उसाँस भरी। उसकी क्षीण आवाज मानो रुद्रपुर की माटी में बिखरकर माटी में ही घुल-मिल जाए, धूल कणों की तरह!

□□□